Privat Nummern.

Ausgabe A

ASS

…lgemeine Sport-Schau | Bayer. Sport-Rundschau

…ches Organ des Bezirkes Bayern im …Deutschen Fußball-Bundes und der Südd. Fußball- und Leichtathletik-Verband, Deutschen Sportbehörde für Leichtathletik

…ony Seiderer, Deutschlands großer Mittelstürmer, erzählt in der ASS von heute ab seine sportliche Laufbahn. Er hat dabei sehr viel Lehrreiches zu sagen

…s 20 Pfennig   Nürnberg, den 27. Juni 1932   Preis 20 Pfennig

Umschlag vorne:
Spielszene aus der Partie der Städtemannschaft Berlin gegen eine kombinierte Nürnberg-Fürther Elf im Jahr 1920 (die Berliner gewannen 2:0)

Umschlag hinten:
Seiderer mit dem Süddeutschen Pokal – die Fotografie stammt demzufolge aus einem der Jahre, in denen Lony diese Trophäe mit der SpVgg erringen konnte (1918, 1923, 1925, 1926, 1927), mutmaßlich 1925 oder 1926.

Deutsche Erstausgabe
Lony Seiderer erzählt
Die Erinnerungen des legendären Fürther Ausnahmespielers

G&S Verlag | Stefan Städtler-Ley
Kommerzienrat-Zimmermann-Straße 41
90513 Zirndorf
Telefon: +49 (0)911 608489
eMail: saga@gus-verlag.de
Web: www.gus-verlag.de

Die Deutsche Nationalbibliothek verzeichnet diese Publikation in der Deutschen Nationalbibliografie; detaillierte bibliografische Daten sind im Internet über http://dnb.d-nb.de abrufbar.

Herausgegeben von Stefan Städtler-Ley
Begleittexte von JürgenSchmidt u.a.
Lektorat: Beatrice Ley
Bilder: Originale der ASS-Artikelserie, Fotos aus der Festschrift 25-Jahre Spielvereinigung, Vereinsarchiv der Spielvereinigung.
Satz und Layout: sagasatz im g&s verlag

Hardcover, gebunden
ISBN 978-3-945314-14-2
208 Seiten | 17x24 cm | geb. VK 29,95 [D]

Lony Seiderer erzählt

Inhalt

	Zum Geleit 6
	Die SpVgg zur Zeit Seiderers 8
	Der frühe Fußball 12
	Das Regelwerk der frühen Jahre 14
	Spielbetrieb 20
Seiderer erzählt	Aus der Stadtgrabenliga zur Club 7b 24
1. Fortsetzung	In der Schokoladenmannschaft 29
	Training 37
2. Fortsetzung	Lony, der Freund von Mister Walker 40
3. Fortsetzung	Der Club im Zabo 47
4. Fortsetzung	Seiderer geht nach Fürth 55
5. Fortsetzung	Süddeutscher Pokal 63
6. Fortsetzung	Die sagenhafte Mannschaft des MTK Budapest 70
7. Fortsetzung	Goldpokal-Turnier in Basel 76
8. Fortsetzung	Finale Deutsche Meisterschaft 1920 83
9. Fortsetzung	… spielt das Kleeblatt international 90
	Seiderer privat 96
10. Fortsetzung	Schweden 106
11. Fortsetzung	Verbands- und Nationalmannschaft 114
12. Fortsetzung	Pokalerfolge 120
13. Fortsetzung	Spanien 127
14. Fortsetzung	Hartes Spiel 134
15. Fortsetzung	Highlights 141
16. Fortsetzung	Pokal des Deutschen Fußballbundes 148
17. Fortsetzung	Zweite Spanienreise 153
18. Fortsetzung	Raue See 158
	25 Jahre SpVgg Fürth 165
	Der KICKER schrieb 1927 165
19. Fortsetzung	Der legendäre Sieg über Holland 171
20. Fortsetzung	Pokalsieg 1925 177
21. Fortsetzung	Die Saison 1925/26 184
	Der Weg zur Meisterschaft 1926 190
22. Fortsetzung	Finale 196
23. Fortsetzung	Ausklang 202

Anm.: Kursiv und eingerückt sind die Begleittexte. Die einzelnen Artikel selbst weisen oft keine richtige Überschrift auf. Hier ist jeweils das »Kernthema« angegeben.

Zum Geleit

Danksagung

Jürgen Schmidt, Archivar und Vizepräsident der Spielvereinigung, hat für dieses Buch das Vereinsarchiv geöffnet und die meisten Begleittexte verfasst. Als Autor, Quellen-Besorger und Berater war er unverzichtbar. Ohne ihn hätte das »Seiderer-Projekt« niemals verwirklicht werden können.

Vielen Dank, Jürgen!

Textbearbeitung

Die Artikelserie von Lony Seiderer in der ASS wurde hier wortgetreu von einem seltenen Original-Exemplar übertragen. Das bedeutet auch, dass an ein paar Stellen zeitgenössische Begriffe, die heutzutage zurecht als unangemessen gelten, im Sinne historischer Korrektheit, übernommen wurden.

Der teils gewöhnungsbedürftige Duktus und altertümlich anmutende Worte wurden durchgängig belassen und zum Teil mit erklärenden Anmerkungen versehen.

Offensichtliche (Druck-)Fehler haben wir korrigiert. Wenn sich nicht entscheiden ließ, ob es sich um einen Druckfehler oder einfach zeittypische und damit »richtige« Schreibweise handelt, haben wir das Original belassen.

Die oft zweifelhafte Interpunktion gehört zum Flair und wir haben sie nur geändert, wenn es für das Verständnis des Textes praktisch notwendig war.

Eindeutig fehlende Buchstaben oder Worte, sowie Anmerkungen sind in [ ] gesetzt.

Bei der »ß« / »ss« Regelung haben wir in Seiderers Texten das »scharfe s« gemäß damaliger Regel verwendet (wobei zu beachten ist, dass in Frakturschriften innerhalb eines Wort auch »ss« verwendet wird).

Umlaute am Wortanfang, wie zum Beispiel »Ü«, wurden anstelle der Doppelbuchstaben im Original (»Ue« etc.) benutzt.

Auf die unglaublich übertrieben große Zahl von Auszeichnungen im Text (fett und gesperrt …) wurde zugunsten besserer Lesbarkeit verzichtet.

Die über die Artikel hinweg ganz und gar nicht durchgängige Gliederung wurde vereinheitlicht.

Die Abkürzungspunkte bei Vereinsnamen sind völlig willkürlich gesetzt. Da steht zum Beispiel an einer Stelle *1. F.C. Nürnberg*, an anderer *1. FC. Nürnberg*, hier *M.T.K. Budapest*, dort *M T K Budapest* und so weiter. Auch das haben wir wie im Original belassen.

Bilder

Die vielen und hoch interessanten Fotografien in der ASS wurden von den Originalseiten des Magazins kopiert. Sie sind tatsächlich manchmal ohne direkten Bezug zum Text, was wohl der damaligen Satztechnik geschuldet war. Das haben wir weitgehend so belassen. Die Qualität der Bilder ist, wie zu erwarten, vorsichtig ausgedrückt »nicht gut«. Es sind Kopien von Fotos in einer fast einhundert Jahre alten Zeitung. Vergilbt, zerknittert, manche schon grundsätzlich fürchterlich unscharf … Wir haben sie dennoch alle benutzt, denn es sind nun einmal die Originalaufnahmen in der ASS. Einige Fotografien, meist in den Begleittexten und von besserer Qualität, stammen aus der Festschrift zum 25jährigen Jubiläum der Spielvereinigung im Jahr 1928. Sie sind leicht zu erkennen, weil sie, im Gegensatz zu den Kopien aus der ASS, zumeist von erheblich besserer Qualität sind. Die Bildunterschriften sind dabei wortgetreu aus dem Jubiläumsmagazin übernommen.

Die SpVgg zur Zeit Seiderers

Als Lony Seiderer 1917 nach Fürth wechselte, war der I. Weltkrieg noch nicht vorbei. Der »Weltenbrand« hatte den noch jungen Fußballsport, wie auch alle anderen gesellschaftlichen Strukturen, hart getroffen. Die Ostkreisliga wurde nicht ausgespielt, stattdessen gab es zunächst Freundschaftstreffen und ab November die sogenannte Rot-Kreuz-Runde, an der neben der SpVgg Fürth und dem 1. FC Nürnberg noch Pfeil-Sandow Nürnberg, VfB Nürnberg und Kickers Würzburg teilnahmen. Die Hälfte der Erlöse wurde dem Roten Kreuz gespendet.

SpVgg-Vorstand Heinz Kraus bedauerte den »überraschenden Ausbruch des Krieges«, denn nun kam es nicht mehr zu einer, wie er es nannte, »Auswertung der errungenen Erfolge«, das heißt, statt lukrativer Freundschaftsspiele, die sich der Meister teuer hätte bezahlen lassen, musste man nun mit zusammengewürfelten Teams aus Alten Herren, Jugendspielern, Fronturlaubern und Spielern aus Reserveteams Benefizspiele austragen. Nachdem die Mitgliedszahl bis Kriegsbeginn auf 3.000 gestiegen und die SpVgg Fürth der größte Sportverein des Deutschen Reiches geworden war, hatte man nur noch die Mitgliedsbeiträge als Einnahmequelle. Da kein regulärer Spielbetrieb in Kriegszeiten möglich war, wurde das Loch in der Kasse größer, die Rückzahlung der Kredite für den Bau des Ronhofs gestaltete sich nun problematisch.

Das war aber sicher nicht das schwierigste Schicksal, das die Ronhofer traf. Viel schwerer wog, dass die Meisterspieler Sebastian Seidel, Frigyesz Weicz, Hans Jacob und auch der Siegtorschütze zum 3:2 im Endspiel gegen den VfB Leipzig, Karl Franz, im Krieg gefallen waren. Die Meistermannschaft von 1914 hatte nach dem Finale in Magdeburg kein einziges Spiel mehr in ihrer siegreichen Besetzung gespielt.

Lony Seiderer, der nach seiner Kriegsverletzung ausgemustert worden war, wechselte also in einer ungewissen Zeit zur SpVgg. Am 16. September 1917, rund ein Jahr und zwei Monate vor Kriegsende, debütierte der Neuzugang, allerdings als Torwart, beim 6:1-Sieg in einem Freundschaftsspiel gegen die Stuttgarter Kickers.

In der Herbstrunde 1917, die man als Ersatz für die Ostkreisliga organisiert hatte, belegten die Fürther hinter dem 1. FCN den zweiten Rang. In der Frühjahrsrunde 1918 standen sie am Ende verlustpunktfrei vorne. Die anschließend ausgetragene sogenannte *Frühjahrs-Gaumeisterschaft Bayern* gewannen die Fürther vor dem MTV München. Weitergehende Spiele gab es aber nicht, eine Endrunde zur Deutschen Meisterschaft wurde erst 1920 wieder gespielt.

Im Krieg hatten 144 Mitglieder der Spielvereinigung ihr Leben verloren. Als man sich nach dem Ende des Krieges – im wahrsten Sinne des Wortes – auf allen Ebenen neu aufstellen musste, waren die Vereinsstrukturen und die der Mannschaft grundlegend verändert. Die seit 1918 einsetzende Inflation machte den Menschen zwar das Leben schwer, kam aber dem Verein zu Hilfe: Die Mark verlor immer rascher an Wert. So konnten die Rest-Schulden vom Bau des Ronhofs dann problemlos zurückgezahlt werden. Sportlich waren die Fürther ebenfalls wieder obenauf: Das erste Finale des neu eingeführten *Süddeutschen Pokalwettbewerbs* gewannen sie mit Seiderer im Tor 2:1 gegen die Stuttgarter Kickers.

Als die neu geschaffene *Kreisliga Nordbayern* im Oktober 1919 ihren geregelten Betrieb aufnahm, stand im Kader der SpVgg mit Georg Wellhöfer nur noch ein Spieler der 1914er-Meisterelf. Die Mannschaft war als amtierender Meister für die Endrunde der Deutschen Meisterschaft gesetzt, den jungen Spielern wie Seiderer, Hans Hagen, Andreas Franz und Leo Fiederer fehlte aber noch die Erfahrung. Das einzige Endrundenspiel, in dem die beiden fränkischen Rivalen jemals aufeinandertrafen, das Finale 1920, gewann der 1. FC Nürnberg 2:0.

Dennoch hatte das erneute Vordringen ins Endspiel den Status der Fürther als eine der besten Mannschaften des Landes gestärkt. Dementsprechend war auch das Selbstverständnis der Vereinsverantwortlichen, denn es wurden einige Verstärkungen dazu geholt, nicht zuletzt Viktor Hierländer vom FC Florisdorf Wien und, vor allem, Nationaltorwart Lohrmann, der vom SV Waldhof Mannheim nach Fürth kam.

Nachdem ein Grundstück dazugekauft worden war, wurde 1922 ein C-Platz im Sportpark Ronhof errichtet, die Ränge des Stadions wurden weiter erhöht. 1923, auf dem Höhepunkt der Inflation, weihte man das fußballförmige Denkmal zum Andenken der im I. Weltkrieg Gefallenen ein (es steht heute auf dem Vereinsgelände an der Kronacher Straße), es kostete 4,5 Millionen Mark. Wahrscheinlich hätte es eine Woche später schon das Mehrfache gekostet.

Nachdem die Inflation überwunden war, wurden im Ronhof neue Platzkassen und die Vortribüne errichtet. Die zweite Meisterschaft 1926 markierte den sportlichen Höhepunkt der 20er Jahre, dementsprechend war der Zuschauerandrang im Ronhof. 1927 wurden die Ränge deswegen noch einmal erhöht. Deshalb mussten sie nun von der Rückseite her mit Stützmauern stabilisiert werden. Während der DFB in wirtschaftlich schwieriger Lage 13.000 Paar Fußballstiefel und 7.000 Bälle einkaufte, um Jugendlichen in den klammen Vereinen das Spielen zu ermöglichen, schien in Fürth genug Kapital da gewesen zu sein, um zugleich eine Spitzenmannschaft und den weiteren Ausbau des Ronhofs zu bezahlen.

1927 wurde Ronhof nach Fürth eingemeindet und so konnte die Spielvereinigung ihr Gelände an die Infrastruktur der Stadt anschließen. Lony konnte sich für sein letztes Spiel im Kleeblatt-Dress, das war im Februar 1928, in einer Umkleidekabine mit elektrischem Licht umziehen, die Petroleumleuchten hatten für immer ausgedient.

Lony Seiderer beendete somit eine Karriere im Fürther Trikot, die fast alle großen Erfolge der Phase zwischen den beiden Weltkriegen umspannt. Eine Meisterschaft, eine Vize-Meisterschaft und fünf Süddeutsche Pokalsiege waren die Höhepunkte seiner Laufbahn beim Kleeblatt. Lediglich beim legendären 1:0-Sieg beim FC Barcelona Ende 1926, den er verletzt verpasste, und bei der dritten Meisterschaft (1929), bereits nach Abschluss seiner Karriere errungen, fehlt der Name Seiderer in der Aufstellung der SpVgg Fürth.

Im Gegensatz zu so manchem anderen alten Kämpen der damaligen Zeit konnte Seiderer sein überragendes fußballerisches Können im fortgeschrittenen Fußballalter nicht mehr als Spielertrainer versilbern, sondern setzte sich sogleich auf die Trainerbank. Im Ronhof sagte der große William Townley 1932 endgültig „Good bye" – ein Jahr zuvor war er mit dem Kleeblatt noch einmal Süddeutscher Meister geworden – und wurde zunächst von Hans Hagen als Spielertrainer ersetzt.

Seiderer coachte Germania Nürnberg (1929/30), ASV Nürnberg (1930/31), Germania Nürnberg (1931/32), Wacker München (1932/33), FC Schweinfurt 05 (1933/34). 1934 war es dann soweit: Seiderer kehrte wieder zu seiner SpVgg Fürth zurück.

Der Verein war inzwischen in finanzielle Nöte geraten. Einerseits war es die weltweite Finanzkrise 1929, die allgemein auf die wirtschaftliche Situation drückte. Andererseits hatte der Verein nach der Machtergreifung der Nazis und der Gleichschaltung des Fußballsports viele Gönner verloren. Vor allem die Mitglieder jüdischen Glaubens, darunter viele Unterstützer, hatten den Verein verlassen müssen.

Zwar hatte die von den Nationalsozialisten eingesetzte Vereinsführung unter dem sogenannten »Vereinsführer« Hans Pfeiffer – alle vormaligen Funktionäre des Kleeblatts waren nach der Gleichschaltung zurückgetreten – große Ziele, doch in der Spielzeit 1933/34 wurde die SpVgg Fürth in der Gauliga Bayern nur Sechster. Es war die bislang schwächste Spielzeit der Fürther überhaupt.

Pfeiffer ließ zwar den Ronhof auf ein Fassungsvermögen von 25.000 ausbauen, doch um den sportlichen Erfolg zurückzubringen, wird Lony Seiderer 1934 als Trainer engagiert. Das zeigt sofort Wirkung: Die Kleeblättler wurden überlegen Meister der *Gauliga Bayern*, dann aber in der Vorrundengruppe zur Deutschen Meisterschaft nur zweite hinter dem VfB Stuttgart.

Das letzte Spiel der Gruppe verliert die SpVgg beim VfB 2:3. Ein Remis hätte dem Kleeblatt gereicht fürs Weiterkommen, in der Schlußminute schießt Konrad Kraus einen Freistoß an die Latte – denkbar knapp scheitert Lony Seiderer in seinem ersten Trainerjahr am Einzug ins Halbfinale. Seiderer trainierte die Mannschaft auch in der folgenden Saison, es sprang die Vize-Meisterschaft der Gauliga hinter dem 1. FCN heraus, aber nur der Meister der Liga war für die Vorrunde der DM qualifiziert.

Als Lony Seiderer nach zwei Jahren 1936 den Ronhof verlässt und Trainer beim VfB Stuttgart wird, ist die SpVgg wieder ein Spitzenteam. An die Erfolge unter Seiderer können die Fürther erst nach dem Zweiten Weltkrieg mit dem Gewinn der Süddeutschen Meisterschaft im Jahr 1950 wieder anknüpfen.

Weltmeisterlich

Die SpVgg verliert ab Mitte der 1950er Jahre zunehmend an Bedeutung und ist in keiner Endrunde mehr zu finden. Noch 1954 gehörten allerdings zwei Spieler zum WM Aufgebot von Sepp Herberger – »Charly« Mai und Herbert Erhard.
Vom Club war nur einer dabei (Max Morlock), womit die Fürther also zwei Weltmeister in ihrer Geschichte haben, die Nürnberger nur einen.

Der frühe Fußball

Fußball entstand, das ist weithin bekannt, in England aus dem Rugby-Spiel und in der Frühzeit, im späten 19. Jahrhundert, waren die Übergänge auch noch diffus. Ein erstes Regelwerk wurde 1863 aufgestellt. Mit immer weiteren und genaueren Regeln änderte sich auch das Spiel selbst. Vor allem in den ersten 50 Jahren kam es regelmäßig zu grundlegenden Änderungen in Bezug auf Taktik, Aufstellungen und Spielweise.

Die bevorzugte Aufstellung war ursprünglich – sozusagen – ein 1-1-9 System mit wildem Anstürmen auf das gegnerische Tor. Ein Torwart, ein Verteidiger, der Rest rennt los. Taktische Überlegungen spielten dabei kaum eine Rolle.

Erste taktische Aufstellung: Die »schottische Furche«

Um 1870 herum entwickelten die Schotten, die neue Abseitsregel von 1866 ausnutzend, wonach drei Abwehrspieler (inklusive Tormann) zwischen dem vordersten Stürmer und der Grundlinie sein mussten, ein erstes wirkliches Spielsystem: die *schottische Furche* oder *Pyramidensystem* genannt. Durch die Abseitsregel konnten nicht mehr alle Feldspieler blindlings drauflosstürmen und so wurden Spieler für Mittelfeld und Abwehr eingeteilt. Das erste wirkliche »taktische System« mit kontrolliertem Spielaufbau war dem ungeordneten Gerenne früherer Spielweisen so überlegen, dass die

1 Torwart
2 rechter Verteidiger
3 linker Verteidiger
4 rechter Außenläufer
5 Mittelläufer
6 linker Außenläufer
7 Rechtsaußen
8 Halbrechter oder Rechtsverbinder
9 Mittelstürmer
10 Halblinker oder Linksverbinder
11 Linksaußen

Schotten die Engländer, nachdem das erste Länderspiel der Fußballgeschichte zwischen den beiden Nationen 1872 noch 0:0 geendet hatte, nun regelmäßig, teilweise mit Kantersiegen wie 7:2, 6:1 und 5:2, vom Platz fegten. Bald setzte sich das Pyramidensystem in England ebenfalls durch. Und es gelangte durch den ehemaligen englischen Profi und Nationalspieler William Townley, der als Trainer nach Fürth kam, schon 1911 zur Spielvereinigung. Das war die Geburt des »gepflegten Fürther Flachpasses«. Der Erfolg der modernen Spielweise schlug sich folgerichtig in der Meisterschaft 1914 nieder.

[Anm.: Die traditionelle Nummerierung für die Positionen (1 = Torwart, 9 = Mittelstürmer usw.) gründet auf der *schottischen Furche*. Das System bildete bis in die 1930er Jahre hinein für die meisten Mannschaften das taktische Grundgerüst.]

Das W-M-System

Eine Änderung mit weitreichenden Folgen für den Fußball datiert aus dem Jahr 1925: Die Abseitsregel wurde modifiziert. Nun mussten nur noch zwei statt drei gegnerische Spieler näher an der Grundlinie sein als der vorderste Stürmer. Das stärkte die Angreifer und führte dazu, dass sich schnell neue Taktiken entwickelten. Die englische Trainerlegende *Herbert Chapman* soll beim FC Arsenal in Zusammenarbeit mit seinem Kapitän, dem Nationalspieler *Charlie Buchan*, einen neuen Plan entwickelt haben, um die gegnerischen Stürmer besser abzufangen. Der Mittelläufer wurde nach hinten in die Verteidigung gezogen, das 3-2-2-3 System mit einem »Stopper« war geboren. Es wurde *W-M-System*

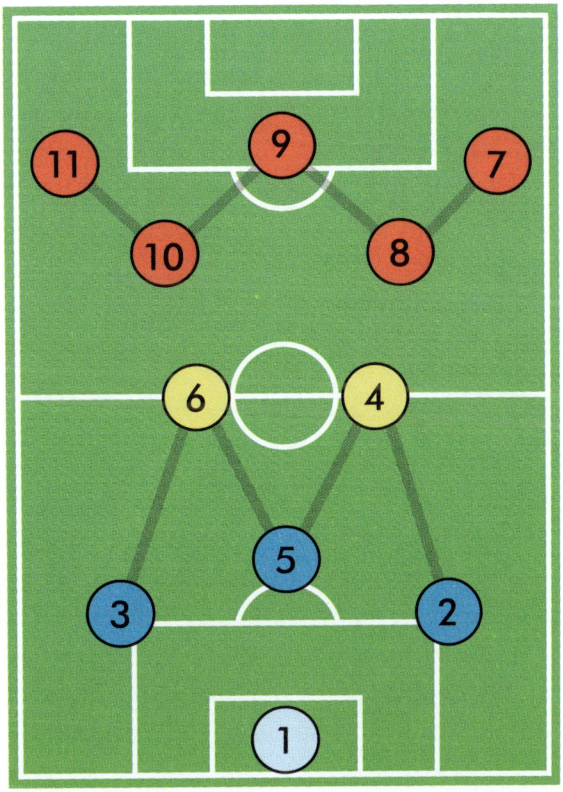

1 Torwart
2 rechter Verteidiger
3 linker Verteidiger
4 rechter Außenläufer
5 Mittelläufer
6 linker Außenläufer
7 rechter Außenstürmer
8 rechter Halbstürmer
9 Mittelstürmer
10 linker Halbstürmer
11 linker Außenstürmer

genannt, da die Aufstellung der Abwehr ein M und die des Sturms ein W bildete. Mit dieser Ausrichtung wurde das Loch geschlossen, dass sich bislang hinter dem Mittelläufer zwischen den Verteidigern auftat und das mit der neuen Abseitsregel insbesondere dem Mittelstürmer gefährlichen Freiraum ließ. Die Raumaufteilung, sagt man oft, war starr. Wo der Spieler auf dem Platz zu sein hatte, sei so gut wie festgelegt gewesen. Trainerlegende *Hennes Weisweiler* erinnerte sich hingegen in seinem Buch *Der Fußball* jener Zeit und schreibt: »Im Spiel war alles im Fluss«. Positionswechsel seien nicht unüblich gewesen, nur musste stets jede Position besetzt sein. Andererseits wiederum weiß Seiderer von »minutenlangen Ballstafetten« zu berichten. Wieviel Bewegung auf dem Spielfeld tatsächlich war, lässt sich heute nicht mehr mit Sicherheit sagen.

Lony Seiderer fühlte sich im alten wie im neuen taktischen Korsett wohl. Schon im *Pyramidensystem* hatte er, die Freiheiten des Mittelstürmers nutzend, das Angriffsspiel revolutioniert. Zusammen mit Resi Franz gilt er als Erfinder des Doppelpasses in Deutschland – wobei man getrost davon ausgehen darf, dass wieder William Townleys Anleitung zugrunde lag. Der glänzende Techniker Seiderer modifizierte seine Spielweise nach der Systemänderung 1925 dahingehend, dass er nicht mehr ganz vorne spielte, sondern sich, um der Deckung durch den Mittelläufer zu entgehen, oft zurückfallen ließ. Heute würde man vielleicht sagen, er stellte damit einen sehr offensiv ausgerichteten »10er« dar; oder vielleicht auch, dass er die Spielweise viel späterer Spielmacher wie Günter Netzer in gewisser Weise vorwegnahm. Seine herausragende Fähigkeit das Spiel zu dirigieren, verhalf den Fürthern nicht nur im Jahr 1926 zu bemerkenswerter spielerischer Überlegenheit.

Nachdem das W-M-System auch nach Seiderers Karriere der Goldstandard blieb, spielten die SpVgg Fürth und der VfB Stuttgart unter dem Trainer Lony Seiderer ebenfalls auf diese Art. Aufzeichnungen im Nachlass Seiderers zeigen, wie er sich theoretische Überlegungen machte und diese in Trainingseinheiten ummünzte.

Das Regelwerk der frühen Jahre

In den ersten Jahrzehnten des Fußballs änderte sich das Regelwerk in vielerlei Hinsicht und manchmal tiefgreifend. Damals wie heute sollen Regeländerungen das Spiel auch attraktiver und Entscheidungen eindeutiger machen – jedenfalls erhofft man sich das. Was heute der »VAR«, war 1890 die Einführung des Tornetzes. Aber Spielfeldgröße, Spieleranzahl, 22 Mann und das Runde muss ins Eckige – das sind die unverzichtbaren Grundzutaten. Trotz vieler Zusätze und Auslegungen besteht das Regelwerk von 1938 im Kern bis heute fort. Die Evolution des Regelwerks in der Anfangszeit aber formte das Spiel zu dem, was wir heute unter Fußball verstehen. Hier ein paar Beispiele:

- 1874 Ein neutraler Schiedsrichter wird obligatorisch.
- 1875 Die Torlatte, vorher war da nur eine Schnur, begrenzt nun das Tor.
- 1877 Platzverweis wird eingeführt.
- 1878 Der Schiedsrichter bekommt eine Trillerpfeife.
- 1881 Der Strafstoß wird auf eine Linie, elf Meter vom Tor entfernt, festgelegt. Der Torwart darf sich noch bis auf 5,5 Meter dem Schützen nähern.
- 1882 Der Einwurf ist nun mit beiden Händen auszuführen.
- 1889 Der Schiedsrichter erhält die alleinige Entscheidungsbefugnis.
- 1890 Einführung des Tornetzes.
- 1902 Der Strafraum wird eckig (vorher ein Halbkreis).
- 1904 Der Torwart darf den Ball nur noch im eigenen Strafraum mit der Hand berühren. Bis dahin durfte er in der gesamten *eigenen Hälfte* den Ball in die Hand nehmen.
- 1904: Die Spieler müssen nicht mehr Hosen tragen, die über das Knie reichen.
- 1906: Der Torwart darf beim Elfmeter die Grundlinie nicht mehr verlassen (sich aber immer noch dort bewegen).
- 1925: Die Abseitsregelung wird im Sinne einer attraktiveren, offensiven Spielweise geändert: Es müssen von da an nur noch zwei gegnerische Spieler zwischen vorderstem Angreifer und Torauslinie sein.

Torwart und Handspiel

Die bis heute geltende Regeländerung, dass der Torwart außerhalb des »16er« den Ball nicht in die Hand nehmen darf, war wohl eine Reaktion auf die immer weiter um sich greifende Praxis von Torhütern, den Ball einfach schon mal bis zur Mittellinie zu tragen.

Auswechslungen

Was uns heute selbstverständlich erscheint, fand doch erst 1967 Eingang ins Regelwerk. Die Geschichte von Auswechslungen im Fußball ist trotzdem eine, die viel weiter zurückreicht! Aber ist es nicht so, dass zu Seiderers Zeiten eben einfach keine

Wechsel möglich und erlaubt waren? Ja, *eigentlich*. Wahrscheinlich könnte man ein ganzes Buch mit diesem Thema füllen.

Im Falle von Freundschaftsspielen – deren Bedeutung für den Fußball jener Zeit nicht hoch genug eingeschätzt werden kann – konnte man sich mit dem Schiedsrichter auf Wechsel einigen. Dann galt normalerweise, dass man nur bei Verletzung und nur einen Spieler auswechseln durfte. Seiderer erwähnt das auch in seinen Erinnerungen. Er betont es aber nicht und so liegt die Vermutung nahe, das Verbot war in der Realität mehr oder weniger auf den Ligabetrieb, bzw. offizielle Pokal- und Endrundenspiele, beschränkt. Augenscheinlich war die Praxis der Auswechslung bei den kontinental-europäischen Verbänden so weit verbreitet, dass die vier englischen Fußballverbände die FIFA drängten in dieser Hinsicht tätig zu werden – das Mutterland des Fußballs war noch viele Jahre diesbezüglich sehr rigide. Kurioserweise war es andererseits schon in den ganz frühen Jahren auf der Insel erlaubt, zum Spiel nicht erschienene, aber angemeldete Spieler zu ersetzen (sogenannte *emergency substitutions*).

1930 stellte die FIFA fest, dass die Praxis des Spielerwechsels bei unterschiedlichen Verbänden auf dem Kontinent zumindest außerhalb von Wettbewerben weit verbreitet sei. Auch Deutschland wird dabei genannt. Jedenfalls wurden Wechsel unterschiedlich gehandhabt: generell erst einmal nur bei Verletzungen, dann manchmal nur der Torwart oder nur in der ersten Halbzeit usw.

Immer wieder wurde gegen Spielerwechsel angeführt: Werden dann nicht Verletzungen vorgetäuscht? Erfolgen dann nicht taktische Wechsel, was der »Philosophie« des Spiels widerspräche? Ist das nicht *unfair*? Der Schiedsrichter kann diese Fragen nicht objektiv einschätzen, weil man eben keinem in den Kopf schauen kann.

Nach dem 2. Weltkrieg kommt langsam Bewegung in die Sache. Das letzte Wort hatte aber nicht die FIFA, sondern die IFAB (International Football Association Board). Anfang der 1950er Jahre wurden einige Versuche unternommen. Unter anderem war es in der Qualifikation zur Weltmeisterschaft 1954 erlaubt Wechsel vorzunehmen (einen Feldspieler und nur in der ersten Halbzeit, den Torwart während der gesamten Spieldauer). Erst 1957 wurden verletzungsbedingte Auswechslungen durch die IFAB abgesegnet, weil man mittlerweile den Quasi-Ausfall eines Spielers, der nur noch humpelnd am Spiel teilnehmen kann, endlich auch als unfair erkannt hatte.

Es dauerte dann aber noch bis 1967 bis es endgültig regelgemäß wurde, Spielerwechsel vorzunehmen. Bis zum heutigen Tag wurde die erlaubte Anzahl von Wechseln immer weiter erhöht und es ist längst ein taktisches Instrument, das bewusst und erlaubt nicht nur bei Erschöpfung oder Verletzung eingesetzt wird.

Die Möglichkeit, während des Spiels Ausrichtung und System ändern zu können, macht das Spiel viel variabler und im besten Fall attraktiver für die Zuschauer.

Auswechselungen im Fußball – ein Überblick

- *19. Jahrhundert: Es gab keine Auswechslungen im modernen Sinn, sondern im gegenseitigen Einvernehmen die Möglichkeit, zu spät erscheinende Spieler durch andere zu ersetzen.*
- *1920er: Auswechslungen sind nur bei Freundschaftsspielen und im Fall einer schweren Verletzung und nur nach vorheriger Absprache zwischen den beiden Mannschaften möglich. Der Schiedsrichter muss ebenfalls über die Vereinbarung informiert werden.*
- *1930er Jahre: In Kontinentaleuropa ist es in einigen Ländern zu einer Art Gewohnheitsrecht geworden, Auswechslungen über die Regelung von 1923 hinaus zuzulassen. Die vier britischen Verbände tolerieren ab 1931 inoffiziell die lockere Haltung der FIFA.*
- *1951-1954: Es gibt Experimente mit Auswechslungen von verletzten Spielern bei Wettkampfspielen. Diese fanden beispielsweise bei einem internationalen Jugendturnier der FIFA und bei der WM-Qualifikation 1953/54 statt.*
- *1957: Das IFAB erlaubt den Nationalverbänden, bei Wettkampfspielen Auswechslungen von verletzten Spielern zuzulassen.*
- *1965: In England können pro Spiel bis zu zwei Spieler pro Mannschaft unabhängig von Verletzungen ausgewechselt werden. Ab der Saison 1966/67 auch in Schottland.*
- *1967: Das IFAB gewährte den Nationalverbänden die Möglichkeit, pro Spiel bis zu zwei Spieler pro Mannschaft unabhängig von Verletzungen auszutauschen.*
- *1994: Einführung der 2+1-Regel: Zwei Feldspieler und ein Torhüter dürfen ausgewechselt werden.*
- *1995: Bis zu drei Ersetzungen, unabhängig von der Position, sind erlaubt.*
- *2015: Die Nationalverbände können im Freizeit- und Amateurfussball einen fliegenden Wechsel (return substitution) erlauben.*
- *2018: Nach zwei Jahren als globales Experiment wird die vierte Auswechslung während der Verlängerung offiziell eingeführt.*
- *2020: Vom späten Frühjahr bis Ende Dezember 2022 können die Nationalverbände bis zu fünf Auswechslungen zulassen (Auslöser für diese Änderung war die Covid-Pandemie). Diese müssen in maximal drei Spielunterbrechungen (ohne die Halbzeitpause) erfolgen.*
- *2022: Dauerhafte Erhöhung der Anzahl der Auswechslungen auf fünf in drei »Wechselfenstern«.*

Im Sinne eines Fürther Trainers der jüngeren Vergangenheit: »Wir sind auch in der Unterhaltungsbranche tätig.«

Das soll an dieser Stelle aber nicht weiter vertieft werden, denn das alles ist lange nach Seiderers Zeit.

Noch ein paar Anmerkungen zum »frühen Fußball« und Seiderers Texten

Nicht nur sporthistorisch, sondern auch geschichtlich sind Seiderers Erinnerungen ein wichtiges Dokument aus extrem schwierigen Zeiten: Die Lebensumstände – Krieg, Inflation et cetera – scheinen zwischen den Zeilen durch und gewähren einen seltenen Einblick in die Welt der 1920er Jahre. Heutzutage staunt man über derbe Scherze, sowohl untereinander, wie auch gegenüber Dritten (z.B. den bettelnden Fischerfrauen in Spanien Rentenmark anzudrehen, die außerhalb von Deutschland keinen Wert hatten und auch nicht umgetauscht werden konnten – das war jetzt auch nicht wirklich lustig).

Was den Fußball angeht, überrascht immer wieder, mit welch enormer Härte teilweise gespielt wurde. Das Rugby-Erbe war noch allgegenwärtig. Kein Wunder, dass die Zuschauer von kombinatorischem Flachpass-Spiel, wie es die Fürther praktizierten, begeistert waren.

Deutlich parteiische Schiedsrichter sind insbesondere bei den prestigeträchtigen Freundschaftsspielen gang und gebe – das wird vom Lony moniert, aber nicht wirklich infrage gestellt. Uns altertümlich erscheinende Begriffe aus der Fußballsprache können manchmal etwas verwirrend sein. Ein paar häufig verwendete Beispiele sind:

Durchbruchaktion: Hier geht es darum, mit dem Ball hinter die beiden Verteidiger zu kommen, also *durchzubrechen*. Durchbruchaktionen sind einerseits *Konter*, wie man heute sagen würde, aber andererseits kann eine geschickte Kombination gemeint sein. Dabei spielte natürlich das *Dreiecksspiel* – mehr oder weniger sind diese damals hoch modernen Doppelpass-Aktionen und -Stafetten gemeint, die das Kombinationsspiel revolutionierten – eine wichtige Rolle. Bezeichnend ist der Begriff *Karambolage* für einen schweren, nicht selten folgenreichen Zusammenprall ohne Foulspiel. Und, wie bereits erwähnt, es ist für die Leser auch von Bedeutung, sich immer daran zu erinnern, dass ein *Strafstoß* kein Elfmeter, sondern ein (heutiger) Freistoß ist.

Seiderer enthält sich in seiner Artikelserie nahezu jeglicher Hinweise auf sein Privatleben. Am Rande wird die Verlobung 1919 erwähnt, mehr nicht. Er berichtet fast schon emotionslos von seinen Kriegsverletzungen. Über seine berufliche Karriere ist aus den ASS-Texten nichts zu erfahren. Niemals fällt auch nur ein Wort über Politik. Er nimmt das »erzählt aus seiner sportlichen Laufbahn« sehr wörtlich. Auch in Bezug auf die Finanzen hält er sich auffällig bedeckt. Mehr als das strikte Verbot von »Handgeld« wird nicht erwähnt. Wobei sich die Frage aufdrängt: Wie verbreitet war das, wenn die Notwendigkeit für ein offizielles Verbot mit Androhung von langen Sperren gesehen wird? Da kommen dann die Spesen ins Spiel. Es ist völlig unmöglich (schließlich ist es »Schwarzgeld«) deren Höhe einzuschätzen. Noch heute können allerdings »Aufwandsentschädigungen« durchaus Gehaltshöhe haben.

Offensichtlich gibt es ebenfalls Spieler-Transfers. Und wieder eine Frage: Sollte jemand ohne jeden materiellen Vorteil den Verein wechseln, nur weil der gerade Pokalsieger wurde? Denkbar ist das natürlich, aber, die Vermutung sei erlaubt, wohl nicht immer der einzige Grund. Top-Spielern wird man auch damals schon materielle Anreize geboten haben.

Den Auslöser für seinen eigenen Wechsel vom Club zur SpVgg deutet Seiderer nur vage mit »Differenzen«, offenbar mit Funktionären, an. Dabei bleibt er, dass soll betont werden, selbst stets ohne Groll und wirft niemandem etwas vor.

Spielbetrieb

Um die Artikelserie Seiderers besser einordnen zu können, sind aber nicht nur die damals geltenden Regeln von Belang, sondern ebenfalls die Organisation des Spielbetriebs: Ligen, Pokalwettbewerbe und so weiter. Auch die damals ganz andere, ungemein große Bedeutung von Freundschaftsspielen, die heute gemeinhin als bessere Trainingseinheit gesehen werden, darf nicht übersehen werden.

Ligabetrieb

Die Landesverbände (Süddeutschland, Norddeutschland usw.) hatten eigene (Ober-)Ligen, welche die höchste Spielklasse darstellten. Im Spieljahr 1931/32 bestanden 55 regionale Ligen mit »Erstligastatus«. Mehr als 500 Erstligisten! Wenn man es mit den heutigen Verhältnissen vergleicht, müsste man so ungefähr die Mannschaften der 1., 2. und 3. Bundesliga auf die Regionalligen verteilen, womit also in jeder 2-3 Profivereine gegen viert- oder sogar fünftklassige Gegner antreten würden. Zweifelsfrei schön für die weniger spielstarken Mannschaften, die so im normalen Ligabetrieb auf Vereine stießen, die internationale Klasse hatten. Aber umgekehrt bringen den hochklassigen Teams solche Spiele sportlich eher wenig. Und tatsächlich wurden schon bei der DFB Hauptversammlung im Oktober 1932 von Felix Linnemann (Präsident des DFB) Pläne zur Einführung einer Reichsliga, in welcher der Deutsche Meister ausgespielt werden sollte, vorgelegt. Eine Annahme der Pläne war gewiss und im Frühjahr 1933 sollte die konkrete Umsetzung in Angriff genommen werden. Aber dazu kam es nicht mehr. Auch der Sport hatte nach der Machtübernahme der Nationalsozialisten nach deren Pfeife zu tanzen. Letzten Endes wurde das Ligen-System lediglich etwas abgespeckt, die oberste Spielklasse bildeten ab 1933/34 16 »Gauligen«, in denen die Endrundenteilnehmer für das Turnier um die Deutsche Meisterschaft bestimmt wurden. Davor spielten meist nur zehn Teams in einer »1. Liga«, also in den Bezirksligen (die je nach Region unterschiedlich genannt wurden). Bis Mitte der 1920er Jahre wurde das Meisterschaftsturnier mit acht Mannschaften ausgespielt. Um aus den Dutzenden von Bezirksligen – selbst wenn nur die ersten weiterkamen – das Teilnehmerfeld für die Endrunde zusammenzustellen, gab es weitere Qualifikationsrunden in Liga-Form, wie etwa die Süddeutsche Meisterschaft, deren Gewinn den Einzug ins finale Turnier bedeutete.

Im Mutterland des Fußballs

In England gibt es bereits seit 1888 eine landesweite (Profi-) Liga!

Ultras?
Es ist auffallend, dass Seiderer immer wieder erwähnt, wie Fans gute Aktionen des Gegners mit Applaus gewürdigt haben. Und das sogar bei hoch emotionalen Treffen. So etwas kommt heute eher selten vor.

Zur Spielzeit 1924/25 wurde die Endrunde von acht auf 16 Teams aufgestockt und das Teilnehmerfeld durch Zweitplatzierte der Länderligen und Länderpokalgewinner »aufgefüllt«. Systembedingt, wenn man so will, konnten es niemals auch nur annähernd alle Spitzenmannschaften in die Endrunde schaffen. Insbesondere, wenn sie in einer Bezirksliga spielten. So kommt es, dass mehr als nur einmal der Club und die SpVgg nicht zusammen in der Finalrunde standen, obwohl die »Fußball-Hochburg«, Club und Spielvereinigung, in den 1920ern zu den absoluten Top-Teams gehörten. Außer im Nachkriegsendspiel 1920 (das der Club etwas glücklich gewann) gab es bis zur Einführung der Bundesliga nie wieder ein Derby in der Meisterschaftsendrunde. Wegen des Modus der Qualifikation über Regionalmeisterschaften, schalteten sie sich oft schon in der Bezirksliga gegenseitig aus, sodass nur einer der beiden Top-Vereine überhaupt um die Meisterschaft spielen konnte. Solche Konstellationen waren der Hauptgrund für das Bestreben, eine landesweite Liga einzuführen.

Pokale, Landesmeisterschaften

Doch die Strukturen waren noch verwickelter und in mancher Hinsicht schwer nachvollziehbar. Dass es gerade zu Seiderers Zeit zu einigen Veränderungen kam, macht einen Überblick nicht einfacher. In aller gebotenen Kürze: Neben dem Ligabetrieb auf Bezirksebene, gab es regionalen Meisterschaften, die einen offiziellen Titel ausspielten; wie zum Beispiel die Süddeutsche Meisterschaft. In diesen Zwischenrunden wurden die Teilnehmer an der Endrunde bestimmt.

Und es gibt weitere offizielle DFB-Turniere, so etwa den Süddeutschen Pokal. Solche Turniere sind teilweise mit dem Ligabetrieb verwoben. Der Süddeutsche Pokalsieger des Vorjahres war in den 1920ern für die Süddeutsche Meisterschaft gesetzt. Das galt jedoch nicht für alle Landespokalsieger.

Der holprige Weg der SpVgg zur dann aber doch souveränen Meisterschaft 1926 (der später noch einmal ausführlicher beschrieben wird), ist ein schönes Beispiel für diese systemischen Unzulänglichkeiten.

Verbands- und Städtemannschaften

Das beschriebene Liga-System hatte, abgesehen von der ungerechten Besetzung der Endrunde, noch weitere »Effekte«. So spielten häufig Verbandsauswahl-Mannschaften, manchmal Städtemannschaften, gegeneinander. Hier konnten wirklich die besten der besten Spieler der jeweiligen Region direkt gegeneinander antreten. Allerdings ohne wirklich relevanten Titelgewinn, manchmal gab es einen gestifteten Pokal. Viele kennen die Geschichte von der zutiefst zerstrittenen rein Nürnberg-Fürther Nationalmannschaft (1924), aber dass die »Hochburg« auch bei vielen Landes- und Regional-Verbandsspielen das gesamte Aufgebot bildete, ist kaum in Erinnerung geblieben, erregten damals aber höchstes Interesse.

Freundschaftsspiele

Freundschaftsspiele, die bezeichnenderweise von Seiderer oft »Wettspiele« oder »Wettkämpfe« genannt werden, waren wahrscheinlich die hochklassigsten Spiele der damaligen Zeit. Nur aus heutiger Sicht nehmen wir sie nicht mehr ernst. So heißt es heute ja auch »Testspiel« – denn als Wettkampf, wie damals, werden sie nicht mehr

Vor dem 1:0 Sieg gegem Barcelona
Hagen dankt dem Spanischen Spielführer Samitier
(ganz rechts) mit dem Sportruf

gesehen. Die aufsehenerregenden Partien lockten die Massen in die Stadien. So ein Spiel war die seltene, praktisch einzige, Gelegenheit, besten Fußball zu sehen. Es gab ja kein Fernsehen, vor dem 1. Weltkrieg nicht einmal Radio. Wer guten Fußball sehen wollte, musste ins Stadion. Die sehr hohen Zuschauerzahlen verdeutlichen das eindrücklich. Diese Partien versprachen Bekanntheit, Prestige und hatten tatsächlich und ganz real einen sehr hohen Stellenwert in der Fußballwelt. Allein von März bis August hatte man im Jahr 1928 schon 25 »Freundschaftstreffen« ausgetragen! Darunter auch gegen die beiden nicht-fränkischen Schwergewichte im deutschen Fußball, Hertha BSC und der HSV.

Ausländische Spitzenmannschaften konnte man mangels internationaler Wettbewerbe überhaupt nur bei solchen Prestige-Duellen bestaunen. Auch von einer ganzen Reihe »Mini-Turnieren« mit häufig nur vier geladenen Mannschaften, weiß Seiderer zu berichten.

Solche Spiele fehlen leider heute in vielen Statistiken und Übersichten, die sich nur auf Liga- und offizielle Turnierspiele beschränken, ohne den Stellenwert der »Privatspiele« in dieser frühen Zeit zu berücksichtigen. So weiß wohl kaum jemand außerhalb der Fürther Anhängerschar, dass die Spielvereinigung im Dezember 1926 (als amtierender Deutscher Meister) beim FC Barcelona zwei Spiele bestritt und mit einem Sieg und einem Unentschieden (1:0 und 3:3) die erste Mannschaft war, die dort zweimal ungeschlagen blieb.

Lony Seiderer (rechts) im Zweikampf
[Anm.: Leider ist unklar von wann und aus welchem Spiel diese Aufnahme stammt.]

Tony Seiderer erzählt...

Aus der Stadtgrabenliga zur Club 7b

Der freundlichen und ehrenvollen Aufforderung der beliebten ASS in Nürnberg, ihr Erinnerungen aus meiner sportlichen Laufbahn zu schreiben, komme ich mit großem Vergnügen nach. Macht es mir doch selbst große Freude, wenn ich nun nach Abschluß meiner, wie ich wohl sagen darf, ereignisreichen sportlichen Laufbahn mich rückwärts wende und die vielen guten und manchmal auch weniger guten Stunden mir ins Gedächtnis zurückrufe. Gerne denke ich an meine Jugendjahre zurück, wo ich die ersten schüchternen Versuche unternahm, das Fußballspiel zu erlernen. Es war …

… im Stadtgraben am Laufer Tor in Nürnberg,

wo ich im Februar 1903 mit großem Interesse und mit einer noch größeren Ausdauer jede freie Minute benutzte, den älteren Spielkameraden zuzusehen, wie sie sich mit dem Fußball eifrigst beschäftigten. Da ich auch gerne mitgetan hätte, versuchte ich Knirps mich anzubiedern, erfuhr aber zunächst kühle Ablehnung mit der Begründung, daß ich noch viel »zu kla« sei, was mich außerordentlich ärgerte. Nun tat ich mich mit einigen gleichaltrigen Freunden zusammen, um doch endlich zum geliebten Fußballspiel zu kommen. Leider hatte diese Geschichte einen großen Haken: wir hatten keinen Ball und auch war keine Aussicht uns einen kaufen zu können. Für uns »Lausboum«, die so entschlossen waren Fußball zu spielen, war dies natürlich aber kein Hindernis, denn Not macht bekanntlich erfinderisch. Unser Ziel war nun, einen Ball billig und preiswert zu erwerben.

Was gab es zu jener Zeit besseres, als außerhalb der Umzäunung von Richters Tennisplätzen hinter dem Stadtpark sich herum zu treiben und darauf zu warten bis irgendein blutiger Tennisanfänger einen Ball über das wahrlich hohe Gitter hinaus schlug? An dem nun beginnenden großen Suchen nach dem Tennisball beteiligten wir uns auch, aber den Ball fand keiner von uns, da wir ihn ja für unser Fußballspiel benötigten. Hatten sich die Tennisspieler über den Verlust dieses Balles getröstet und waren wieder zu ihrem Spiel zurückgekehrt, so fanden wir den Ball rasch. Einer steckte ihn sich in die Tasche und es ging sofort heimwärts, allerdings auch immer etwas belastet mit der heimlichen Angst, der Ball könnte uns doch noch abgejagt werden. Einen

Lony Seiderer (4.) in der Schlagballmannschaft der Oberrealschule Nürnberg
1. Boeß, der Clubmittelstürmer 1920/22, 2. Arnold, der jetzige Club-Kassier,
3. Prof. Martini, der technische Leiter des Nürnberger Stadtverbandes für
Leibesübungen, 4. Lony Seiderer, 5. Prof. Kraus-München, Frauensportwart
des Bayerischen Turnerbundes, G. Hauer, bekannter Waldläufer.
[Anm.: die Zahlen sind schon im Original sehr schwer zu erkennen, aber
Lony Seiderer (2. Reihe links) ist zweifelsfrei identifizierbar.]

Ball hatten wir also, nun konnte es losgehen mit dem Spielen. Zum Schrecken unserer Eltern geschah dies gleich in so ausgiebiger Weise, daß wir manchmal sogar nicht zum Essen heimgingen. Mir machte es die größte Freude, daß ich bald Ballsicherheit bekam und zwar mit dem linken und rechten Fuß ebenso wie mit dem Kopf. Unvergeßlich bleibt mir, wie stolz wir gewesen sind, als wir bemerkten, daß uns besonders bei den Kopfballübungen ältere Leute gerne zusahen und dieses Balljonglieren großen Anklang fand.

Die älteren Kameraden im Laufer Torgraben hatten uns eines Tages doch in Gnade aufgenommen, da sie uns aufnehmen mußten: sie hatten nämlich ein Wettspiel, verschiedene ihrer Kameraden fehlten, da sie das Spiel aber austragen mußten, stellten sie uns als Ersatz in ihre Mannschaft. Ich wurde zwischen die Torpfosten gestellt, richtig gesagt, zwischen zwei Mützen, welche die Torpfosten markierten, denn für das Spiel im Feld war, wenigstens nach der Meinung der Großen, ich immer noch »zu kla«.

Bei dem nun folgenden Wettspiel ließen wir Ersatzmänner nun alle [Anm.: Wort unleserlich] unseres bereits erworbenen Könnens springen. Nach dem siegreichen Ausgang deßselben war es eine Selbstverständlichkeit, daß wir bei dieser schon etwas älteren Fußballgilde als gleichberechtigte Kameraden aufgenommen waren. Viele schöne und harte, verlorene und siegreiche Fußballschlachten trug ich mit diesen patenten Burschen aus. Einen langen Kampf mußte ich noch mit meinen neuen Freunden ausfechten, denn ich sollte immer noch den Torwart spielen und mein ganzes Herz hing doch daran Stürmer zu werden, weil ich meine nun schon vorhandene ziemlich starke Balltechnik zeigen wollte.

Nun, auch der Tag kam, an dem ich Außenstürmer spielen durfte und nach einigen Spielen war ich für meine Freunde ein so nützlicher Stürmer, daß sie meinem Wunsch nur Stürmer zu spielen, gelten ließen. Dies umso mehr, da ich mich nach und nach zu einem echten Stadtgrabenspezialisten entpuppte.

Ich spielte nämlich als Außenspieler bei den Angriffen des gegnerischen Läufers oder Verteidigers immer mit der Stadtmauer, welche unsere Seitengrenze darstellte und mit den auf der Seite sich befindlichen Bäumen zusammen. Indem ich die Mauer oder den Baum als Billardbande benutzte und das Abspringen des Balles immer so berechnete, daß der Gegner meistens überlistet war. Dieses technische Ausnutzen jeder sich bietenden Chance erregte erst großes Aufsehen und Verwunderung und wurde dann von allen Spielern unserer Mannschaft mit mehr oder weniger Sicherheit der Berechnung übernommen. Durch mehrjähriges Zusammenspiel brachten wir es zu jener Zeit zu einer Fußballmannschaft, welche sich fast mit allen Stadtvierteln Nürnbergs maß und in dem Ruf stand eine fast unschlagbare Mannschaft darzustellen. Namen wie Steinlein, Gräbner, Krauß, Reuter, Kirchgeorg, Heldenbauer, Heuneberger, Berim, Rettenberger, Richter, mehrere Jahre später auch Kalb. Alles Spieler, welche zur Stadtgrabenelite gehörten, haben bewiesen, welch tüchtiges Spielermaterial sich da im Stillen heranbildete.

Als ich dann in die Oberrealschule in Nürnberg kam, lernte ich unter der wirklich guten Leitung des in Nürnberg durch seine Tätigkeit beim Stadtverband für Leibesübungen sehr gut bekannten Herrn Professor Martini noch ein Ballspiel sehr liebgewinnen und zwar das Schlagballspiel. Auch diesen neuen Sport pflegte ich mit solchem Eifer und mit einer solchen Hingabe, daß es mir auch gelang ein Spitzenspieler der Anstalt zu werden. Sehr nett waren hier die alljährlichen Hallenmeisterschaftsspiele arrangiert und

ein großes Fest war immer der Tag der Meisterschafts-Entscheidungsspiele, galt es doch für eine große Ehre nach einem Sieg ein Bild in dem »Goldenen Meisterschaftsbuch« für ewige Zeiten verankert zu sehen. Nebenbei wurden – von dem zu jener Zeit seltenen Typ eines sportfreudigen Professors Martini – noch Wettspiele mit anderen Lehranstalten im Schlagballspiel herbeigeführt und da waren es die später noch bekannt werdenden Fußballnamen wie Böß, Arnold und meine Wenigkeit, welche verantwortlich dafür zeichneten, daß unsere Mannschaft, damals direkt aufsehenerregend, einheitlich, mit schmuckem, rotweiß gestreiftem Clubdress (als Schlangenmensch) gekleidet war. Was hatte es doch für unendliche Mühe gekostet bis uns seinerzeit gelungen war, die zwölf benötigten Trikots leihweise aufzutreiben, aber der Stolz war dann dafür auch um so größer. So schmuck wie die Kleidung war auch das Spiel der Schlagballmannschaft und wir wahrten auch immer den Ruf der Oberrealschule, die beste Schlagballschule zu sein. Unser allseits verehrter Professor Martini, an dem wir, trotz mancher von ihm verdient bekommenen kräftigen Ohrfeige, mit großer Liebe hingen, erinnert sich bei gelegentlichen Zusammenkünften immer noch sehr gerne dieser Jahrgänge, da wir ihm, als richtig aufgeweckte forsche Burschen nicht nur Ärger, sondern noch viel mehr Freude bereitet haben.

Die große Leidenschaft »Fußball« erlitt dadurch aber keine Einbuße, denn Fußball wurde immer noch mit derselben Begeisterung weiter getrieben, wie vorher. Diese Begeisterung ging sogar so weit, daß bei einer gelegentlichen Erkundigung meiner Eltern in der Schule nach Leistungsfortschritten die Antwort erteilt wurde, daß ihr hoffnungsvoller Sprößling ein begabter, aufmerkamer Schüler sei, jedoch bei weitem mehr leisten könnte, wenn er nicht so viel am Sport hinge. Endresultat: als ich nach Hause kam, gab es eine kräftige Tracht Prügel und lange Moralpredigten, auf daß ich in mich gehen und mich bessern solle, nämlich den »albernen Sport« aufgeben. Das war natürlich leicht gesagt, aber für mich, der ich der Leidenschaft Sport schon wirklich verfallen war, nicht zu machen, denn ich konnte meine Sportbegeisterung doch nicht über Nacht aus mir herausreißen.

In schlauer Art und Weise verhielt ich mich einige Wochen sportlich sehr passiv, so daß meine Eltern mit mir sehr zufrieden waren: Im Geheimen jedoch verbündete ich mich mit einigen Freunden und wir wollten den großen Schritt unternehmen einem richtigen Fußballclub beizutreten. Was gab es da lange zu überlegen? Unsere Träume kannten nur einen Klub, welcher für würdig erachtet wurde, uns in seine Reihen aufzunehmen: den 1.FCN. Gesagt, getan und wir wurden in die 7b Mannschaft eingereiht. Ich spielte damals der Not gehorchend unter dem Namen »Lony«, da es bekanntlich zu jener Zeit an den Mittelschulen streng verboten war, irgendeinem Sportverein als Mitglied anzugehören. Der Name ist mir auch stets geblieben. Manche schwarze Professorenseele hätte uns gehörig am Zeug geflickt, wenn sie damals von unserem »verbotenen« Spiel erfahren hätte. Einige unserer Professoren brachten es allerdings in Erfahrung, waren aber so freundlich und verständnisvoll, sich nichts merken zu lassen, dafür waren wir ihnen im Stillen sehr dankbar und verehrten sie sehr. Unsere Tätigkeit in der 7b-Mannschaft des Club war am Anfang noch nicht so ruhmreich, als wir erhofft hatten, denn wir waren eine zusammengewürfelte Mannschaft und konnten uns zunächst spielerisch gar nicht gut zusammenfinden. Wir hatten auch Leute in unseren Reihen, die unsere technischen Fähigkeiten noch nicht besaßen; da war es für uns nur natürlich, daß wir Umschau hielten nach einigen besseren Spielern und Greifkommandos aussandten. Ich persönlich holte den kleinen Bäß vom Fußballclub Victoria, welcher auch mit uns zur Schule ging und dem unser Freundeskreis sehr zusagte. Durch unsere Tätigkeit bauten wir uns eine ganz tüchtige Mannschaft zusammen und in diversen Auswahlspielen rangierten wir uns als 5b Mannschaft ein.

– Fortsetzung folgt –

Pokalspiel Süddetschland – Westdeutschland 7:2.
Kalb hat aus dem Hintergrund soeben das 3. Tor geschossen. Vorn in der Mitte Seiderer und Franz, im Hintergrund Ascherl.
[Anm.: Das Spiel fand am 6. September 1925 in Ronhof statt.]

Tony Seiderer erzählt…

1. Fortsetzung

In der Schokoladenmannschaft

Spielführer der 5b-Mannschaft des 1.FCN war der in aktiven Sportkreisen gut bekannte »Schollers Fritzla«. Unseren Ehrgeiz spornte er besonders dadurch an, daß er versprach, jedem Spieler der Mannschaft immer nach dem 100. Tor je zwei Tafeln Schokolade als Leistungsprämie zu geben. Von unseren Klubkameraden erhielten wir darauf prompt den Spitznamen »Schokoladenmannschaft«. Dies kümmerte uns natürlich sehr wenig. Viel mehr interessierten uns die kommenden Wettspiele, da wir möglichst rasch in den Besitz der versprochenen Schokolade kommen wollten. Ich kann nur sagen, es war ein sehr langer, dornenvoller Weg. Viel Zeit verrann und Schweiß floß in Strömen, bis wir unser Ziel, das 100. Tor erreichten. Es war eine schöne, ideale Zeit.

Mit dieser 5b-Mannschaft machten wir natürlich auch größere »Auslandsreisen« nach Fürth, Lauf, Hersbruck usw. Ja einmal durften wir sogar nach Amberg fahren. Für uns war dies eine sehr weite Reise. Die Vorbereitungen waren groß, wochenlang vorher wurde trainiert und besprochen, da wir unseren Verein gut vertreten wollten. Dies gelang uns dann auch überzeugend.

Der Unterhosenback

Die schönsten Stunden im Jahr verbrachten wir stets einmal im Jahr in der »Restauration Birkel« in Lauf. Einer unserer Mannschaftskameraden, welcher für uns ein Krösus war, hatte gute Beziehungen nach Lauf. Er schloß deshalb immer zur Spargelzeit ein Wettspiel mit dem dortigen Sportklub ab und bewirtete unsere Mannschaft mit warmem Schinken und Spargel und diversen Maß Bier. Für dieses feuchtfröhliche Spiel hätten wir immer 20 Spieler zur Verfügung gehabt, da an diesem Tag gern auch Spieler der oberen Mannschaften mit uns fahren wollten. Dies war ein Zeichen, wie bekannt und berühmt dieses »Schinken-und-Spargel-Spiel« geworden war. Für mich »Benjamin« natürlich wurde von jenem Spender auch die Fahrt bezahlt, da ich zu jener Zeit kaum richtig wußte, wie Geld überhaupt aussah. Für mich war jedenfalls Geld schon damals so selten, wie es heute wieder für so viele Leute ist. Die Fußballbegeisterung dieses Gönners unserer 5b-Mannschaft war so groß, daß er, um für seine Mannschaft spielen zu können, auch manches Unangenehme in Kauf nehmen mußte. So mußte er, wie mir unvergessen

Die Cricketmannschaft Nürnberg.
1 und 2 zwei Brüder der Sportfamilie Richter, 3 Lony Seiderer, 4 C.M. Stark, der Gründer und Förderer (später Gründer des ASR.).

bleibt, eines schönen Sonntagmorgens im Winter, als wir auf den Concordia-Platz kamen und uns dann umkleiden wollten, feststellen, daß in seiner Fußballtasche die Hälfte aller Spielutensilien fehlte. Oh, welch ein Schreck, bei genauem Hinsehen bemerkte er, daß seine Fußballhose nicht vorhanden war. Dies war für ihn doppelt fatal, da er so groß und dick war, daß er von unseren Reserve-Fußballhosen keine gebrauchen konnte. Jede vorhandene Hose hätte er unbedingt schon bei dem Versuch, in sie hineinzuschlüpfen, zersprengt. Er setzte alle Hebel in Bewegung, um von dem Gegner ein »Höschen« zu bekommen, aber trotz eines Angebotes von diversen Maßen gelang ihm auch das nicht. Unsere Mannschaft mit 10 Mann antreten und spielen sehen zu müßen, hätte unser Freund »Dickerchen« nie über sich gebracht. Er hatte ein goldenes Fußballherz, das ihm keine Ruhe gab, und er marterte sein Gehirn so lange, bis er einen Ausweg fand. Ein freudestrahlendes Lächeln huschte über sein volles Gesicht, als er uns verkündete, daß er eine großartige Idee habe, nämlich in der Unterhose zu spielen. Dieser Gedanke löste bei uns große Heiterkeit aus. Doch unbeirrt zog er sich sofort ganz um und repräsentierte sich uns als direkte »Fastnachts-Fußballfigur«. Bei Betreten des Platzes erregte natürlich unser Verteidiger großes Aufsehen und erntete viel Gelächter. Dies steigerte sich noch dadurch, daß beim Laufen die heimtückische Unterhose nie halten wollte. Er mußte sich ständig mit ihr beschäftigen, wenn er nicht riskieren wollte, plötzlich auf dem Fußballplatz zu stehen, so, wie ihn Gott erschuf.

Nun, bei diesem Spiel bezwang er sogar Ball, Gegner und Unterhose und wir hatten einen »Unterhosenback«. War dies nicht große Fußballbegeisterung?

Unter schwarzer Flagge in Bayreuth

Zu jener Zeit kam es auch vor, daß wir Samstagnachmittag unsere Spiele absolvierten und Sonntags dann nicht wußten, was wir tun sollten. Ein guter Freund, Stetefeld war sein Name, animierte einige von uns, doch bei ihm in Bayreuth Gastspiele zu geben und zwar bei dem 1. FC Bayreuth, wo er selbst als Torwart mitwirkte. Wir waren sofort bereit und spielten in den Reihen des 1. FC Bayreuth gegen den FC Selb, Michelau und andere auf dem harten Kasernenboden in Bayreuth mit sehr gutem Erfolg. Dies ging damals alles unter sogenannter »Schwarzer Flagge«, da wir ja keine Spielerlaubnis dazu hatten. Es ging sehr leicht, zu jener Zeit fragte niemand nach einem Spielerausweis mit Lichtbild und die Fußballbehörde kümmerte sich um die Provinz noch sehr wenig. Mein Freund Hellmeier wurde bei den Bayreuther Zuschauern die große Kanone, da er den Ball am höchsten und weitesten schlagen konnte. Meine Wenigkeit bewunderten sie, weil ich so klein war und doch die Gegner so foppte. Damals kam es mir schon zum Bewußtsein, daß ein kleiner Mann mit gutem technischem Können direkt suggestiv auf die Zuschauer wirkte. Wurde nämlich ein Gegner durch das aufreizende Überspielen von mir wild und es gab daran anschließend einen kräftigen Zusammenstoß, an dem ich auch meinen redlichen Anteil hatte, so nahm das Publikum stets für mich Partei, weil ich halt »gar noch so kla war«. Die schönen Stunden in Bayreuth hätten wir nicht so rasch aufgegeben, wenn sie nicht der Leitung des 1. FCN zu Ohren gekommen wären. Die Vorstandschaft unterband diese lustigen Wochenendfahrten gründlich, indem sie uns mitteilte, wir mußten uns sofort entscheiden, für wen wir in Zukunft spielen wollten. Da wir aber das rotweiße Trikot nicht missen wollten, entschieden wir uns recht brav und sittsam beim 1. FCN weiterspielen zu wollen und gaben diese schönen Gastspielreisen, wenn auch schweren Herzens, auf.

Das damalige Training

Es verging fast kein Tag, an dem wir nicht in Schweinau an der Maiachstraße Fußball spielten. Dies war ganz besonders für mich sehr viel, da ich am Marsfeld wohnte und nach Schweinau hin und zurück laufen mußte, da die Straßenbahn mich nicht unentgeltlich fahren ließ. Unser Hauptziel war es, wenn es irgend ging, mit der 1. Mannschaft zu trainieren, da wir den »Großen« doch auch unser Können zeigen wollten.

Die 1. Mannschaft betrachtete zu damaliger Zeit als Training nur auf das Tor zu schießen. Stundenlang bombardierte sie die »Kiste« mit kräftigen Schüßen und wer den »pfundigsten«

Schuß abgeben konnte, war am angesehensten. Oft dachte man, das Tor solle zusammengeschossen werden, so krachten die angeschossenen Balken und flirrte das Drahtwerk.

Kritisches

Sollte vielleicht dieses Tortraining, bei dem meistens der Ball direkt geschossen wurde, es ausmachen, daß die Stürmer von damals eine ganz andere Schußkraft besaßen, als sie die jetzigen Stürmer besitzen? Wenn ich zurückblicke und stelle mir im Geiste Trainings- und Wettspielschüße eines Philipp, Träg, Steinmetz, Bark, Gräbner, Kirchgeorg und anderer vor und vergleiche sie mit vielen Schüßen, welche ich in der Jetztzeit bei Wettspielen auf dem Fußballplatz sehe, so muß ich sagen, daß es meistens ein so großer Unterschied ist wie Tag und Nacht. Mit diesen Ausführungen will ich absolut nicht das Training »nur auf das Tor zu schießen« predigen. Sagen will ich damit, daß der Torschuß auch nicht vernachlässigt werden darf, aber beim Training zweckmäßig vorgegangen werden muß. Meistens sieht man auf den Sportplätzen, wenn Spieler auf das Tor schießen, daß sie sich recht schön und gemütlich den Ball hinlegen oder vorlegen und dann mit großer Wucht den Ball treten. Das ist eine Übung, welche meiner Meinung nach so überflüssig ist wie ein Kropf. Überflüssig aus dem Grunde, weil den Stürmern im Wettspiel gar keine Gelegenheit gegeben wird, sich den Ball so schön vorzulegen, ohne angegriffen oder bedrängt zu werden. Wichtig ist bei dem Training auf das Tor zu versuchen, aus allen möglichen Lagen durch direktes Abfassen einer Flanke oder eines zugespielten Balles ein Tor zu erzielen. Dadurch erhöht man seine Ballsicherheit und kann sie auch im Wettspiel entsprechend verwerten.

Lony trainiert Tormann

Da es damals nicht viele Spieler gab, welche sich bei diesen Schüssen und bei dieser Art von Training gerne in das Tor stellten, so benützte ich diese Gelegenheit, ständig mit der 1. Mannschaft trainieren zu können und stellt mich in das Tor. Der damalige Torwart der ersten Elf hielt nicht viel auf geregeltes Training, sondern spielte lieber mit einer feschen Partnerin eine Partie Tennis. Nun, manches »Schüßlein« höre ich heute noch an meinem »Kohlrabi« vorbeipfeifen. Dieses Tortraining war der Grundstein für mein in späteren Jahren erfolgreiches Torwartspiel. Den Abschluß dieses ganz einseitigen Trainings bildete immer ein sogenanntes »Ganzes«. Bei diesen Trainingsspielen spielte ich immer außen im Felde und fiel gar bald durch meine Balltechnik auf. Nie werde ich vergessen, wie oft mir der damalige Spielausschußvorsitzende des 1. FCN, Herr Hofmann, jetziger »Kicker«-Redakteur, sagte »Schad, daß du gar su kla bißt; eß halt viel Kniedla, daßt wächst«. Schon wieder war mir meine Körpergröße ein Hindernis.

Ich befolgte den Ratschlag des Herrn Hofmann gewissenhaft und aß zu jener Zeit alles, was mir in die Finger kam. Seine nette Frau Gemahlin half auch dazu, mich aufzupäppeln. Fast jeden Tag erhielt ich nach dem Training von ihr schöne belegte Butterbrote, welche ich dann abends im Garten verzehrte. Dazu gab es im Sommer eventuell noch Rettiche, welche unseres damaligen Clubwirts Bamberger Garten liefern mußte. Da hieß es nur gut aufpassen, daß der Clubgewaltige gerade mit Einschenken beschäftigt war, denn sehen durfte er es nicht, wenn ihm der Stolz seines Gärtchens, seine Rettiche, gemopst wurden. Er sah es nie. Viele Jahre später beichtete ich unserem »Bambus« alles und er lachte darüber sehr.

Bark, der Freund der Jungens

Als Gustav Bark, der große Schweizer Internationale zum 1. FCN kam, hatten wir Jungens einen guten Freund gefunden, denn er nahm sich ständig in der besten Weise um uns an. Nicht nur spielerisch, sondern auch im Essen war Bark für mich Vorbild. Dem lieben Bark schmeckte es immer, er aß oft und weil er oft aß, verlangte er große Portionen. Oh, wie bin ich erschrocken, als er mich einmal in sein Stammlokal »Scheues Rößlein« mitnahm und sah, was er alles verschlang. Erst eine große Kalbshaxe, dann noch vier Bratwürste mit Kraut und als Abschluß noch etwas Käse. Zu diesen sicherlich ausgiebigen Abendessen trank er nie Bier, sondern stets Milch, wozu er auch mich immer animieren wollte. So sehr ich vor hatte, ein guter Fußballspieler zu werden, Milch habe ich zum Abendessen nie trinken können. Als waschechter Bayer war mir ein gutes Glas Bier viel lieber und das ist auch heute noch so. Nach einigen Jahren hatte ich meinem Freund Gusti das Milchtrinken abgewöhnt und er trank dann auch sehr gerne ein gutes Glas Helles. In seiner Fußball-Laufbahn schadete ihm das nichts, denn er trank immer nur mit Maß und in kleinen Mengen. Am Sportplatz tummelte er sich am liebsten mit uns Jungens, es gefiel ihm, daß wir oft »saufrech« waren, wie er sich auszudrücken beliebte. Es machte ihm Heidenspaß, wenn er sich mit uns durch Ringen oder sonstigen kleinen Balgereien abraufen konnte und wenn wir bei dieser Gelegenheit Schneid zeigten. Wie jedem Sportanhänger wohl noch in Erinnerung sein wird, hatte Bark nicht nur stahlharte Knochen, sondern er verfügte auch über so großes Standvermögen, wie es nur die wenigsten mir bekannten Fußballspieler besessen haben. Die Ursache lag in der Gedrungenheit seiner Gestalt. Sein Körperschwerpunkt lag sehr tief und darum war es auch ein müßiges Beginnen, wenn ich so sagen darf, ihn aus den Angeln heben zu wollen. Warf sich Bark beim Spiel einem Gegner in die Füße, so stand er auch gleich wieder da. Ich vergleiche ihn oft mit einem Stehaufmännchen. Da nun Bark

Das Clubhaus des 1. FCN. in Mesach.
1. Frau Hofmann, Gattin des Spielausschußvorsitzenden;
2. Lony Seiderer

über diese kolossale Standfestigkeit verfügte, spielte ich Knirps immer mit dem Gedanken, ihm einmal zu zeigen, daß ich schon Bark rempeln konnte. Diese wahnsinnige Idee setzte ich bei einem Trainingsspiel in die Tat um und rempelte Bark, als er nicht darauf gefaßt war, äußerst scharf. Ich erwartete, ihn umzuwerfen, er fiel aber nicht um, sondern sagte nur zu mir: »Lony, mach' keine Dummheiten«. Da es mich reizte, ihn einmal umzulegen, ging ich Gusti bei der nächsten Gelegenheit so scharf an, als es in meinen Kräften stand. Ich hatte die Rechnung ohne den Wirt gemacht. Der gute Bark spreizte sich sich so fest, daß ich von ihm zwei bis drei Meter weg durch die Luft flog und mit zersplittertem Ellenbogen liegen blieb. Ich dachte, ich wäre an ein Hauseck angerannt und mir verging Hören und Sehen. Als guter Kamerad schaffte mich Gusti sofort zum Arzt, redete mir gut zu und brachte mich zu meinen Eltern nach Hause, wo natürlich großer Schrecken herrschte. Von meiner fixen Idee, Bark kräftig hinzulegen, war ich geheilt. Nach einigen Wochen Pause konnte ich wieder munter am Training teilnehmen, den Unfall hatte ich bald überwunden.

Ein Trainer kommt

Bald darauf hörte ich zu meiner großen Freude von einem Clubvorstandsmitglied, daß sich der Verein mit dem Gedanken trage, einen Trainer anzustellen und zwar einen Engländer. In meinem Kopf spukte nun den ganzen Tag der englische Trainer herum. Ich versprach mir durch Training eines früheren englischen Professional viel spielerischen Gewinn. Zu jener Zeit hielt ich alles, was englisch war, für das allein Seligmachende. Gleich, ob es ein Anzug, eine Sportmütze, ein Fußballstiefel Marke »Cert«, ein Fußball Marke »Mac Gregor« oder etwas anderes war. Die Hauptsache war für mich englisch mußte es sein. Eigentlich ist es überflüssig zu bemerken, daß ich meine Eltern so lange plagte, bis ich »Cert-Fußballstiefel« kriegte. Diese hatten natürlich Knöchelschützer und beinharte Kappen. Sonst wären sie nicht richtig gewesen. Über diese Art von Fußballspielen lachte ich später noch oft. Nach langer Geduldsprobe kam mir endlich zu Ohren, daß die Clubleitung mit Mister Walker, welcher in der Mannschaft von Queens Park Rangers als Mittelläufer gespielt hatte, zu einem Abschluß gekommen war. Wir Jugendlichen erzählten uns Wunderdinge von ihm, was er schon alles geleistet habe. Woher wir dies aber alles wußten, konnte eigentlich keiner sagen. Ich konnte kaum erwarten, bis er endlich bei uns eintraf.

In meinem Unverstand dachte ich, daß sich Mr. Walker nun stets mit uns abgeben würde, und da ich zu gleicher Zeit in der Schule englischen Unterricht hatte, wollte ich außerdem meine schon gelernten englischen Brocken an den Mann bringen. Anm.: die ersten Wochen war ich sehr enttäuscht, denn uns Grünschnäbel beachtete er fast gar nicht. Für mich war das schlimm. Um so mehr ging Mr. Walker mit der ersten Mannschaft ins Zeug. Er ließ sie Seilspringen, Punchingball boxen, hielt großes Balltraining ab, viel starten und massierte die Spieler nach dem Training. Ungünstig war, daß Mr. Walker nicht ein Wort deutsch sprechen konnte, so daß die Verständigung sehr schwer war.

Heiner Träg ist unzufrieden

Den meisten Spielern der ersten Mannschaft behagte vieles Training gar nicht, es war ihnen zu anstrengend, und der Trainingsbesuch ließ bald zu wünschen übrig. Unvergeßlich wird mir bleiben, wie Heiner Träg mit einem Sprungseil bewaffnet aus der Umkleidekabine kam, um Seil zu springen. Dies war eine Übung, welche dem Heiner nicht lag und trotz besten Willens brachte er es nicht richtig fertig. Für die Zuschauer war es eine große Volksbelustigung und der Heiner ärgerte sich halb krumm. Böse Zungen behaupten, seit dieser Zeit wären seine Beine wirklich krumm. Wie er dann noch einige Minuten am Punchingball trainiert hatte und ihm dies auch nicht gefiel, war sein niederschmetterndes Urteil über das Training schon gemacht: »Mir brauchn den seine

Krämpf do, däs is nix fir mih.« Heiner Träg befaßte sich in Zukunft nur noch mit Balltraining und als nach Schluß eines solchen Mr. Walker ihn massieren wollte, sagte er nur: »Döi Schnikl brauch ih net, meine Ba san gsund.«

– Fortsetzung folgt –

Training

Bis in die späten 1920er, ja, teilweise bis in die 1930er Jahre hinein, bestand das Training vor allem aus Konditions- und Schussübungen. Wenn es überhaupt einen Trainer gab! Es war durchaus verbreitet, dass sich Mannschaften sozusagen selber trainierten. Lony, der Filigrantechniker, erkennt schon in jungen Jahren den Wert gezielten Taktiktrainings, wie er ja selbst schreibt. Beeinflusst und inspiriert vor allem von den englischen Fußballtrainern Walker und Townley, spielt er »modernen« Fußball, zelebriert geradezu den Fürther Flachpass und begeistert damit die Zuschauer.

William Townley,
der Vater des »Fürther Flachpasses«

Ab den frühen 1920er Jahren wurden, oft hauptamtlich und dementsprechend bezahlt, Trainer üblich. Auch Spielertrainer zu sein war nicht zuletzt eine Möglichkeit offiziell Gehalt zu bekommen! Trainer übernehmen darüber hinaus meist die medizinische Betreuung der Spieler. Es ist die Zeit, in der sich auch neben dem Spielfeld langsam moderne Strukturen aufbauen. Seiderer deutet an, dass Spitzenmannschaften sich fast täglich zur Vorbereitung treffen. Das waren, Amateurstatus der Spieler hin oder her, Profibedingungen und wohl nur möglich, wenn sie von den jeweiligen Arbeitgebern freigestellt und möglicherweise für diese Zeit auch irgendwie entlohnt wurden.

Die von uns aufgefundenen Notizen, die sich Seiderer als Trainer gemacht hat, zeigen deutlich die Wandlung vom »Bolzen« zum modernen, theoretisch fundierten Fußball, wie er sich ab den 1930ern allgemein präsentierte – und in den 1920ern von vielen etablierten Spitzenmannschaften, wie der Spielvereinigung, bereits praktiziert wurde.

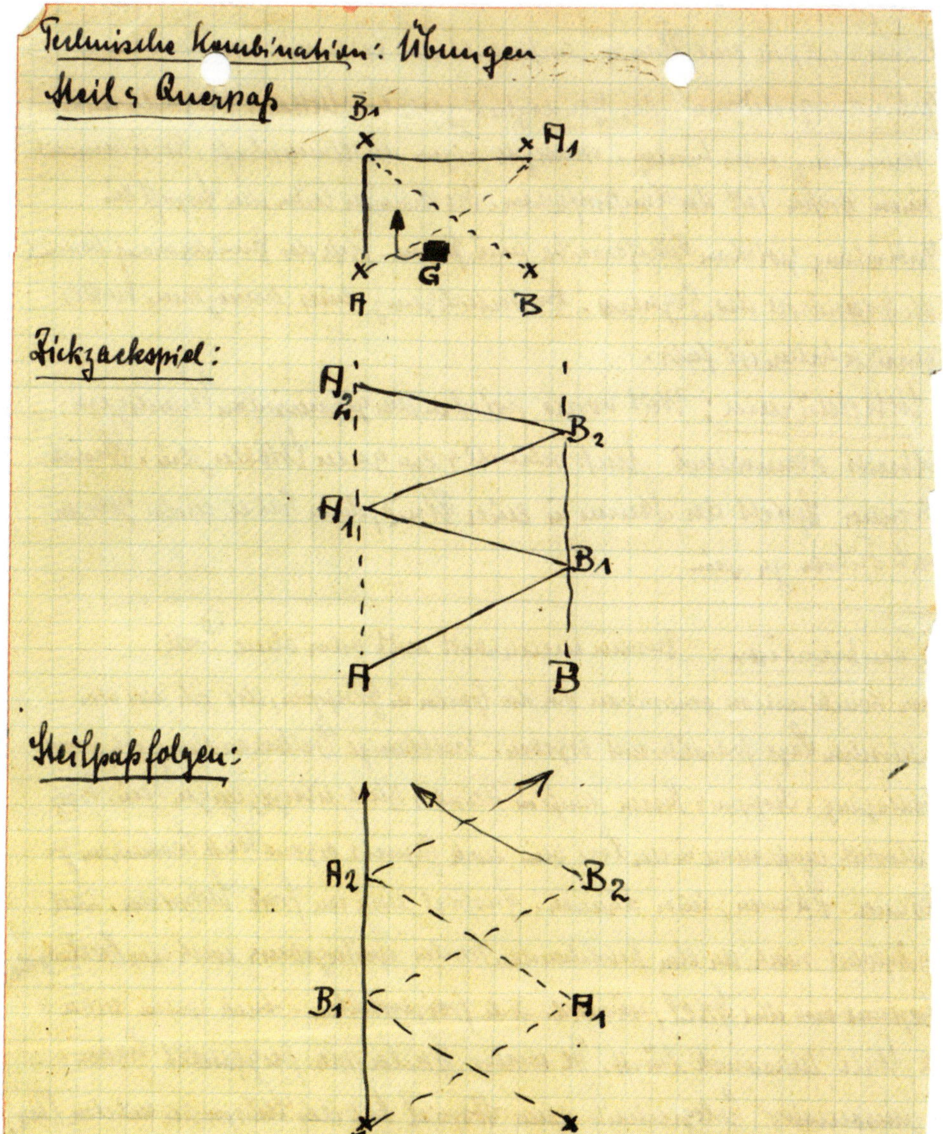

Technische Kombination: Übungen

- Steil- und Querpaß
- Zickzackspiel
- Steilpaßfolgen

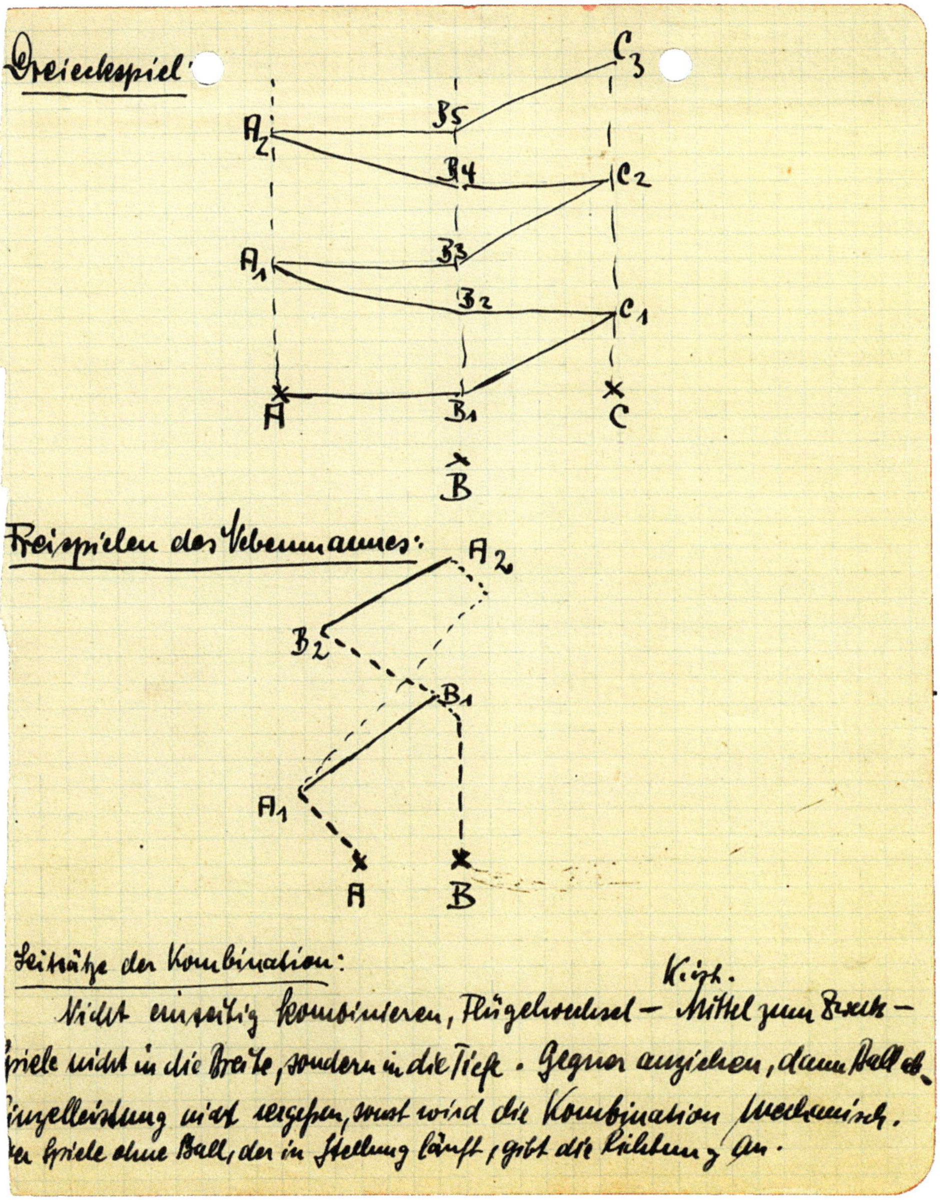

• Dreieckspiel
• Freispielen des Nebenmannes:
Leitsätze der Kombination:
Nicht einseitig kombinieren, Flügelwechsel – [unleserlich] Mittel zum Zweck –
Spiele nicht in die Breite, sondern in die Tiefe. Gegner anziehen, dann Ball ab[geben].
Einzelleistung nicht vergeßen, sonst wird die Kombination mechanisch.
Der Spiele[r] ohne Ball, der in Stellung läuft, gibt die Richtung an.

Lony Seiderer erzählt...

2. Fortsetzung

Lony, der Freund von Mister Walker

Während der großen Schulferien war ich mit meinen Freunden täglich am Platz und da die 1. Mannschaft nicht mehr so fleißig trainierte, bemühte sich der Trainer mehr um uns. Jeden Morgen waren wir frühzeitig anwesend, eigneten uns diverse Schläger und Bälle an und spielten mit dem Trainer sein Lieblingsspiel »Tennis«. Dies gefiel uns so gut, daß es kein Wunder war, daß nach einiger Zeit verschiedene Mitglieder der Tennisabteilung sich nicht darüber einig waren, warum ihre Schläger sich so rasch abnützten. Uns wunderte das nicht. Hatten wir doch an dem raschen Verschleiß der Schläger und der Bälle unseren redlichen Anteil.

Nach dem Tennisspiel betrieben wir mit großer Vorliebe das Seilspringen und das Punchingballboxen und brachten es darin durch viele Übung zu einem schönen Können. Nach diesem Training wurde rasch ein Bad genommen und heimwärts ging es zu dem Mittagessen. Meistens gab mir Mr. Walker ein Zehnpfennigstück, damit ich den weiten Weg nicht nach Hause laufen mußte. Dafür bestellte er mich nachmittags in die Stadt zu einem einbis zweistündigen Rundgang, wobei er seine dürftigen Kenntnisse der deutschen Sprache etwas erweitern wollte. Zu diesem Zwecke blieb er vor allen möglichen Läden oder Gebäuden stehen und fragte mich ständig »what is that«. Ich mußte es ihm deutlich vorsagen und er übermittelte es mir dann englisch. Köstliche Stunden verlebte ich dabei und ich war stolz, daß ausgerechnet ich

Lony Seiderer als junger Bursche in der Ilz bei Passau

das Glück hatte, mitmachen zu dürfen. Kamen wir am nächsten Tag an denselben Stellen wieder vorbei, so zeigte Mr. Walker sein gutes Gedächtnis, indem er mir auf deutsch sagte, was ich ihm am vorherigen Tag beigebracht hatte. Man kann sich vorstellen, daß mancher tiefer Unsinn dabei heraus kam. Lächelte ich dann schelmisch, so ärgerte er sich, weil er wußte, daß etwas falsch sei. Sein hart ausgesprochenes »lache nicht« höre ich noch heute im Geiste.

Seiderer rückt auf

Nach diesem Training ging es wieder auf den Sportplatz zum Fußballtraining. Ich kann heute ruhig behaupten, daß dieser Mister Walker, welcher mich wie einen Sohn behandelte, mir sehr zugetan war und sich täglich so unermüdlich mit mir beim Fußballtraining abgab, den Grundstein meiner später so erfolgreichen sportlichen Laufbahn legte. Bestimmt weiß ich, daß meine Person von diesem Training den größten sportlichen Nutzen hatte. Nach längerem [Training] mit ihm rückte ich bis in die 2. Mannschaft vor. Zu meiner großen Freude wurde ich auch größer und stärker. Einmal war es mir schon in der Maiachstraße vergönnt, als Ersatz in der 1. Mannschaft bei einem Spiel gegen die SpV. Wiesbaden, bei welchem Verein der berühmte Dr. Knibes das Tor hütete, mitwirken zu dürfen. Unter Garantie habe ich die beiden vorhergehenden Nächte kaum schlafen können, so regte ich mich über diese Auszeichnung auf.

Qualen des Ersatzmannes

Mein erstmaliges Auftreten in der 1. Elf soll nicht schlecht gewesen sein. Aus diesem Grund hatte ich auch die Ehre in Zukunft bei auswärtigen Fahrten nach München, Stuttgart usw. den Ersatzmann machen zu dürfen. Mancher heutige, junge, angehende Spieler der 1. Mannschaft wird bei dem Lesen dieser Zeilen denken, »Donnerwetter der hat es fein gehabt, der durfte als Ersatzmann alle Reisen mitmachen«. Weit gefehlt! Da war es nicht so, wie es in der Jetztzeit Gang und Gebe ist, daß der Ersatzmann einfach mitfahren durfte, denn die Kasse des Vereins vertrug solche Belastungen nicht. Ich mußte stets auf dem Bahnhof sein, damit ich bei eventuellem Verschlafen eines Spielers einspringen konnte. Den Vereinsvorständen und Spielausschußvorsitzenden kann ich nachfühlen, wie schwer es heute ist, den meistens schon verwöhnten Ersatzspielern der 1. Mannschaft, es so recht zu machen, daß alle zufrieden sind. Heute soll es keine Seltenheit sein, daß ein Ersatzspieler, wenn er einmal auf eine Reise nicht mitgenommen wird, sofort mit dem Austritt aus dem von ihm so geliebten Verein droht. Es soll auch in manchen Vereinen Funktionäre geben, welche ein großes Talent als Reisebegleiter entwickeln.

Es wäre unschön von mir, wenn ich nicht bekennen würde, daß ich immer im Geheimen den Wunsch und die Hoffnung trug, es möge doch ein Spieler verschlafen, damit ich auch einmal eine Reise mitmachen könne. Zu meinem großen Leidwesen geschah dies nicht. Ausgerechnet meinem guten Freund Heiner Träg

blieb es vorbehalten mich des öfteren zu foppen. Er hatte die schlechte Angewohnheit am Bahnhof immer der letzte zu sein. Wie genau er das immer ausrechnete, das war und blieb sein Geheimnis. Durch diese schlechte Manier kam es einmal vor, daß ich eingeteilt wurde, mitzufahren. Freudestrahlend ging ich mit meiner Fahrkarte durch die Bahnhofsperre und bestieg mit der Mannschaft den Zug. Hätte dieser an diesem Tag keine Verspätung gehabt, so wäre ich auf dieser Fahrt bestimmt dabei gewesen. Gegen mich hatte sich aber alles verschworen. Durch die Verspätung hatte der Heiner Glück und als er wie ein frischgeölter Blitz angerannt kam, mußte ich wieder aussteigen und meine Fahrkarte mit seiner Bahnsteigkarte vertauschen. Gemein war, daß er mich noch auslachte, dafür hatte ich auf ihn eine »Mordswut«. Mit feuchten Augen sah ich dem ausfahrenden Zug nach und war fest entschlossen, in Zukunft nicht mehr als Ersatzmann auf den Bahnhof zu gehen. Doch als es wieder von mir verlangt wurde, war ich als pflichtbewußter Sportler auch wieder da.

Zu diesem Zeitpunkt versuchte der bekannte C. M. Stark in Nürnberg bei dem 1. FCN eine neuen Sport einzuführen und zwar …

das englische Cricketspiel

Es war ein schöner Sommersport, welcher auch mich, als Schlagballspieler, in seinen Bann zog. Ich verstehe heute recht gut, daß die englischen Berufsfußballspieler während der Sommerpause viel und gerne diesen Sport treiben. Es gehört einerseits große körperliche Gewandtheit dazu und ist andererseits nicht zu anstrengend. An den Übungsabenden dieser Mannschaft nahm ich ständig teil. Unser C. M. Stark finanzierte diesen kostspieligen Sport. Er kaufte nicht nur die benötigten Utensilien, sondern kleidete seine Mannschaft noch feudal ein. Jeder Spieler erhielt eine lange, weiße Wildlederhose, ein blütenweißes Hemd, weiße Jockeymütze und ein Paar Tennisschuhe erster Güte. Als erster Gegner wurde der damals gut bekannte Berliner Cricketclub Victoria verpflichtet, in dessen Reihen der erste Internationale Röpnack mitwirkte. Dieses Wettspiel ging am alten Frankenplatz an der Grünstraße vor sich, bei Anwesenheit von 150 Zuschauern und wurde von uns verloren. Bei diesem Spiele lernten wir viele technische Vorteile, welche wir vorher noch nicht begriffen hatten, und mit großem Eifer übten wir diese Tricks an den folgenden Trainingsabenden. Als unser C. M. Stark dachte, wir hätten nun genügend dazu gelernt, schloß er ein Spiel mit einer Frankfurter Cricketmannschaft ab, welche aus lauter älteren Engländern bestand. Der Kampf stieg diesmal in Frankfurt und wurde von uns auch verloren, da wir gegen die langjährige Routine der Engländer nicht ankommen konnten. Freude herrschte in unserer Mannschaft, daß

ich der zweitbeste Cricketspieler am ganzen Platz war und die im Cricketspiel sehr große Leistung vollbrachte, mit 4 Würfen 3 englische Spieler auszuballen. Unser Mannschaftsleiter schenkte mir abends als Anerkennung für meine große Leistung mit den Worten »Helloh Lony for the very good play, one Pound«, ein Zwanzigmarkstück. Ich erschrak darüber sehr und konnte es lange nicht fassen, daß ich nun ein sehr reicher Mann geworden war. Alle fünf Minuten sah ich in meiner Geldbörse nach, ob es auch noch vorhanden sei. Ich lebte ständig in der Angst, es verlieren zu können. Da ich als Schüler doch unmöglich zu Hause erzählen konnte, daß ich im Besitz von 20 Mark sei (meine Eltern hätten sicher gedacht, ich hätte einen Reichsbankeinbruch gemacht!) mußte ich mich auf ein Versteck besinnen. Nach reiflicher Überlegung knotete ich das Geld in einen Taschentuchzipfel fest ein und nahm es abends mit ins Bett, wo ich es unter den Kopfpolstern versteckte. Viele, viele Wochen konnte ich mir nun den unerhörten Luxus leisten, ständig mit der Straßenbahn auf den Sportplatz zu fahren, nachmittags eine Riesenportion Eis und abends nach ausgiebigem Training zwei Knackwürste zu verzehren. Da alles vergänglich ist, war eines schönen Tages auch diese gute Zeit vorbei und ich mußte mir diesen Luxus wieder abgewöhnen. Das Cricketspiel konnte in Nürnberg leider auf die Dauer keinen festen Fuß fassen und da Gegner nur unter großen finanziellen Opfern zu bekommen waren, schlief der schöne Cricketsport bald wieder ein.

Lony spielt auch Hockey

Nicht vergeßen möchte ich, daß ich als sehr vielseitiger Sportler auch oft Hockey ausübte. Bei uns hießen diese Hockeysport-Ausübenden nur die »Zapfentreiber«. Dieses Training konnte ich natürlich nur mitmachen, wenn ich einen Hockeystock geliehen erhielt. Im übrigen war mein Können in dieser Sportart nicht sehr groß, doch in der Anfangszeit dieses Sportes war es genügend um bei einem der ersten Hockeyspiele in Nürnberg an der Grünstraße auf dem Frankenplatz bei einem Wettspiel 1. FCN. – RHTC. (lies Richtermannschaft, 4 Brüder davon spielten darin) [Anm.: Lony meint vier Brüder der Familie Richter], als Mittelstürmer aufgestellt zu werden. Bei dieser Gelegenheit erhielt ich mit einem Hockeystock einen derartigen Schlag auf die Hand, daß meine Begeisterung für diesen Sport eingedämmt war und ich nicht mehr viel davon wissen wollte.

Sieger im Waldlauf

Meine Vielseitigkeit ging so weit, daß ich mich überreden ließ, einen 6,5-klm.-Waldlauf in der Oberrealschule mitzubestreiten, trotzdem ich für Laufübungen im allgemeinen nichts übrig hatte. Die Triebfeder dieses Laufes waren die seinerzeit schon guten und bekannten Waldläufer Engel und Hauer, welche mit mir zusammen im sechsten

Die Clubmannschaft im Juli 1914.
Von links: Trainer Spicksley, Philipp, Zoller, Gräbner, Seiderer, Winter, Maier, Knoll, Rossi (Schiedsrichter); sitzend: Meidenbauer, Weschenfelder, Lüscher, Träg.

Kurs der Schule waren. Es wurde von uns Schülern Geld gesammelt, dafür kauften die zwei Hauptmatadoren Preise und ließen sie gravieren. Also hatte der Lauf den Rahmen einer richtigen Veranstaltung. Nachdem diese beiden voraussichtlichen Sieger die Preise einkauften, konnte man sich denken, daß der 1. und der 2. Preis recht ordentlich waren. Sie hatten aber einen kleinen Rechenfehler gemacht. Die beiden Meister gaben uns Jungens, welche sich noch nie mit Langstreckenlauf betätigt hatten, bis zu dreieinhalb Minuten vor. Meine Wenigkeit bekam zwei Minuten vor. An einem schönen Nachmittag stieg unter der Oberleitung des Herrn Professors Martini der Lauf. Unsere beiden Matadoren waren mit Spikes ausgerüstet, während wir froh waren, daß wir Turnschuhe hatten. Bei diesem Lauf wirkte sich mein ausgiebiges Training sehr zu meinem Vorteil aus. Vom Start weg ging ich in so scharfem Tempo, daß jeder dachte, in fünf Minuten mußte ich aufgeben. Ich dachte aber gar nicht daran, sondern holte bei gleichbleibendem Tempo die vor mir laufenden Vorgabeleute ruhig und sicher auf. Mit dem letzten vor mir liegenden Läufer hatte ich schwer zu kämpfen, bis ich an ihn heran kommen konnte: Dies sollte mein Vorteil sein. Die gegenseitige Rivalität drückte so stark auf das Tempo, daß die beiden Matadoren keinen Meter aufholen konnten. Zu meiner Freude gelang es mir bei diesem Lauf als vielumjubelter Sieger durchs Ziel zu kommen. Zwei Minuten hatte ich Vorgabe erhalten und über zwei Minuten dauerte es bis ein Malmann [Anm.: Wahrscheinlich ein Konkurrent.] das Ziel erreichte. Die Preisverteilung am nächsten Tag wurde in der Turnhalle der Anstalt, während der Unterrichtspause, vorgenommen. Die Wogen der Begeisterung gingen hoch und hatten mich so in den Bann gezogen, daß ich in der nächsten Stunde beim englischen Unterricht sofort eine kleine Abkühlung in Gestalt »einer Stunde Arrests« wegen Unaufmerksamkeit erhielt.

Seiderer endgültig in der »Ersten«

Auch der Tag kam, da ich, als treuer Ersatzmann der Fußballmannschaft meine Belohnung in Gestalt einer endgültigen Teilnahme an einer auswärtigen Fahrt bekam. Eines Tages ward mir die frohe Botschaft, daß ich als Rechtsaußen in Pforzheim mitspielen dürfe, worauf ich sehr stolz war. Mit der seinerzeitigen Mannschaft zu fahren, hatte ich mir eigentlich anders vorgestellt. Ich dachte es gebe da nur Lustiges zu erleben, doch war dies nicht der Fall. Verschiedene Spieler der Mannschaft, wie Steinmetz und der leider im Weltkrieg gefallene Aldebert nahmen sich so gut um mich jungen Mann an, daß sie sogar auf dieser Reise im Zug versuchten, meine Sprachen- und Mathematikkenntnisse zu vermehren. Dies war absolut nicht nach meinem Sinn, da ich ganz andere Gedanken und zwar das kommende Fußballspiel im Kopf hatte, doch ging für mich auch dieser Leidenskelch vorüber. Dieses erste auswärtige Spiel war für mich ein großes Erlebnis, da ich doch auf dem berühmten Boden des 1. FC. Pforzheim gegen eine Mannschaft mitwirken konnte, welche so gut klingende, anerkannte Spieler, wie Hiller, Schweikert und andere in ihren Reihen hatte. Wir gewannen zwar damals das Spiel 3:1 doch als Rechtsaußen konnte ich mich nicht so zur Geltung bringen, wie ich gewollt hatte, deshalb war ich auch mit mir selbst nicht ganz zufrieden. An den darauf folgenden Tagen suchte ich sämtliche mir in Händen kommende Sport- oder Tageszeitungen durch, nach einer Kritik über meine Person. Zu meinem Leidwesen fand ich lange

In einem entscheidenden Pokalspiel im Zabo gegen SpV. Pfeil schoß Seiderer den siegbringenden Treffer.

nichts darüber geschrieben. Wenn ich mich noch recht erinnere, war die einzige Zeitung, in welcher ich erwähnt wurde, die damalige Süddeutsche Sportzeitung, aber was mußte ich da für eine Enttäuschung erfahren. Etwas schrecklicheres und bedrückenderes hätte mir gar nicht passieren können. In der Mannschaftskritik dieser Zeitung mußte ich lesen:

»der noch sehr jugendliche Rechtsaußen fiel im Spiel, mit Ausnahme eines groben Fouls gegen den Pforzheimer Torwächter, nicht auf.«

Nun, die Kritik mußte auch gestimmt haben, denn es dauerte lange Zeit, bis ich wieder in der 1. Mannschaft aushelfen durfte. Erst einige Zeit nach der Umsiedlung des Clubs von der Maiachstraße nach dem Zabo gelang mir dies und zwar nur, da sowohl Bark als auch Philip, trotz meiner anfänglichen Mißerfolge sich ständig immer wieder dafür einsetzten, daß ich mich in der ersten Mannschaft einspielen konnte.

– Fortsetzung folgt –

Tony Seiderer erzählt...

3. Fortsetzung

Der Club im Zabo

Bei dem Einweihungsspiel des Zabo-Sportplatzes im Herbst 1913, bei welcher Gelegenheit Eintracht Braunschweig gegen den 1. FCN. 5:3 gewann, konnte ich das erste Mal den damals schon weit und breit bekannten Tull Harder in Tätigkeit sehen und ich muß schon sagen, daß ich ihn von meinem Zuschauerplatz aus sehr bewunderte. In der kommenden Saison 1913/1914, genau ausgedrückt im Frühjahr 1914, glückte es mir endlich mich so durchzusetzen, daß ich ständiger Spieler der ersten Mannschaft wurde. Wie es damals um die erste Mannschaft des 1. FCN. stand, kann man am besten daraus ersehen, wenn ich aus der anläßlich des 25jährigen Bestehens des 1. FCN. herausgegebenen Jubiläumsschrift »25 Jahre 1. FCN.« einen kurzen Auszug aus einem Artikel »Fußballgeschichtliche Entwicklungsgeschichte des 1. FCN. 1900-1925«, herausgreife. Der Verfasser dieses Artikel Herr Hoffmann schreibt hier:

Saison 1913/14. In den Ligaspielen waren wir nicht erfolgreicher als in den Vorjahren. Bark war auf lange Zeit spielunfähig, Steinmetz und Haggenmiller hatten sich ihres Studiums halber zurückziehen müßen, Steinlein befand sich nicht mehr in Nürnberg. Es traten junge Kräfte in die Lücken, doch fehlte ihnen die Erfahrung, um als vollwertiger Ersatz gelten zu können; manche junge Spieler versagten ohne weiteres, so daß die Mannschaft jeden Sonntag ein anderes Gesicht hatte; erst gegen Schluß der Verbandsspiele begann das Mannschaftsgebilde mit Böß und Seiderer aus der Reservemannschaft wieder feste Gestalt anzunehmen, aber da war es zu spät. Es konnten zwar einige Niederlagen wett gemacht werden, aber die damals in großer Form befindliche Spielvereinigung in Fürth zu erreichen war unmöglich.

Der große Wurf ständig in der 1. Mannschaft zu spielen war also meinem Kameraden Böß und mir gelungen. Unsere Leistungsfähigkeiten unterstrichen wir durch tatkräftige Mithilfe bei einigen großen Siegen und zwar gegen Budapester Athletic Club 2:1; Pfalz Ludwigshafen 7:0; Zeiß Jena 9:0 und Offenbacher Kickers 9:1. Die größte Beachtung fand jedoch damals das Spiel gegen die englische Berufsmannschaft Tottenham Hotspur, welches wir unentschieden 1:1 gestalten konnten. Das gute Abschneiden in diesem Spiel hatten wir

Olympia Leipzig – 1. FCN.
Seiderer, Träg (am Boden) und zwei Olympia Verteidiger.

größtenteils unserer fabelhaften Hintermannschaft, voran dem großen Spiel unseres Torwartes Weschenfelder zu verdanken. Schade, daß Weschenfelder ein Opfer des Weltkrieges wurde. Die Nürnberger Fußballgemeinde hätte in ihm vielleicht einen zweiten Heiner Stuhlfauth besitzen können. Interessant dürfte bei dieser Gelegenheit sein, festzustellen, daß der 1. FC. Pfeil stets fabelhafte Torwarte in seinen Reihen hatte; ich erinnere hier an Hoffmann, Weschenfelder und Stuhlfauth, welche alle vom FC. Pfeil stammten. Selbst ein so anerkannter Torwart, wie Heiner Stuhlfauth, bestätigte mir des öfteren, wie er selbst in seinen jungen Jahren über das Torwartspiel Hoffmanns, den er für den besten Torwart überhaupt gehalten hat, verblüfft war.

Zum erstenmal in Budapest

Anfangs Juni 1914 unternahm ich mit der ersten Mannschaft, als Abschluß der Saison 1913/14, meine erste große Tournee und zwar nach Budapest und Wien. Für mich jungen »Guckindiewelt« war dies eine bedeutende Reise und von meinen gleichaltrigen Kameraden wurde ich darum sehr beneidet. Die Stadt Budapest machte auf mich einen mächtigen Eindruck und ich versäumte nicht, alles Schöne zu betrachten, was es zu sehen gab. Ich war ja so wissbegierig! Der gastgebende Verein bemühte sich sehr und tat alles, um unsere Gier nach Sehenswürdigkeiten zu stillen. Einige Funktionäre des Újpest F. C. führten uns, sowohl in Pest, als auch in Ofen, zu allen Sehenswürdigkeiten.

Die Schloßwache in Ofen, welche aus Bosniaken bestand, bleibt mir,

insbesondere wegen des antrengenden Dienstes vor dem Wachgebäude, unvergeßlich. Der Wachposten mußte nämlich 2 Stunden lang ununterbrochen zirka 10 Schritte und zwar im sogenannten Stechschritt mit Exerzier-Kehrtwendung hin und her maschieren. Man überlege sich, was dies für eine Anstrengung gewesen sein muß, diese Prozedur 2 Stunden lang auszuführen. Die bei unserer Gesellschaft anwesenden Soldaten staunten ob dieser Leistung. Ich persönlich hatte Mitleid mit dem Soldaten, welcher diesen Dienst ausführen mußte, da nach einiger Betrachtung mir dieser Dienst geradezu geisttötend vorkam.

Nach Besichtigung des am schönen Donaustrandes herrlich gelegenen Parlaments und verschiedenen anderen großen Sehenswürdigkeiten hatten wir noch das große Glück, durch gütige Vermittlung eines Sportmäzens, das Innere eines Hauses zu besichtigen, welches den reichsten ungarischen Magnaten als Klubhaus diente. In diesem Hause konnten wir eine ungeahnte Pracht sehen, angefangen von der Kleidung der Dienerschaft bis zur Inneneinrichtung. Nach meinem Empfinden war es schon etwas zu prunkhaft, aber die Mitglieder dieses Klubs wußten augenscheinlich zu jener Zeit nicht, was sie alles mit ihrem Geld anfangen sollten. Nach Beendigung dieser Besichtigung gingen wir zur Hauptzeit des pulsierenden Verkehrs über das sogenannte »Corsa«. Alles mit Namen und Klang beteiligte sich im Frieden in Budapest an dieser Wagenauffahrt. Dieses fast endlos erscheinende Auf- und Abfahren der herrlichen Gaulwagen, bespannt mit ausgesucht schönen Klassepferden und prächtig uniformierter Dienerschaft, gehörte damals zum guten Ton der obersten Klasse. Es war ein großes Flirten in der Öffentlichkeit, bestaunt von der auf beiden Seiten spazierengehenden bürgerlichen Menschheit, was nach meiner Ansicht bei uns in Deutschland nie in dieser Art möglich gewesen wäre. Diese Corsafahrten waren gegeben durch das lebhafte und sehr leicht zu begeisternde Temperament der Ungarn. Trotzdem, es war sehr schön.

Aus der Reihe der wundervollen Equipagen fiel uns ganz besonders eine auf, welche mit 6 Schimmeln bespannt war und großes Gefolge bei sich hatte. Die Polsterung der Equipage und die Kleidung der Dienerschaft waren herrlich in Purpur gehalten und das Geschirr der Pferde vollständig mit Silber beschlagen. Dieser Wagen gehörte dem Erzherzog Franz Ferdinand, welcher mit seiner schönen Frau Gemahlin ein äußerst leutseliges Wesen zeigte und viel dazu beitrug, das farbenfrohe Bild des »Corsos« zu verschönern. Betonen möchte ich, daß wir uns freuten, gerade diesen Wagen und seine Insassen auch sehen zu können. Wer konnte damals von uns Sportreisenden ahnen, daß einige Wochen später ausgerechnet die Ermordung dieses Erzherzoges Franz Ferdinand in Sarajevo die Ursache des

SpVg. Fürth – FCB. München, Pokalspiel,
Torhüter, Seiderer und Kreisel

vätermordenden Weltkrieges werden sollte.

Unser erstes Spiel absolvierten wir in Budapest gegen den Újpest F. C., welcher seinen Sportplatz auf einer idyllisch gelegenen Donauinsel, gegenüber den Werftanlagen für kleine Donaumonitore [Anm.: Ein *Monitor* ist ein langsames, kleines, aber mit schweren Geschützen ausgestattetes Boot zur Kontrolle von Flüssen.] hatte. Trotzdem wir uns alle sehr abmühten und insbesondere unser fast übereifriger Heiner Träg es ganz allein mit seiner unheimlichen Energie schaffen wollte, glückte uns kein Sieg. Wir mußten uns 4:2 geschlagen bekennen. Die Mannschaft unseres Gegners des U. F. C. war im Zusammenspiel uns bedeutend überlegen und dieses Manko konnten wir durch vermehrten Eifer nicht ausgleichen. Nach dem Spiel verbrachten wir, bei den Klängen einer hervorragenden Zigeunerkapelle, mit unseren neuen Sportkameraden einige sehr schöne Stunden und bald ging es schlafen, da wir am nächsten Tag noch eine große Aufgabe vor uns hatten. Auf demselben Sportplatz mußten wir am anderen Tag gegen eine kombinierte Neupester Städtemannschaft antreten. Unsere Mannschaft war von dem besten Willen beseelt, die am Tag vorher erlittene Niederlage wieder auszugleichen. Wir wollten doch nach unserer Heimat nicht nur Nachrichten von Verlustspielen heimsenden, sondern der Welt zeigen, daß auch in Nürnberg und zwar im 1. FCN. guter Fußball gespielt wird. Nun. Es sollte uns an diesem Tag glücken. Nach einem für das Publikum aufregenden und spannenden Kampf konnten wir uns durch einen 4:2 Sieg rehabilitieren. Dieser Sieg glückte uns hauptsächlich durch eine Erscheinung, welche ich während meiner sportlichen Laufbahn noch des öfteren bemerken konnte. Die aus Spielern von verschiedenen Vereinen zusammengefaßte Städteelf besaß in ihren Reihen das gegenseitige Verständnis nicht so gut wie die Vereinself des U. F. C. und dieser , wenn auch nicht große Unterschied, genügte, um uns als Sieger vom Platz gehen zu lassen. Eigentlich überflüßig zu bemerken, daß in unserem Lager große Freude über diesen Erfolg herrschte.

Erwähnen möchte ich noch, daß ich in diesem Spiel ein sehr selten gesehenes, originelles Tor schoß, welches ich kurz schildere. Unser Rechtsaußen Lüscher gab eine wirklich bildschöne Flanke herein, ungefähr auf die 10-Meter-Grenze. Ich stand mit dem Rücken gegen das Tor und dachte mir in der kurzen Spanne Zeit schön aus, meine Spezialität, durch eine kurze Drehung, ein Drehschüßchen anzubringen. Die Flugbahn des Balles war aber so, daß ich einen kurzen Augenblick in die Sonne sehen mußte. Die Sonne blendete mich, so daß ich gar keine Ahnung mehr hatte, ob ich den Ball noch erreichen kann oder nicht. Glück muß man in jeder Lebenslage haben, hieß es jetzt bei mir, und ich hatte es. Meinen rechten Fuß hob ich instinktiv in die Luft, um meinen Schuß doch noch anzubringen und hatte den unerhörten Dusel, daß mir der Ball so glücklich auf den Fuß fiel, daß ich mit der bereits vorhergesehenen kurzen Wendung ein von außen sicher herrlich anzusehendes Tor in die rechte obere Torecke erzielte. Das Publikum quittierte diese Leistung mit frenetischem Beifall und gratulierte mir nach Schluß des Spieles stürmisch zu dem seiner Meinung nach fabelhaften Schuß. Und was tat der Lony? Ich ließ mir nicht merken, daß es ein Duseltor war, weil es ja viel zu lange gedauert hätte, bis ich jedem Aufklärung hätte geben können, sondern sonnte mich in den nicht ganz verdienten Glückwünschen.

Am nächsten Tag fuhren wir

nach Wien

um unsere Kräfte mit dem seinerzeitig schon berühmten W.A.C. [Wiener AC] zu messen. In Wien angekommen, machten wir sofort wieder Jagd nach Sehenswürdigkeiten. Wir besichtigten unter anderem Schloß Schönbrunn und landeten abends – wo jeder Fremde im gemütlichen Friedens-Wien gelandet ist – im Prater mit dem Wahrzeichen des Riesenrades. Hier belustigten wir uns sehr auf den verschiedenen Karusells, Bergbahnen usw. und genoßen das immer gut aufgelegte Wien in vollen Zügen. Das am übernächsten Tag ausgeführte Spiel gegen den W.A.C. verloren wir verdientermaßen 1:4. Den Leistungen des Sturmes vom W.A.C., in welchem ein »Fischern« und ein »Studnicka« spielten, hatten wir nichts gleiches entgegenzusetzen. Diese beiden Stürmer befanden sich sich zu jener Zeit auf der Höhe ihres fußballerischen Könnens. Insbesondere der kleine Studnicka, mit seinen krummen »Dackelbeinen« wie der Volksmund sagte, hatte eine solche Fülle von technischen Tricks in seinem Repertoire, daß er unsere Hintermannschaft vollständig aus dem Häuschen brachte. Er überspielte mit Leichtigkeit und mit Herzenslust, wie er wollte, und schoß dann in allen Lagen, so daß wir froh waren, daß unser Torwart Weschenfelder einen ganz hervorragenden Tage hatte und nicht mehr als 4 Tore durchlassen mußte.

Die Täuschungsmanöver Studnickas waren um so mehr verwirrend, da auch die komische Bauart seiner Beine dazu beitrug. Man wußte nie, was die »O«-Beine eigentlich anfangen wollten und nach welcher Seite er überhaupt überspielen werde, denn die Beine waren ein stetes Durcheinanderwirbeln. Für viele unserer Mannschaft war dieses Spiel ein großer Nutzen, denn hier konnten wir sehr viel Neues dazulernen und gewisse, uns besonders neuartig erscheinende Kombinationszüge übernahmen wir in Bausch und Bogen, nicht zum Nachteil für unseren Sturm.

In die Heimat zurückgekehrt, konnte unsere Mannschaft leider nicht mehr lange Zeit beisammen bleiben. Nach einer Verbandstagung des Süddeutschen Fußball-Verbandes, bei welcher Gelegenheit wir gegen den F.C. Pfeil ein sehr schönes Spiel austrugen und 2:0 gewannen, brach

der Weltkrieg

aus. Dieser zerbrach unsere ganzen Hoffnungen, nach und nach eine spielstarke Mannschaft aufzubauen, da fast die Hälfte unserer Mannschaft sofort einrücken und mit den Truppentransporten Richtung Frankreich ins Feld mußte. Durch noch jüngere Spieler mußten wir unsere Mannschaft ergänzen, um den Spielbetrieb einigermaßen aufrecht erhalten zu können. Mein Jahrgang hatte noch ein paar Monate Zeit, bis er auch zu den Fahnen einberufen wurde. In dieser Zeit und während der kommenden Jahre hatten wir das große Glück, einen solchen Mann in unseren Reihen zu haben, wie den Schweizer Gustl Bark. Er kümmerte sich um alles und keine Arbeit war ihm zu viel. Nachdem die Vorstände des Vereins alle schon bei ihrer Truppe waren[,] war Bark die Hauptstütze des Clubs. Er schloß Wettspiele ab, führte die Vereinsgeschäfte mit, war Spielführer und Spieler der 1. Mannschaft. Kurz ausgedrückt, er war das Mädchen für alles. In einer Person vereinigt, war er Chef, Repräsentant und Ratgeber des Vereins.

Beim Militär

Bei den Musterungen zum Heer wurde ich gemäß meinem Wunsch zu den Fliegern ausgehoben und kam bald darauf nach Schleißheim, wo es mir im Verhältnis zu vielen meiner Kameraden gut ging. Neben vielem Exerzieren durften wir in Schleißheim sogar manchmal während der Dienstzeit Fußball spielen, woran ich selbstverständlich großen Gefallen fand. Es tat unserer Fußballbegeisterung keinen Abbruch, daß wir in Kommißstiefeln mit Nägeln spielen mußten. Man mußte sich halt höllisch in acht nehmen keinen Schlag zu bekommen, denn die Wirkung eines Trittes mit dem Kommißstiefel war eine sehr deutliche.

Ich hatte einen Gefreiten, welcher unser Zimmerältester war und unsere Gruppe jeden Tag einexerzierte. Da er vom Land war und einen großen Stolz auf seine Beförderung hatte, wollte er

der Welt beweisen, daß er seine mühsam errungenen Gefreitenknöpfe, die erste Stufe zum General, nicht umsonst bekommen habe. Was war da näherliegend, als uns zu zeigen, wie es überhaupt beim Militär zugehen kann, und er tat uns weidlich nicht nur exerzieren, sondern auch schikanieren. Mir als gut durchtrainierten Sportler machte das weniger aus. Im Gegenteil, das Exerzieren und das bei jedem kleinen Anstoß mit uns getriebene strafweise Laufen und Kriechen machte mir Spaß. Mitleid hatte ich nur mit einigen älteren Herren in unseren Reihen, welche nur Schreibstubenluft gewöhnt waren und für welche dieses eine solche Riesenanstrengung war, daß sie abends wie tot in ihre Betten fielen. Da des öfteren bei verschiedenen Anlässen mein Gesicht mit einem leichten Grinsen überzogen war, mußte ich nicht selten hören:

»Warte nur, du freches Sportbürschen, dich kriegen wir schon«, und wurde dann ziemlich hergenommen. Dadurch bekam ich auf unseren Gefreiten und Einexerzierer innerlich eine unbändige Wut und besann mich den ganzen Tag, wie ich an ihm Rache üben könne. Bis es eines schönen Tages hieß, nun dürften wir Fußball spielen. Mir fiel nicht, was ich mit ihm ungestraft hätte anstellen können. Für mich war in diesem Moment schon mein Racheplan festgelegt. Ich ging zur Gegenpartei meines »lieben« Gefreiten, so daß ich gegen ihn spielen mußte. Bei jeder passenden Gelegenheit legte ich nun den Gefreiten um. Die Vorgesetzten, welche zusahen, lachten und amüsierten sich darüber, daß der viel stärkere Zimmerälteste immer wieder hinfiel. Dadurch kam dieser in Wut und er ging mich mehr wie unfair an, er schlug nur noch nach meinen Füßen. Bei mir hatte er da großes Pech, als er nämlich nach meinen Beinen einen sehr kräftigen Stoß ausführte, hob ich mein »Kommißstiefelchen« in die Höhe und ließ ihn einmal auf das Hufeisen meines Absatzes schlagen. Er goutierte diese Tat mit einem großen Gebrüll, während ich meine völlige Unschuld beteuerte. Durch diese etwas hinterlistige Tat konnte er sich einige Tage im Revier ausruhen und darüber nachdenken, was ein Kommißstiefel alles anstellen kann, und meine Rache war gestillt.

Da der 1. FCN. viele Spiele zu Gunsten des Roten Kreuzes abhielt und für mich vom Verein aus ständig ein Urlaubsgesuch dazu lief, erhielt ich stets vom Samstag mittag bis Montag früh Urlaub. Bei diesem häufigen Urlaub kam mir in den Sinn, daß es für mich eigentlich viel schöner wäre, wenn ich ständig in Nürnberg bei einem Truppenteil sein könnte. Da außerdem die Flieger zu jener Zeit noch eine solche Elitetruppe waren, daß man nur langsam vorwärts kommen konnte und dann nur, wenn man große Protektion hatte, so stand bei mir bald fest, daß ich mich nach Nürnberg zur Infanterie versetzen lasse. Mein Fliegerhauptmann sagte wohl zu mir, wenn es dem Esel zu

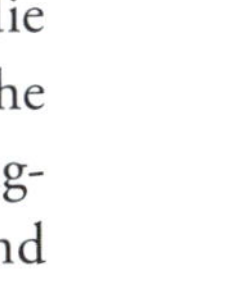

wohl werde, dann gehe er auf das Eis, aber selbst dieser Ausspruch konnte mich nicht davon abhalten, denn meine Sehnsucht nach dem Fußballplatz in Nürnberg war größer. Ich hatte mich dabei aber doch auch getäuscht, denn in Nürnberg sollte ich nicht mehr zu lange bleiben dürfen. Nach Teilnahme an einem Offiziersaspirantenkurs wurde ich sofort in das Feld abgeschoben und zwar zum 18. Infanterie-Regiment nach Serbien.

– Fortsetzung folgt –

Tony Seiderer erzählt...

4. Fortsetzung

Hier konnte ich lange nicht an meinen geliebten Sport denken, denn da gab es wichtigeres zu tun. Erst nach Beendigung des serbischen Feldzuges, als wir in Ruhe kamen, konnte ich wieder an das Fußballspiel denken und da improvisierte ich mit einigen Kameraden dann täglich ein kleines Spielchen, mit einem aus Lumpen und Schnur selbstverfertigten Ersatzball. Der Feldzug sollte für mich nicht sehr lange dauern. Als mein Regiment nach der Westfront gekommen war, erlitt ich bei einem großen Angriff vor Verdun ziemliche Verletzungen, kam in die Heimat und wurde nach Wiederherstellung vom Militär entlassen.

Langsam konnte ich mich nun wieder dem Fußballspiele zuwenden, was mir durch meine Verletzungen anfangs viel Beschwerden machte. Im Frühjahr 1917 war ich wieder voll auf dem Damm und konnte mit den anderen Spielern unserem Klub die bayerische Meisterschaft 1916/17 mit erringen helfen. Die zwei Entscheidungsspiele um diese Meisterschaft trugen wir gegen den FC. Bayern

1. FC. Nürnberg – SpVgg. Fürth:
Wellhöfer wirft sich Träg vor die Füße, Seiderer nimmt den Ball. Im Hintergrund Hagen.

München aus. In München langte es für uns, durch das fabelhafte Torwartspiel des bekannten Pekarna, nur zu einem unentschieden 4:4. In Nürnberg dagegen, auf unserem eigenen Platz, konnten wir mit 2:0 siegen. In letzterem Spiel konnten wir so richtig sehen, wie schön es ist, wenn ein Spieler ein guter Sportsmann sein kann. Wir waren ein junger Innensturm, Meidenbauer, Seiderer, Böß, spielten aber ein so schönes Kombinationsspiel, daß die Bayern-Hintermannschaft von uns schwer eingeheizt bekam. Es dauerte lange, bis wir zu einem Torerfolg kamen und wir gingen dabei Pekarna nicht gerade sanft an. Dies hinderte ihn aber nicht uns am Ende des Spieles herzlich zu gratulieren und zwar mit den Worten: »Schä' habts g'spuit, ihr Buam, meine Buam könnts sei, so jung seid's noh, machts so weiter.« Dieser Ausspruch einer so bedeutenden Koryphäre des Tores erfüllte uns mit Stolz

Seiderer als Leichtathlet

Im Frühjahr 1917 versuchte ich mich aus Vereinsinteresse auch einmal als Leichtathlet und zwar bei Anfängerwettkämpfen, zusammen mit meinen vom Militär beurlaubten Kameraden L. Popp und Träg. Da wir jedoch am Tag vor den Kämpfen etwas verunglückt waren, daß heißt, wir blieben zu lange bei unserem solennen [Anm.: Ein sehr altertümlicher Ausdruck, der hier wohl am besten als »feierlich zelebrierten« zu verstehen ist.] Schafskopf sitzen und guckten etwas zu tief in das Stammkrüglein, konnten wir den nächsten Tag mit keinen übermäßig großen Leistungen aufwarten. Trotzdem es zwar zu einigen Preisen langte – so erhielt ich einen ersten im Speerwurf, einen zweiten im Schleuderballweitwurf und einen dritten im damals geübten Handgranatenweitwurf – konnte ich mich nicht entschließen auf dem Gebiete der Leichtathletik so weiter zu trainieren, daß ich größere Sportfeste hätte mitmachen können. Nach reiflicher Überlegung kam ich zu der Überzeugung, daß die für mich erreichbaren Leistungen für ein großes Sportfest zu gering seien. Nun, ich tat das einzig senkrechte, ich trieb Leichtathletik nur weiter als Ergänzungssport zu meinem Fußballspiele und freute mich über die bei den Anfängerwettkämpfen errungenen Preise. Ich bekam damals als Anerkennung für meine Tätigkeit ein Taschenmesser, eine Zigarrenspitze und ein Zigarettenetui garantiert rein von Silber (Silber war bestimmt nicht darin).

Seiderer geht nach Fürth

Einige Wochen später kam ich mit einem etwas nervösen Herrn der damaligen Vorstandschaft in eine Meinungsverschiedenheit, welche mit einem großen Krach ihren Abschluß fand. Da sowohl der Gegner als auch ich sehr dickköpfig waren, trat ich kurz entschlossen aus dem 1. FC. Nürnberg aus und meldete mich bei der Spielvereinigung Fürth an. Anfangs passierte es mir oft, daß ich in der elektrischen Straßenbahn, wenn ich nach dem Geschäft

Ein berühmtes Innentrio: Franz-Seiderer-Träg

auf den Sportplatz fuhr, Zabo verlangte und doch nach Fürth zum Training mußte. Aber man gewöhnt sich an alles und so gewöhnte auch ich mich an die Fahrt nach Ronhof, wo ich in Person des Herrn Höfer, meiner Meinung nach, einen der besten Vorstände eines Sportvereins kennen lernte. Dieses Werturteil schreibe ich nach Beendigung meiner aktiven sportlichen Laufbahn umso lieber, als ich persönlich mit ihm, in den elf Jahren meiner spielerischen Tätigkeit, absolut nicht immer einer Meinung war, sondern im Interesse des Vereins und im Interesse der Mannschaft manchen Strauß ausfechten mußte, welcher nicht dazu angetan war, unsere gegenseitige Sympathie zu vermehren.

Für die Spielvereinigung Fürth spielte ich allein in der ersten Fußballmannschaft von Juli 1917 bis April 1928, also elf Jahre lang. In den kommenden Kapiteln werde ich die hauptsächlichen guten und schlechten Geschehnisse während dieser elfjährigen sportlichen Tätigkeit schildern, welche mir noch am besten im Gedächtnis haften geblieben sind.

SpVgg. Fürth als süddeutscher Pokalmeister nach dem 2:1 Sieg
gegen Stuttgarter Kickers.
V. l. n. r.: Rottenberger, H. Richter, Löblein, Hagen, Franz, Burger, Seiderer, Zoller,
Wellhöfer, Lüscher, Hofmann, Schiedrichter Rossi.

Lony als Tormann

Infolge einer Fußverletzung war ich gezwungen in den Reihen der Spielvereinigung mein erstes Spiel als Torwart zu absolvieren. Dies geschah auch aus Not, da wir damals keinen Torwart hatten und ich sofort den Mut aufbrachte mich zwischen die Pfosten zu stellen. Die Stuttgarter Kickers waren auf unserem Sportplatz der Gegner meines ersten Wirkens für Fürth und wurden von unserer Mannschaft mit 6:1 geschlagen. Bei diesem Spiel entpuppte ich mich als so großer Torwart, daß es den Kickers nicht nicht gelingen wollte auch nur ein Tor zu schießen. Doch Freund Schorsch Wellhöfer vollbrachte, was den Stürmern der Stuttgarter nicht gelang. Bei einer von links kommenden Flanke, welche er mit wuchtigem Schlag direkt wegschlagen wollte, rutschte ihm der Ball ab und sauste mit unheimlicher Wucht, gut platziert, in meine rechte Torecke.

Wegen dieses fabelhaften Torschußes wurde unser Freund Schorsch lange gehänselt. Da er alles sehr tragisch nahm, tröstete ich ihn, so gut ich konnte und sagte ihm, daß ein Beinbruch viel schlimmer wäre. Das Ballabrutschen habe eben bei dem Torwart und bei einem Verteidiger oft eine ganz andere Wirkung, wie bei einem Stürmer. Es ist doch so: schlägt ein Stürmer eine ganz aussichtsreiche Sache aus naher Entfernung über den gegnerischen Kasten so sagen die Zuschauer höchstens »oh«, schlägt aber der Verteidiger oder der Torwart einmal nebenhin, so geht meistens sofort die Resultattafel in die Höhe und teilt dies mit. Das verehrte Publikum schwingt sich dann größtenteils, da bekanntlich zusehen leichter ist, als selber spielen, zu der Äußerung auf »ein solcher Depp«. In den nächsten Spielen machte unser Schorsch durch hervorragendes Verteidigerspiel diesen Schnitzer wieder wett.

Der Schlager: Club-Fürth

Interessant waren meine zwei ersten Spiele bei [der] Spielvereinigung gegen meinen früheren Verein den 1. FC. Nürnberg. Ich schicke voraus, beide Spiele fanden auf dem Clubplatz statt und zwar an zwei aufeinander folgenden Sonntagen. Das eine war ein Punktspiel, welches wir verdientermaßen 0:5 verloren, die Clubmannschaft war uns an diesem Tage groß überlegen; das andere am folgenden Sonntag war ein Pokalspiel, welches wir 2:0 gewannen, trotzdem auch hier der 1. FC. Nürnberg hoher Favorit gewesen ist. Diese beiden Resultate waren bezeichnend für die seinerzeitige schwankende Spielstärker der beiden Mannschaften. Im ersten Spiel spielte ich als Stürmer und war selbstverständlich durch meine kurz vorher erfolgte Übersiedlung nach Fürth das Ziel verschiedener Mannschaftkameraden beim scharfen Spiel. Da ich in dieser Beziehung nicht gesonnen war, mich ungestraft scharf angehen zu lassen, sondern auch kräftig dazwischen funkte, entstand eine ganz zünftige Holzerei. Das Endresultat dieser Holzaktion war eine gleichzeitige Hinausstellung von L. Popp und meiner Wenigkeit und zwar erfolgte diese Hinausstellung zu Recht. Der frühere Mannschaftkamerad »Poitl« schlug mir durch einen kräftigen Schlag beide Beine vom Boden weg. Ich sprang sofort wieder auf, erwischte den Ball und spielte ihn sofort dem in der Nähe sich befindlichen Popp zwischen die Beine. Bei dem Versuch Popps den Ball wegzuschlagen, revanchierte ich mich prompt und hielt den Fuß oben hin,

Der Auftakt so vieler Kämpfe: Kalb und Seiderer beim Losen
[Das Bild – aus der 25 Jahre SpVgg-Festschrift – ist ohne weiteren Kommentar. Um welches Derby es sich hier handelt, ist daher unklar.]

Eine dramatische Szene! Das Ganze halt! Hagen liegt am Boden, Kugler – mit dem Verband am Kopf – reklamiert, Waffenstillstand. [Anm.: Derbys waren offensichtlich schon immer hoch emotional geführt Spiele… bis heute.]

so daß Popp auch einen Schlag hatte. Dann waltete der Schiedsrichter seines Amtes und Popp und ich sahen sich das Spiel von außen an. Was die Zuschauer nach diesem Akt mir und Popp, je nach Vereinszugehörigkeit, für liebe Kosenamen huldvoll hören ließen, ist mir leider nicht erlaubt hier zu schreiben.

Da zu jener Zeit selbst eine Hinausstellung wegen rohen Spieles (Tätlichkeit) nicht eine sofortige Sperre des Betreffenden Spielers folgen ließ, konnten sowohl Popp als auch ich am darauf folgenden Sonntag wieder in den Reihen unserer Mannschaft mitwirken.

Dieses Spiel war von großer Bedeutung für beide Mannschaften, da es zur Serie des neu gestifteten Süddeutschen Pokals gehörte und der Sieger aus diesem Treffen nach menschlicher Berechnung der größte Anwärter auf die erstmalige Erringung dieser sehr begehrten Trophäe war. Die Vorgänge anläßlich des Spieles am vorhergehenden Sonntag hatten die Gemüter der Zuschauer in Wallung gebracht. Wohin man in dieser Woche auch kam, überall wurde von diesem kommenden, nochmals auf dem Clubplatz stattfindenden Pokalspiel gesprochen. Die Nürnberger Anhänger prophezeiten uns wieder eine saftige Niederlage, es drehte sich nur um die Höhe des Torresultates. In dem Lager der Fürther Anhänger herrschte keine gute Stimmung, doch wir Spieler ließen durch den vorhergehenden Mißerfolg die Köpfe nicht hängen und versprachen uns gegenseitig das bestmöglichste zu tun, um uns in den Augen des Publikums wieder in Achtung zu sehen.

Nie werde ich vergessen, wie der Großteil der Zuschauer dieses Spieles in ein großes Gelächter ausbrach, als sie mich als Torwart entdeckten. Aus der Ruhe konnte mich dies nicht bringen, wußte ich doch, daß man mich als Torwart noch nicht kannte. Innerlich nahm

Werbung

Auf dem Bild, das den Tumult bei einem Derby zeigt (aus der Festschrift zum 25jährigen Jubiläum der SpVgg), kann man die Werbung am Dach der Tribüne deutlich erkennen. Auf einigen weiteren Fotografien ist Bandenwerbung zu sehen. Offensichtlich ist diese »Einnahmequelle« bereits in den 1920er Jahren gang und gebe.

ich mir vor, wenn es halbwegs ginge, den Leuten zu zeigen daß sie verfrüht gelacht haben und wollte getreu dem Sprichwort »Wer zuletzt lacht, lacht am besten«, handeln. In diesem Spiel roch es sofort nach Beginn wieder nach Hinausstellungen. Mein Freund Heiner Träg konnte es sich nämlich nicht verkneifen bei dem ersten Ball, welchen ich in die Hände bekam, angerauscht zu kommen und mich kräftig auf die Torablinie hinzuschmettern. Der Schiedsrichter griff sofort ein und verwarnte Träg. Kurz darauf, als ich den Ball wieder in den Händen hatte und schon im Begriffe war denselben wegzuschlagen, kam er nochmals wild angestürmt. Da ich aber dieses Mal darauf vorbereitet war, hatte Träg Pech, denn ich machte, was ich von Meister Stuhlfauth des öfteren beobachtet hatte. Nach dem Abschlagen des Balles ließ ich den Fuß noch etwas ausgestreckt in der Luft, so daß Träg in die Stiefelsohle hineinrannte und dann zusammenstürzte. Ein Pfiff ertönte, der Schiedsrichter kam angelaufen und ich hatte schon einen großen Schreck, da ich kein ganz reines Gewissen besaß und dachte, nun gibt es einen Elfmeter und evtl. wieder eine Hinausstellung für mich. Ich zeigte eine ganz unschuldige Miene und hatte großes Glück.

Der Schiedsrichter verwarnte Träg und forderte auch mich auf, jedes gefährliche Spiel zu unterlassen. Ein großer Stein war mir vom Herzen und ich nahm mir vor, in diesem Spiel nicht mehr das geringste zu unternehmen, was unter Umständen nachteilig für unsere Mannschaft sein könnte. Von nun ab spielten beide Mannschaften in jeder Beziehung sehr anständig. Trotzdem sollte es für uns gleich darauf große Aufregung geben. Bei einer Karambolage ganz leichter Art zwischen einem Clubstürmer und einem unserer Verteidiger gab der Schiedsrichter zum Erstaunen aller Spieler einen …

Elfmeter für den Club

Unser energischer Protest nützte nichts und es ging an die Ausführung des Elfmeterstoßes. Der Spielführer des Clubs, Philipp, setzte sich den Ball zurecht, ich überlegte mir kurz, wohin er den Ball wohl schlagen würde, und setzte einen kleinen Trick in Szene. Ich stellte mich nicht genau in die Mitte des Tores, sondern etwas weiter links, so daß der freie Raum rechts von mir merklich größer war. In der meisten Anzahl der

Fälle wirkte dieses Manöver suggestiv auf den Elfmeterstoß Ausführenden, da der größere freie Raum meistens jeden Spieler verführt, dahin zu schießen. So war es auch in diesem Falle und meine rasche Berechnung stimmte. Philipp schoß den Elfmeter in diese Ecke, ich warf mich rasch dahin und konnte den Ball, trotzdem er gut platziert war, zur Ecke ablenken, welche von der Verteidigung dann abgewehrt werden konnte. Die Zuschauer und die Spieler waren über diese Abwehr sehr erstaunt und es zeigte sich, daß von diesem Zeitpunkt an unsere Mannschaft ungeheurer Mut beseelte, während die Clubmannschaft darüber etwas aus dem Häuschen kam. Unser Sturm wartete mit schönsten Leistungen auf und konnte zwei Tore erzielen, welche wir dann mit voller Hingabe so verteidigten, daß wir als stolzer Sieger vom Platz gehen konnten. Mich persönlich freute am meisten, daß das Publikum welches erst über meine Aufstellung als Torwart lachte, sah, daß ich mein Tor rein halten konnte, trotzdem ich in der zweiten Halbzeit sehr oft im Brennpunkt der Ereignisse [war], stand ich bei diesem Spiel wieder, und zwar mit Erfolg, zwischen den [Pfosten … der] Gegner war für mich meine Gesellenprüfung, welche ich, ohne ausgebildet zu sein, sehr gut bestand.

[Anm.: Offensichtlich fehlen hier einige Worte. »Pfosten« ist eindeutig zu ergänzen, der Beginn des nächsten Satzes kann nur geraten werden.]

– Fortsetzung folgt –

Tony Seiderer erzählt...

5. Fortsetzung

Nach diesem für uns so erfolgreichen Auftakt in den Spielen um den »Süddeutschen Pokal« fertigten wir auch unsere kommenden Gegner in sicherer Art ab und kämpften uns zu dem in Stuttgart stattfindenden

Schlußspiel gegen die Stuttgarter Kickers,

durch. Dieses Entscheidungsspiel wurde beiderseits mit großem Energieaufwand durchgeführt und brachte uns nach einer Glanzleistung unseres schon verletzten Löhlein den von der Nürnberg-Fürther Sportgemeinde freudig aufgenommenen ersten Pokalsieg. Das Torverhältnis in diesem Spiel war 2:1.

Da wir immer noch keinen Torwart in unseren Reihen hatten, stand ich bei diesem Spiel wieder, und zwar mit Erfolg, zwischen den Pfosten. Mitte des Jahres 1918 erlebte ich meinen größten Fußballsieg in meiner sportlichen Laufbahn. Wenn ich schreibe »größten« so meine ich in diesem Fall das Torverhältnis. In einem Wettspiel gegen die erste Mannschaft des damaligen BfB Nürnberg lief unsere Kombinationsmaschine so gut, daß wir das Kunststück fertig brachten, in eineinhalb Stunden 22 Torerfolge zu schießen. Da wir in diesem Spiel keinen Rechtsaußen zur Verfügung hatten, fragte mich unser Vorstand, ob ich nicht neben Franz diesen Posten übernehmen würde. Ich sagte sofort zu und schloß mit Herrn Höfer eine kleine Wette ab, daß Franz und meine Wenigkeit mindestens 6 Tore insgesamt erzielen würden. Das Endresultat waren 15 Stück, von denen allerdings den Löwenanteil davon der »Resi« erzielte.

Zu diesem Zeitpunkt hatte unsere Vorstandschaft einen fabelhaften Abschluß mit »Magyar Testgyakorlók Köre« Budapest und dem »Wiener Association Footballclub« getätigt und wir Spieler freuten uns auf diese Reise schon unbändig, da wir sehr gut in Form waren. Zu unserem großen Leidwesen fiel diese Reise aber ins Wasser, da das bayerische Kriegsministerium uns die Ausreise nicht erlaubte. Wahrscheinlich wegen Fluchtverdacht oder Spionage. Als Ersatz bot sich uns eine

schöne Reise nach Mitteldeutschland.

In Halle konnten wir alte Fußballkanonen freudigst begrüßen, denn in den Reihen von Halle 96 spielten damals die sehr gut bekannten Förderer und Noe aus Karlsruhe und der Berliner Worpitzky. Das Wettspiel endete für uns mit einem 3:0-Sieg und nach demselben verbrachten wir bei dem lieben Förderer, welcher der »Zapfenwirt« des Hallenser Clubs war, sehr schöne Stunden.

Auch die Leipziger Mannschaft, welche aus Spielern der zwei Vereine Eintracht und Sportfreunde zusammengesetzt war, konnte unseren Siegeszug nicht hemmen, sie hatten mit 4:1 Toren das Nachsehen.

Einige Wochen darauf rüsteten wir zu einer herrlichen

Adolf Jäger – Hamburg-Altona und Seiderer.

Reise an die Wasserkante.

Niemand hätte je gedacht, daß in der Kriegszeit eine deutsche Fußballmannschaft eine derartige Reise in das Kriegsgebiet unternehmen könnte. Der Veranlasser dieser Reise war die Matrosenmannschaft des Marinesportclubs Wilhelmshaven. Aber nur den entgegenkommenden Marinebehörden hatten wir es zu verdanken, daß die Reise überhaupt ausgeführt werden konnte, denn ohne ihre tatkräftige Unterstützung wäre es eine Unmöglichkeit gewesen, die verlangten vielen Förmlichkeiten (Ballbeschaffung, Platzerlaubnis durch die Sperre in Wilhelmshaven usw.) zu erfüllen. Als wir zur ersten Etappe dieser Reise nach Altona starteten, war unsere größte Sorge, wie es uns wohl mit dem Essen gehen sollte, denn bei den damalig herrschenden Ernährungsschwierigkeiten war es nicht so sicher, daß wir jeden Tag etwas richtiges zu Essen bekamen. Nun, in Altona angekommen, hörten wir sofort, daß für uns in dieser Beziehung ganz gut gesorgt wäre und wir könnten uns mit Ruhe die Sehenswürdigkeiten Hamburgs ansehen. Da es das erste Mal war, daß wir nach Hamburg kamen, sahen wir uns selbstverständlich die größten Sehenswürdigkeiten an und bestaunten das Leben und Treiben im Hafen mit seinen Riesenanlagen und Docks, auf welchen verschiedene Dampfer in Reparatur lagen. Ganz besonderen Eindruck machte das Elbtunnel auf uns, wo sowohl Personen, als auch Tiere, mit elektrischen Aufzügen in die Tiefe befördert werden, und dann unter die Elbe, durch das Elbtunnel hindurch, das gegenseitige Ufer, an welchem die Docks liegen, erreichen.

An der Wasserkante

Unser Gegner Altona 95, dessen erste Mannschaft mit dem Star »Jäger« damals

allererste Klasse darstellte und als spielstärkste Mannschaft der norddeutschen Fußballvereine galt, konnten wir nach schönem Spiel unerwartet hoch mit 9:1 besiegen. Nach dem Spiel fuhren wir sofort weiter nach Wilhelmshaven, konnten aber, den Zeitverhältnissen entsprechend, nur bis Bremen kommen, von wo aus wir dann am nächsten Tag unsere Fahrt fortsetzten. In Wilhelmshaven angekommen, bekamen wir zu spüren, daß während der Kriegszeit dort Zivilpersonen sehr mißtrauisch betrachtet wurden, denn die zu erfüllenden Formalitäten währten endlos lange. Am Nachmittag dieses Tages bekamen wir durch die Marinebehörde die Erlaubnis, unter Führung die Werftanlagen besichtigen zu dürfen. Es war für uns hochinteressant einmal ein U-Boot und verschiedene Kriegsschiffe, welche zur Ausbesserung von im Kampf erlittenen Beschädigungen im Trockendock lagen, von der Nähe sehen zu können. Das am Abend folgende Spiel gegen den Marinesportclub konnten wir 6:0 gewinnen. Die 4.000 Zuschauer waren fast ausnahmslos Matrosen und boten in ihren schmucken Anzügen ein entzückendes Bild.

Am nächsten Morgen kam für uns die große Attraktion. Der Vorstand des Sportclubs hatte bei der Marinebehörde Gehör gefunden und die Erlaubnis erhalten, unsere Mannschaft mit einem Depeschenboot zu dem Kriegsschiff SMS. Prinzregent Luitpold, welches sich in zweiter Vorpostenlinie befand, fahren zu dürfen. Die Fußballmannschaft dieses Schiffes war unser nächster Gegner und wir sollten sie einmal in ihrem Wirkungskreis sehen können. Ein schon älterer Matrose gab uns den freundlichen Rat, leere Koffer mitzunehmen, denn auf dem Kriegsschiff gebe es viel und sehr gut zu essen und stets etwas zum verstauen. Diesen Ratschlag befolgten wir prompt. Auf unsere eigene Verantwortung bestiegen wir alle am frühen Morgen eine Nußschale, genannt Depeschenboot »Achilles« und dampften Richtung Vorpostenlinie ab. Bei dieser Fahrt brachte die hohe See manchen mit Salzwasser in Berührung und insbesondere unser Freund Jäckel (jetziger Kreisvorsitzender) erwischte unter großer Heiterkeit eine Sturzwelle ganz besonders kräftig. Nachdem das Depeschenboot an verschiedenen Linienschiffen Post abgeliefert hatte, gelangten wir zu SMS. Luitpold, welches in zweiter Linie lag, und wurden ausgebootet. Bei dem herrschenden hohen Seegang war dies keine Kleinigkeit und es mußten alle Kletterkünste angewandt werden, um dies zu bewerkstelligen. Von dem Kapitän wurden wir sehr gut aufgenommen und bald darauf ging es unter sachverständiger Führung an die genaue Besichtigung des inneren Leibes dieses kolossalen Schiffes. Wir Landratten wußten nicht, sollten wir die großartigen Maschinenanlagen, die gewaltigen Geschütze, die drehbaren Geschütztürme, die Munitionskammern oder sonstige Anlagen mehr bestaunen.

Der Eindruck von dem Schiff war für uns ein überwältigender. Nach der Besichtigung des Riesen erhielten wir eine kräftige Schiffskost, welche uns sehr mundete. Auch der Meeresgott Neptun forderte in Gestalt von einigen Seekranken sein Opfer von uns und unter diesen erwischte es am ärgsten unseren Kameraden »Backel [Herrmann] Richter«. Stets wird mir in Erinnerung bleiben, wie er zu unserem Herrn Vorstand sagte: »Oh is mir schlecht, wenn ich ner awal langsam heimgeh könnt.«

Dem Kantinengewaltigen und dem Proviantmeister des Schiffes zeigten wir in nicht mißzuverstehender Weise unsere mitgebrachten leeren Koffer und wir wurden unter großem Gaudium rasch verstanden. Man nahm uns die Koffer ab und füllte dieselben mit Hartwürsten, Butter und Kommisbrot. Nach einigen Gesangsvorträgen der Matrosen ging es an die Rückfahrt, welche wir gemeinsam mit unserem Gegner, der Mannschaft SMS. »Prinzregent Luitpold«, antraten. Sofort nach Ankunft des Depeschenbootes gingen wir alle zusammen zum Wettspiel auf den Sportplatz. Unsere Vorstände bangten zwar um die Spielstärke der Mannschaft, da sie dachten, die in den vorhergehenden Tagen gehabten Reisestrapazen (zwei Wettspiele und noch dazu diese stürmische Seefahrt), würde unsere spielerische Form sehr beeinträchtigen. Dies war aber nicht so. Nach einem von den Zuschauern mit viel Beifall aufgenommenen Spiel siegten wir 10:1. Am nächsten Morgen erfolgte die Heimreise und während der Bahnfahrt gedachten wir gerne beim Verzehren unserer spendierten Hartwürste usw. des zuvorkommenden Proviantmeisters auf »SMS. Prinzregent Luitpold«, denn seine Versorgung war mehr wie großzügig gewesen. Diese Fahrt hinterließ bei jedem Teilnehmer unvergeßliche Eindrücke, da sie in Deutschlands schwerster Zeit ausgeführt wurde.

Eines Spieles aus dem Jahr 1918 möchte ich hier an dieser Stelle noch gedenken und zwar

Süddeutschland – Westdeutschland 9:0,

welches auf dem Clubplatze stattfand. Mein Freund Hagen, genannt »Prinz«, wirkte hier zum erstenmal in einer Verbandsmannschaft mit und zwar erst nach Überwindung von sehr großen Hindernissen. Zum zweiten Male äußerst schwer verwundet vom Felde in die Heimat zurückgekehrt, wurde er, da er nicht mehr dienstfähig war, ein sogenannter Bruchsoldat, das heißt, er kam zu dem Regiment 3/5, um noch ganz leichten Garnisonsdienst zu versehen. Er hatte großes Pech bei dieser Truppe, denn sein Feldwebel wurde stets fuchsteufelswild, wenn er nur das Wort »Sport« hörte. Freund »Prinz« konnte ihm natürlich nicht verschweigen, daß er ein Sportler sei, denn unsere Mannschaft benötigte ihn doch jeden Sonntag. Nur unter Aufbietung von allen

Kronprinzen-Pokalspiel (jetzt Bundespokal) am 13. Oktober 1918 in Nürnberg. Süd – West 9:0.
Von links: Hagen, Weber – Freiburg, Burger, Bruglachner, Seiderer, Popp, Stuhlfauth, Philipp, Stier – Frankfurt, Neuendorf – Stuttgart, Rottenberger.

möglichen Schlichen und Krämpfen gelang es unserem Vorstand, dies zu bewerkstelligen. Anläßlich des Spieles »Süddeutschland – Westdeutschland« wollte es unter keinen Umständen gelingen, unseren »Prinz« sonntags frei zu bekommen. Im Gegenteil, der sportfeindliche Feldwebel teilte unseren Hans für eine Sonntagswache ein, um ihn zu schikanieren. Wutentbrannt erzählte er uns das und auf unser Befragen, was er zu tun gedenke, sagte er, daß er unter allen Umständen spielen werde, gehe es wie es wolle. Der Ehrgeiz Repräsentativ-Spieler zu werden, hatte ihn in seinen Klauen. Ich hatte am Tage des Spieles große Bedenken über Prinz und konnte mir nicht vorstellen, daß er zum Spiel kommen konnte, wußte ich doch, daß er auf Bahnhofswache sei. Ich hatte aber falsch gedacht, 15 Minuten vor dem Spiel kam er ganz aufgeregt in unserem Umkleideraum angerannt und zog sich aus. Ich nahm ihn auf die Seite und erkundigte mich, wie er es fertig gebracht habe, noch Urlaub für dieses Spiel erhalten zu können. Mein »Prinz« sagte, das wäre sehr einfach, er habe sein Gewehr, seine Patronentaschen und sein Seitengewehr in eine Ecke des Wachlokals gestellt und sei auf den Sportplatz gefahren. Gleichzeitig vermutete er aber auch in sehr richtiger Weise, daß dies wahrscheinlich für ihn ein unangenehmes Nachspiel haben werde, aber ihm sei das ganz »worscht«, er spiele heute unbedingt sein erstes repräsentatives Spiel. In diesem Spiel stand der »Prinz« Linksaußen und meine Wenigkeit halblinks. Wir beide gaben einen sehr guten Flügel ab und stellten mit Genugtuung fest, daß unser gegnerischer rechter Läufer infolge unseres guten Stellungsspieles nach einiger Zeit keine Luft mehr hatte und deshalb zweimal ausgewechselt wurde. [Anm.: Zur Praxis von Auswechslungen vgl.

den entsprechenden Begleittext]. Sein erstes Auftreten in einer Repräsentativmannschaft krönte »Hans« noch durch ein ganz wuchtiges Tor und es wäre für ihn alles recht und gut gewesen, wenn nur die leidige Angelegenheit mit dem in die Eckestellen des Gewehres und der sonstigen militärischen Utensilien nicht gewesen wäre. Nach dem Spiel suchten wir sofort einen maßgebenden, einflußreichen Herrn der Sportbewegung auf und baten ihn, er möge sich doch um die Angelegenheit des guten »Prinzen« kümmern, damit die Strafe nicht so schlimm ausfalle. Nach dem Anhören des Vorfalles machte der betreffende Herr wohl ein böses Gesicht, doch seiner Fürsprache gelang es, daß »Prinz« mit einem blauen, wenn auch etwas starkblauen Auge davon kam.

Die Mannschaft der Spielvereinigung Fürth hatte zu Beginn des Jahres 1919 nicht weniger denn

neun repräsentative oder internationale Spieler

in ihren Reihen: Hagen, Hirsch, Seiderer, Franz, Wunderlich, Rottenberger, Schmidt, Wellhöfer und Burger. Bei allen möglichen Anlässen stellte deshalb der Verband stets verschiedene unserer Kameraden auf und aus der Fülle der repräsentativen Spiele möchte ich besonders zwei Kämpfe der Verbandsmannschaft erwähnen. Als erstes Spiel den Kampf um die Vorschlußrunde Süddeutschland – Mitteldeutschland 3:1, welches in Leipzig stattfand. Für mich ist dieses Spiel deshalb unvergeßlich, weil ich einen Tag vorher den großen Schritt gewagt hatte, mich zu verloben. Leider verloren wir in diesem Spiel sofort nach Beginn unseren Halblinken Hirsch, welcher bei einer Karambolage mit einem Verteidiger vom Platz getragen werden mußte, so daß wir genötigt waren, die ganze Spielzeit mit zehn Mann zu spielen. Unsere Mannschaft glich, soweit es möglich war, durch vermehrte Arbeitsleistung jedes Einzelnen dieses Manko wieder aus, wollten wir doch beim Endspiel im Berliner Grunewaldstadion dabei sein. Beinahe wäre es aber schief gegangen, denn nicht nur in der Halbzeit, nein sogar fünf Minuten vor Schluß lagen wir mit 0:1 im Rückstand. Kurz vor Spielschluß glückte mir ein schöner Alleingang mit krönendem Torschuß. Wir hatten nun wenigstens einmal den Gleichstand hergestellt und eine Spielverlängerung erzwungen, der wir zuversichtlich entgegensahen, da wir alle ausnahmslos so gut durchtrainierte Leute waren, daß es uns auf eine halbstündige Spielverlängerung nicht ankam. Unsere Vermutung, daß die bessere körperliche Beschaffenheit den Ausschlag geben werde, erfüllte sich auch und schon nach zehn Minuten Verlängerung war das Spiel durch eine weitere Durchbruchaktion von mir für uns entschieden. Als dann noch unser »Resi« einen seiner gefürchteten Bombenschüße anbringen konnte, gegen welchen kein Kraut gewachsen war, klappte die Mitteldeutsche Mannschaft

vollends zusammen und die Teilnahme Süddeutschlands an dem Schlußspiel des Pokals war gesichert.

– Fortsetzung folgt –

MTK. Budapest 1919 in Nürnberg-Fürth
[Anm.: der MTK war 1919 zum 6. Mal Ungarischer Meister]
1. Schaffer, 2. Spahn, 3. Karl Kürschner, 4. Dr. Faber, 5. MTK.-Präsident Brutt

Tony Seiderer erzählt...

6. Fortsetzung

Acht Tage darauf fuhren wir frohen Mutes gen Berlin um Pokalsieger zu werden. Damit war es aber Essig, denn nach einem dramatischen Kampf wurden wir von dem Endspielgegner Norddeutschland mit 5:4 Toren geschlagen. In der Norddeutschen Mannschaft waren alle »Kanonen« vorhanden, welche aufgeboten werden konnten, angefangen im Sturm mit Harder bis zu Henry Müller in der Verteidigung.

Unsere Süddeutsche Mannschaft ließ dies aber kalt, wir besaßen keine Kanonenfurcht, sondern vertrauten auf unser Können und wir wollten den »Preißen« schon zeigen, was die stets als roh verschrieenen »Bayern« leisten können. Daß uns dies nicht gelang, war schon mehr wie tragisch. Das Spiel begann direkt sensationell für die Zuschauer, denn noch bevor wir richtig zur Besinnung kamen, lagen wir bereits mit 4 Toren im Rückstand. Uns lieber Freund »Bauer«, (der lange und fabelhafte Mannschaftskamerad, Torwart vom MTV. München), hatte nämlich ausgerechnet bei diesem Spiel den in seiner Fußball-Laufbahn vielleicht schwärzesten Tag. Bei seinen ganzen Aktionen in der ersten Halbzeit hatte er so großes Pech, daß wir uns darüber eigentlich nicht mehr ärgern konnten, sondern ihn mehr bemitleideten. Die Berliner Zuschauer tobten sich bei jedem

Spielvereinigung Fürth
Von links nach rechts:
Löblein, Rottenberger, Seiderer, Willnecker, Schnürle, Franz, Hagen, Sutor;
sitzend: Wellhöfer, Henneberger, Ammerbacher.

einzelnen Treffer richtig aus und fielen uns Spielern schon derart auf die Nerven, daß wir im Süddeutschen Sturm auch nichts mehr zuwege brachten. Für unsere Mannschaft war der Halbzeitpfiff des übrigens ausgezeichneten Schiedsrichters v. Paquet - Berlin eine direkte Erlösung, denn während der Pause konnten wir uns wieder etwas beruhigen und finden. Wie es in unserem Umkleideraum zuging, kann sich wohl jeder denken. Genau so kampffreudig wie wir vor dem Spiel gestimmt waren, genau so »erschossen« – heißt es im Volksmund – saßen wir mit gesenkten Köpfen auf unseren Bänken und hörten das dauernde Fragen unseres Reisebegleiters, wie dieses Spiel noch enden möge. Man hätte denken können wir wären lauter Ritter der traurigen Gestalt. Da der Reisebegleiter uns nichts anderes zu sagen wußte, als sein ständiges »wie wird das Spiel noch enden?«, riß endlich einem Spieler von uns die Geduld. Er sagte jenem Herrn, das werde er schon noch sehen und im übrigen sehe er nicht ein, warum wir uns alle noch gegenseitig verrückt machen wollen. »Ist es unmöglich«, rief er aus, »daß wir genau so, wie Norddeutschland in der ersten Hälfte, nun in der zweiten Hälfte auch 4 Tore machen können? Nein! Also wollen und müßen wir eben uns zusammenreißen und dann müßte es schon Teufelsspiel sein, wenn es nicht noch klappen würde«.

Getreu dem Grundsatz, daß ein Fußballspiel erst mit dem Schlußpfiff beendet ist, wollten wir die zweite Spielhälfte behandeln. Bei Betreten des Platzes wurden wir von verschiedenen Berliner Zuschauern schwer angepflaumt, unter anderem konnten wir auch hören »wieviel Dingerchen wollt ihr denn noch in Eure Kajüte bekommen«. Unsere Antwort war »abwarten und dann Tee trinken«. Das Spiel in der zweiten Hälfte lief für uns sehr verheißungsvoll, denn nach einer halben Stunde Spieldauer hieß es durch einige Prachtschüße unseres Sturms nur noch 4:3 für Norddeutschland. Das Publikum raste vor Begeisterung, lauerte doch das Gespenst einer evtl. nötigen Spielverlängerung im Hintergrunde und die Zuschauer wollten für ihr Geld Sensation haben. Fünf Minuten vor Schluß schien es, als ob die Spielverlängerung unvermeidlich wäre, denn wir hatten den Ausgleich erzielen können. Nach dieser schier fast unglaublichen Riesenleistung gegen eine norddeutsche Kanonen-Auswahlmannschaft in der zweiten Hälfte 4 Tore aufzuholen, gab es wohl nicht mehr viel Menschen am Platz, welche uns den evt. Sieg nicht gegönnt hätten. Aber der tragischste Moment in diesem Spiel sollte erst kommen.

Die wirkliche Sensation

sollte vollendet werden. Unsere Hintermannschaft hatte einen Torabstoß auszuführen. Um das Spiel unter Umständen in der noch restlichen Spielzeit entscheiden zu können, wollte sich einer unserer Verteidiger sehr beeilen und gab den Ball nicht dem Tormann in die Hände, sondern führte den Abstoß selbst aus. Durch seinen Übereifer passierte ihm das Mißgeschick, daß er in den Boden schlug und der Ball nur etwa 16 Meter weit heraus rollte. Ausgerechnet an diesem Platz stand der lange Tull Harder, nahm den Ball auf und schoß rasch entschloßen, fast mit dem Schlußpfiff das siegbringende Tor. Jeder einzelne von uns Spielern starrte ganz entgeistert in die Welt und unser Freund Schorsch, dem das Unglück passierte, war einige Tage lang der unglücklichste Mensch auf Gottes Erdboden. Trotz der erlittenen Niederlage feierte uns das Publikum jedoch sehr, da sich gezeigt hatte, daß wir nach anfänglich schwachem Spiel es noch verstanden hatten, die süddeutsche Spielstärke in das richtige Licht zu stellen und den Verband würdig zu vertreten. Jeder, der Gelegenheit hatte, diesen Kampf zu sehen, wird wohl beistimmen, wenn ich der Meinung Ausdruck gebe, daß man selten einen interessanteren und aufregenderen Fußballkampf hat sehen können, wie dieses denkwürdige Spiel Süddeutschland – Norddeutschland.

Nach diesem sensationellen Pokalspiel gelang es unserer Fürther Vereinsleitung, die auf der Rückreise von dem traditionellen Wien – Berlin sich befindliche Verbandsmannschaft der Brandenburger Ballspielvereine zu einem Spiel auf Fürther Boden zu bewegen. Dieser Spielabschluß kam in der Hauptsache nur zustande, da wir durch einige Gönner in der glücklichen Lage waren, unserem Gegner nicht nur eine erhebliche Summe zahlen zu können, sondern auch noch reichlich mit den zu jener Zeit schwer erhältlichen Lebensmitteln, wie Fleisch, Wurst, Butter usw. zu versorgen. Dieser Kampf wurde für die Spielvereinigung ein großer Erfolg, denn als Vereinsmannschaft gegen eine Verbandsmannschaft von Berlin, welche damals eine beträchtliche Spielstärke aufzuweisen hatte, ein unentschiedenes Resultat 3:3 herauszuholen, war bestimmt ehrenvoll. In diesem Spiel wirkte meiner Erinnerung nach unser Torwart-Unikum Polenski, genannt »Pipl«, das letzte Mal in unseren Reihen mit und führte uns so richtig noch einmal vor Augen, was Glück für einen Tormann bedeutet. Zu seinem spielerischen Können hatte er während seiner Fußball-Laufbahn stets soviel Glück auf seiner Seite, daß es auch vorkam, wenn er schon am Boden in einer Ecke lag, daß der Gegner nicht in die andere Ecke schoß, sondern in Pipls Arme. Jedermann wird sich noch erinnern können, daß er als Witzbold ständig für Abwechslung sorgte, so schoß einmal ein Stürmer den Ball statt auf das Tor Richtung Eckfahne. Was tat da unser Freund »Pipl«? Er warf sich zum großen Gaudium des Publikums in die Ecke seines Tores und verhöhnte damit offensichtlich seinen Gegner. Auf Vorhalt von uns, er möge das unterlassen, erklärte er, daß könne er nicht, da er versprochen

Club gegen Amateure in Wien
Von links nach rechts: Trainer, Maier, Zoller, Philipp, Seiderer, Gräbner, Winter;
kniend: Weschenfelder; sitzend: Lüscher, Träg, Böß, Meidenbauer.

habe, sich nach jedem Ball zu bewegen, damit er kein Überraschungstor erhalte, er erfülle nur seine Pflicht.

Im Juli des Jahres 1919 gelang es dem 1. FCN. und der Spielvereinigung Fürth

die sagenhafte Mannschaft des MTK Budapest

zu einem Spiel zu verpflichten und alles harrte gespannt der kommenden Ereignisse. Die Nürnberg-Fürther Sportgemeinde wurde nicht enttäuscht, denn was damals der MTK. in beiden Spielen vorführte, war Fußball in höchster Vollendung und die Spiele waren eine seltene sportliche Delikatesse. Nach meiner Ansicht hat in unserer Hochburg Nürnberg-Fürth nie eine andere Mannschaft, einschl. der verschiedenen englischen Berufsmannschaften, welche hier spielten, einen besseren Fußball gespielt, als damals die Leute um Dr. Faber und Brüll. In unserer Spielvereinigung hatten wir einmal wieder keinen Torwart und ich stellte mich, als Mädchen für alles, aushilfsweise in das Tor. Als Torwart hatte ich reichlich Gelegenheit, die hochintelligenten Angriffe vorbildlichster Kombination zu bewundern und ich muß sagen, daß der MTK.-Sturm ein sprühendes Feuerwerk blitzartiger Einfälle zeigte und unsere Mannschaft auf eine große Probe stellte. Wer würde sich aus der Glanzzeit dieses MTK. nicht mehr gerne der Namen im Sturm Szabó, Schlosser, Schaffer, Braun, Molnár erinnern? Dieser Sturm, in welchem jeder Spieler ein kleiner Rastelli war [Anm.: Enrico Rastelli (1896 bis 1931) war ein berühmter und gefeierter Jongleur], wurde unterstützt und mit

Bällen gefüttert von einer Läuferreihe Kertész, Orth, Ruyol. Er mußte große Erfolge erzielen können, da die restliche Hintermannschaft mit dem großen Verteidiger Feldmann an der Spitze auch »eisern« war. Man kann sagen, daß die Vorlagen des Mittelläufers und Fußballwunders Orth fast mathematisch genau berechnet waren, ganz gleich, ob sie mit den Füßen oder mit dem Kopf gegeben waren. Nur dadurch, daß die sämtlichen Spieler, dank ihrer übergroßen Technik, auf alle Gedankengänge dieses eigentlichen Führers der Mannschaft eingingen, konnte es möglich sein, eine Mannschaft von solchem Format auf das Spielfeld zu bringen. Mir als Torwart wurde in diesem Spiel tüchtig Arbeit verschafft und zu meiner größten Freude gelang es mir auch sehr lange, nämlich bis fast zur Halbzeit, mein Tor rein zu halten. Bei einem der vielen Angriffe stand plötzlich der Halblinke Schlosser ca. 8 Meter allein vor meinem Tor und setzte zu einem gewaltigen Schuß an, den ich wohl noch erreichte, aber nicht mehr halten konnte, da er mir meine Hand umdrehte. Dieser Erfolg des MTK. bedrückte aber unsere Mannschaft nicht, da wir als gute Sportsleute ja neidlos zugestehen mußten, daß dem gezeigten guten Fußballspiel entsprechend dieses Führungstor berechtigt war. In der zweiten Hälfte gelang es unserer sehr eifrig spielenden Mannschaft, den Ausgleich zu erzwingen und sogar noch ein führendes Tor zu erzielen, welches aber von dem alle Spiele des MTK. in Deutschland als Schiedsrichter pfeifenden Stuttgarter Rossi wegen Abseits nicht gegeben wurde. Dieses Ausgleichs- und gleich darauf ein nicht gegebenes Abseitstor waren für den MTK. eine Warnung, das Spiel nicht zu leicht zu nehmen und was dann kam, war nicht nur Fußball für das Auge, sondern Fußball für Erfolg. Längere Zeit wurden wir vollständig in unsere Hälfte eingeschnürt und ich hatte alle Hände voll zu tun, um im Verein mit unserer Hintermannschaft diese Angriffe abzuwehren. So stark wir uns aber auch wehrten, weitere Erfolge der Ungarn konnten nicht ausbleiben. Bei einer Ecke, welche Szabó schön in Höhe zwischen Elfmeterpunkt und Sechszehnmeterraum hereingab, tauchte plötzlich Orths große Gestalt im Gedränge auf und gab dem Ball mit dem Kopf eine Wendung genau in die rechte obere Torecke, so daß jedes Strecken von mir vergebens war. Einer der schönsten Kopfbälle welche ich bis jetzt gesehen habe, hatte sein Ziel erreicht. Ein aus naher Entfernung abgegebener Schuß, als Krönung einer vorzüglichen Kombination stellte das Endergebnis 1:3 fest.

Trotz der Niederlage hatte auch unsere Mannschaft gefallen und bei dem am Abend stattfindenden, feuchtfröhlichen Bankett konnten die MTK.-Führer und -Spieler absolut nicht glauben, daß ich kein ständiger Torwart sei. Ich versprach ihnen daher bei dem kommenden Rückspiel in Budapest als Mittelstürmer mitzuspielen und ihnen zu

Der Club in Budapest
Von links nach rechts: Trainer, Gräbner, Winter, Weschenfelder, Philipp, Meidenbauer, Seiderer, Maier, Zoller; vorn: Lüscher, Träg, Böß.

zeigen, daß mir dieser Posten viel mehr Spaß machte. Es schrieben nun damals bekannte Zeitungen in ihrer Spielkritik: Wer ist besser im Tor, Stuhlfauth oder Seiderer? Jeder habe seine besonderen Vorteile und Nachteile; Stuhlfauth wäre für hohe Bälle besser, Seiderer für flache Bälle; riskant sei nur die viele direkte Fußabwehr von Seiderer, allerdings müßte man auch sagen, daß kein Fehlschlag dabei gewesen ist.

– Fortsetzung folgt –

Tony Seiderer erzählt...

7. Fortsetzung

Über diese Kritiken war ich sehr erfreut, denn schon mit dem berühmten »Spezialmann im Tor« verglichen zu werden, bedeutete für mich Aushilfstormann eine große Anerkennung. Wie mein erstes schweres, siegreiches Spiel gegen den 1. FCN. meine Gesellenprüfung darstellte, so war dieses Spiel für mich meine Meisterprüfung. Wann werden wir in Nürnberg-Fürth eine derartige Mannschaft, welche diese Klasse darstellt, wie MTK. 1919, wieder einmal sehen können? Ich denke oft und gerne an dieses schöne Spiel zurück und glaube mit mir auch viele Sportanhänger.

Auf dem Platz des 1. FCN. fand im Juli 1919 eine Revanche des denkwürdigen Pokalendspieles Nord – Süddeutschland 5:4 statt. Bei dieser Gelegenheit konnten wir unser Können unter Beweis stellen und der norddeutschen Mannschaft zeigen, daß das Resultat des Pokalendspieles nicht die eigentliche Spielstärke darstellte. Nach einem von unserer Seite hochklassig durchgeführtem Spiel konnten wir einen 7:1-Sieg landen. Wahrlich eine gelungene Revanche.

Da die Spielvereinigung Fürth zu jenem Zeitpunkt eine sehr spielstarke 1. Mannschaft besaß, was durch Erzielung guter Resultate in vielen Privatspielen u.a. Wacker München 7:1, Bayern München 2:0 bestätigt wurde, entschloß sich die Vereinsleitung, ein sehr ehrenvolles Angebot des 1. FC Old Boys-Basel anzunehmen, nämlich an einem

Goldpokal-Turnier in Basel

mitzuwirken. Die Finanzen unseres Vereins waren auch etwas verdünnisiert und aus diesem Grunde wurde beschlossen, einmal eine Gewalttour zu unternehmen, um die Kasse etwas aufzufrischen. Diese Reise wurde in einem richtigen Eiltempo absolviert (wir mußten in 8 Tagen 6 Spiele austragen), unserer Mannschaft gelang es aber trotz der großen Strapazen die ersten 5 Spiele zu gewinnen. Nur bei unserem letzten Spiel gegen den Karlsruher Fußball-Verein mußten wir eine 2:1-Niederlage hinnehmen, da wir vollständig übermüdet waren und außerdem noch viele Verletzte in unseren Reihen hatten, welche gezwungen waren, auch noch dieses Spiel mit auszutragen, damit wir überhaupt 11 Spieler auf den Platz bringen konnten.

Wir freuten uns zu Beginn der Reise alle schon auf das Schlaraffenland, die Schweiz. Wußten wir doch, daß es uns da endlich einmal wieder möglich sein

Deutschlands beste Torhüter.
Links Lohrmann Fürth; rechts Stuhlfauth Nürnberg.

würde, viel Milch, Schokolade und andere Genüsse zu bekommen, welche in unserem Heimatland zu erhalten damals fast eine Unmöglichkeit war. Die Reise traten wir frohgemut an, versehen mit vielen guten Ermahnungen unserer Vorstandschaft. Diese bezogen sich darauf den Verein und das Vaterland in jeder Beziehung würdig zu vertreten. Wir sollen nämlich, als erste deutsche Mannschaft nach Kriegsschluß, in Basel gegen eine rein welsche Mannschaft und zwar gegen den Etoile-Chaux de Fonds spielen. [Anm.: Der Begriff »welsch« meint hier »die französisch-sprachige Schweiz«.] Dies war zu jener Zeit gar nicht so leicht, als man heute vielleicht annehmen könnte. Der Weltkrieg, welcher doch einen ungeheueren Haß unter die Völker geschleudert hatte, war vorbei und da es den Staatsmännern nicht so leicht gelingen wollte, wieder eine Versöhnung der Völker herbeizuführen, sollten wir auch unseren Teil dazu beitragen in Gestalt des völkerversöhnenden Sports. Dem veranstaltenden Verein Old-Boys Basel war es gar nicht wohl, als bei Abschluß der Gegner dieses Pokalturniers die welsche Mannschaft Etoile Chaux de Fonds anfangs sich beharrlich weigerte gegen eine reichsdeutsche Mannschaft anzutreten, da sie es mit ihrem nationalen Gefühl nicht vereinbaren könne.

Bei den Unterhandlungen der verschiedenen Sportführer siegte aber die Vernunft und die Abwicklung des Turniers konnte sichergestellt werden. Unsere Fahrt verlief bis an die Schweizer Grenze sehr gut. Dort wurden wir allerdings auf eine ziemliche Geduldsprobe gestellt. Der Basler Bundesbahnhof war zu jener Zeit noch nicht eröffnet und aus diesem Grunde liefen die deutschen Züge nur bis zur Grenze, wo man durch die Grenzkontrolle mußte, um dann in Schweizer Züge wieder einsteigen zu können. An dem kleinen Bretterschuppen genannt »Kontrollstation der

Schweizer Grenze« ging es sehr lebhaft her. Jeder Reisende wollte doch möglichst rasch diese Kontrolle hinter sich haben und dadurch entstand ein ganz kräftiges Gedränge. Die Grenzbeamten ließen Schweizer Militär zur Aufrechterhaltung der Ordnung rufen und dabei gab es mit dem Gewehrkolben ziemlich Püffe bis sich alles in Ruhe abwickeln konnte. Unsere Schweizer Freunde vom FC Old Boys empfingen uns bereits auf dieser Station, aber selbst ihre guten Beziehungen reichten nicht aus, um uns durch diese ominöse Kontrolle rascher hindurch zu bringen. Nach einigen Stunden Wartens kamen auch wir an die Reihe und auf der anderen Seite glücklich angelangt, wurden wir sofort in bereitstehende Privatautos verstaut und im Eiltempo ging es nach Basel. Die Mißhelligkeiten an der Grenze waren nach unserem Eintreffen sofort vergessen, da wir zu einem opulenten Abendessen eingeladen wurden. Die Old-Boys verstanden es fabelhaft, große sportliche Ereignisse gut aufzuziehen und an diesem Abend schon erhielt jeder einzelne unserer Mannschaft schöne Geschenke in Gestalt von Schokolade u.a. mehr.

Am nächsten Tag stieg das große Turnier um einen Goldpokal im Werte von 2.000 RM. [Anm.: Die Hyperinflation setzt mit voller Wucht 1922/23 eín. 1919 hatten 2.000 Reichsmark noch, je nach Berechnungsgrundlage, die Kaufkraft von bis zu 10.000 Euro. Aufgrund der enormen Steigerung des Goldpreises seit der Jahrtausendwende, muss der Wert des Pokals für heutige Zeit aber noch erheblich höher angesetzt werden.] Daß diese Trophäe von jedem teilnehmenden Verein sehr begehrt war, ist selbstverständlich. Unser erstes Spiel mußten wir Sonntag vormittag gegen die Mannschaft des gastgebenden Vereins Old-Boys austragen, und konnten es, dank unserer besseren Technik 3:0 gewinnen. Für das Entscheidungsspiel um den Pokal hatten wir uns also schon qualifiziert. Da an diesem Morgen die welsche Mannschaft Etoile Chaux-de-Fonds den FC. Winterthur besiegte, standen wir beide als Endspielgegner des Nachmittags fest. Unser Mittagessen nahmen wir gemeinsam mit unserem Gegner ein und es gelang nach beidseitiger, anfänglicher Zurückhaltung eine gewisse Freundschaft anzuknüpfen. Auf alle Fälle waren wir nach dem Essen bereits soweit, daß sowohl die welsche Mannschaft als auch wir uns darin einig waren, das Endspiel am Nachmittag als gute Sportleute in so fairer Art und Weise austragen zu wollen, daß die Welt den Beweis geliefert bekommt, daß Sport unter Umständen völkerversöhnender wirkt, als viele politische Konferenzen. Vor diesem Spiel konnten wir von Sportanhängern die schlimmsten Befürchtungen hören, aber trotz aller Unkenrufe kann ich zur Ehre beider Mannschaften hier feststellen, daß in diesem Entscheidungsspiel, in welchem der Sieg heiß umstritten war, nicht der geringste Mißton aufkam. Für die vielen Zuschauer war dieser Ent-

scheidungskampf ein großes Erlebnis, denn es wurde nicht nur energisch und trotzdem fair gekämpft, sondern auch ein sehr guter Fußball gespielt. Unsere Mannschaft hatte in diesem Spiele eine schwere moralische Belastungsprobe auszuhalten. Beim Stand von 1:0 für Fürth gab es in unserem Strafraum ein Geplänkel, welches sich für uns bereits in Wohlgefallen aufgelöst hatte. Da kam auf einmal der Linienrichter in das Spielfeld zum Schiedsrichter gelaufen und rief ihm einige Worte zu, worauf derselbe das Spiel, das sich bei diesem Zeitpunkt bereits in der Mitte des Spielfeldes abwickelte, unterbrach. Beide Mannschaften waren überrascht und wußten nicht, was los sei. Der Schiedsrichter gab uns kund, daß in unserem Strafraum Freund Rottenberger nach Aussage des Linienrichters den Ball mit der Hand berührt hätte und daß er einen 11-Meter-Ball geben müsse. Allgemeines Entsetzen herrschte in unseren Reihen. Aber was mich heute noch mit großer Freude erfüllt, war, daß niemand von uns nur den leisesten Protest ausübte. Dazu waren wir erstens zu stolz und zweitens handelten wir ja richtig im Interesse des Ansehens des deutschen Sports. Der Elfmeterball wurde von Etoile Chaux-de-Fonde verwandelt und das Spiel stand wieder unentschieden.

Dieses ungerechtfertigte Tor hatte unseren Siegeswillen nicht schmälern können und durch unser ruhiges systematisches Spiel gelang es uns in der zweiten Hälfte noch ein Tor zu erzielen und somit Pokalsieger des Turniers zu werden. Unsere welschen Gegner waren wirklich gute Sportsleute, als erste gratulierten sie uns herzlich. Dieser errungene Goldpokal steht bis heute noch die geldlich wertvollste Trophäe dar, welche die Spielvereinigung während ihres ganzen Bestehens erringen konnte. Bei unserer Abreise am nächsten Tag blühte uns eine weniger schöne Überraschung. Die deutsche Zollbehörde machte uns in sehr deutlicher Art und Weise klar, daß wir den errungenen Goldapfel verzollen müßten und nahm unserem Reisebegleiter verschiedene Märker dafür ab. Selbstverständlich schimpften wir uns darüber weidlich aus und konnten dabei lange nicht begreifen, warum ein armes Land nicht froh sei, wenn eine Kleinigkeit Gold kostenlos eingeführt wird. Die sämtlichen Ergebnisse dieser Wettspielreise führe ich hier noch kurz an und bemerke dazu, daß es für die Mannschaft wahrlich eine strapaziöse, aber auch sehr erfolgreiche Reise war. Jeder Sportsmann weiß selbst, was es heißt, innerhalb von 8 Tagen 6 Spiele zu absolvieren (dazu die ersten zwei an einem Tage) und 5 davon gewinnen zu können. SpVgg Fürth gegen Old Boys Basel 5:0; SpVgg. Fürth gegen Etoile Chaux-de-Fonds 2:1; SpVgg. Fürth gegen Phönix Mannheim 3:0; SpVgg. Fürth gegen Phönix Ludwigshafen 4:0; SpVgg. Fürth gegen Phönix Karlsruhe 2:1; SpVgg. Fürth gegen Karlsruher FV. 1:2.

Ende des Jahres 1919 trat in die Mannschaft der SpVgg. Fürth …

ein neuer Sportkamerad

ein, an welchen sich sämtliche Sportplatzbesucher sicher heute noch gerne erinnern, »Wickerl Hierländer vom Florisdorfer FC. Wien«. Wir erhielten dadurch eine gute sportliche Verstärkung, welche sich sofort in einem Wettspiel gegen den FC. Rapid Wien stark bemerkbar machte. Dank dem hervorragenden Spiele unseres neuen Halblinken Hierländer konnten wir, die zu jener Zeit sich in einer großen Form befindlichen Rapider 3:1 schlagen. Selbst der unverwüstliche Mittelläufer des FC. Rapid, das größte Urviech aller Fußballer, der Seppl Brandstetter, konnte nichts dagegen ausrichten, so sehr er sich auch abmühte und abschimpfte.

Nach Beendigung des Weltkrieges dauerte es geraume Zeit, bis Deutschland wieder ein Länderspiel austrug. Das erste Spiel wurde gegen die Schweiz im Juni 1920 absolviert. Zu diesem Spiel wurde ich zu meiner größten Freude auch aufgestellt. Leider fiel in die Freude meiner Aufstellung ein Wermutstropfen, denn zu meinem Leidwesen mußte ich hören, daß ich nicht an meinem gewohnten Platz als Mittelstürmer, sondern als Halblinker spielen sollte. Der Spielausschuß des Deutschen Fußballbundes hatte es als richtig angesehen, 3 Mittelstürmer und zwar Harder, Jäger und Seiderer als Innensturm zu verwenden. Jedem Fußballkenner war klar, daß dies keine ideale Lösung der Frage der Besetzung des Innensturms darstellte. In dem schönen Städtchen Singen am Hohentwiel traf sich die ganze Ländermannschaft, um gemeinsam nach Zürich die Fahrt fortzusetzen.

Meinem Freund Hagen und mir war es gelungen, noch in letzter Minute vor der Abreise unseren stets lustigen früheren Meisterschaftstorwart Polenski zu überreden, diese Fahrt zum ersten Ländertreffen nach dem Krieg mitzumachen. Da er gerade gut bei Kasse und damit auch in Stimmung war, dauerte es nicht lange, bis wir ihn überredet hatten. Seine größte Sorge, das Mitfahren würde nichts nützen, da er doch keinen Reisepaß und kein Visum habe, beschwichtigten wir mit dem Versprechen, daß wir beide ihn bestimmt auf eine Art über die Grenze bringen würden.

In Singen hielt die deutsche Nationalmannschaft auf dem Platz des dortigen FC. Singen noch ein leichtes Training ab, bei welchem unser guter Polenski natürlich auch zeigen wollte, daß er von seiner früheren Meisterschaftsform immer noch allerhand in Vorrat hatte. Er stellte sich, mangels einer geeigneten Fußballkleidung, mit seinem schönen blauen Anzug zwischen die Pfosten und hielt verschiedene Schüsse sehr gut. Durch den Beifall, welchen er damit fand, fühlte er sich so richtig wieder in seinem Element und bei einem scharfen Flachschuß eines Spielers dachte er nicht mehr an seinen schönen Anzug und warf sich temperamentvoll nach dem Ball in die Ecke. Diese Aktion löste bei uns selbstverständlich große Heiterkeit aus, welche

Mit der deutschen Nationalmannschaft vor dem Spiel gegen die Schweiz in Schaffhausen nach einer feuchtfröhlichen Sitzung.

sich noch steigerte, als wir sahen, wie Polenskis Anzug nach der gelungenen Abwehr des Flachschußes aussah. Der staubige Boden des Platzes hatte übel auf seine blaue Kluft eingewirkt. Im Hotel zurückgekommen, mußte er sich so lange Zeit zu Bett legen, bis es dem Zimmermädchen halbwegs gelungen war, seinem Anzug wieder ein etwas menschenwürdiges Aussehen zu geben. Am nächsten Morgen fuhr die ganze deutsche Expedition weiter in Richtung Zürich.

Bis zur Grenze hatte unser Freund Polenski stets die schwersten Bedenken wegen des Grenzübertrittes und auch Freund Hagen und ich wußten eigentlich noch nicht, wie es uns glücken sollte, ihn mit hinüber zu bringen, trotzdem wir beide es ihm ja bombenfest versprochen hatten. An der Grenze angekommen, half selbst unsere größte Überzeugungskunst nichts und unser Freund »Pipl« wurde immer niedergeschlagener, als er bemerkte, daß es beim besten Willen nicht möglich sein würde, ihn mit zu bekommen. Der rettende Engel erschien in Gestalt des Herrn W. Bensemann. Diesem klagten wir unser Leid und er versprach uns, sein Möglichstes zu tun, damit unser Wunsch erfüllt würde. Dank seinen wirklich großen Verbindungen glückte es Herrn W. Bensemann durch einen telephonischen Anruf nach Karlsruhe bei der Regierung zu erreichen, daß Polenski evt. mit dem Nachmittagszug weiter nach Zürich reisen dürfte. Dies war schon etwas. Wir mußten von unserem Freund allerdings Abschied nehmen, da unser Zug weiterfuhr, aber ich werde nie den Anblick vergessen, wie unsäglich traurig, mit Tränen in den Augen, unser Pipl dem ausfahrenden Zug nachsah. Er war vollständig erledigt, nachdem ihm der Übertritt über die Grenze nicht gestattet worden war.

In Schaffhausen wurden wir bereits von dem Schweizer Fußballbund empfangen und mußten unsere Fahrt unterbrechen. Mit eleganten Privatautos fuhren wir in ein herrliches Terassenrestaurant gegenüber dem Rheinfall, wo vorzügliche Speise und Trank und frohe, liebe Begrüßungsworte den Auftakt zu unserem Aufenthalt in der Schweiz gaben. Gegen Abend ging die Fahrt nach Zürich weiter. Groß und ehrlich war unsere Freude, als aus dem einfahrenden Schnellzug das glückstrahlende Antlitz unseres Pipl auftauchte. Er konnte sich vor Freude über die Einreisegenehmigung gar nicht mehr [Wort fehlt] und hatte bis Zürich zu erzählen, bis er seine vollständigen Erlebnisse an der Grenzstation, sein Hangen und Bangen, ob ja, ob nein, uns restlos erzählt hatte. Sein selten fröhlicher urmächtiger Humor sorgte für gute Stimmung in der deutschen Mannschaft. In Zürich erwartete uns großer Empfang und die Schweizer Gastgeber taten uns Reichsdeutschen alles, was sie uns von den Mägen absehen konnten, wußten sie doch, wie schlecht es bei uns in Deutschland in punkto Lebensmittel usw. bestellt war. Jeder einzelne Spieler schloß mit irgend welchem begeisterten Sportanhänger Freundschaft und je nach dem Grade dieser jungen Freundschaft wurde jeder einzelne mit allen möglichen und unmöglichen guten Sachen beschenkt.

– Fortsetzung folgt –

Tony Seiderer erzählt...

8. Fortsetzung

Unsere Hoffnungen, welche wir die Nationalmannschaft in dieses Ländertreffen gesetzt hatten, erfüllten sich leider nicht, wir verloren verdient, aber das Resultat war entschieden zu hoch mit 4:1-Toren. Bei diesem Spiel zeigte sich, daß die Befürchtungen über den sehr groß zusammengewürfelten Sturm nur zu berechtigt gewesen waren, denn ein gutes Kombinationsspiel konnte während der ganzen Spieldauer nicht aufkommen. Die aus zu vielen Gauen zusammengewürfelte Stürmerreihe konnte unter keinen Umständen dieses Maß von gegenseitigem Verständnis aufbringen, welches nötig gewesen wäre, um eine gute Zusammenarbeit in einer erstklassigen Ländermannschaft zu ermöglichen und die wirkliche Spielstärke unseres Landes in das richtige Licht zu setzen. Bei dem am Abend stattfindenden Bankett bemühten sich die Schweizer Gastgeber sehr, uns die schmerzliche Niederlage etwas zu versüßen, was ihnen nach Mitternacht auch gelang.

Auf der Heimreise mußten wir unbedingt in Schaffhausen noch einmal Station machen, denn die dortigen Sportanhänger wollten uns unter allen Umständen einmal mit ihren großen Weinkellereien und anderen schönen Schaffhausener Spezialitäten imponieren. Diesen nochmaligen Aufenthalt hatten wir nicht zu bereuen, denn frohe, unvergessliche Stunden durften wir hier auf Schweizer Boden noch einmal erleben. Das markanteste an diesem Länderkampf war, daß sogar der Spieleausschuß des DFB. bemerkte, daß drei gute Mittelstürmer noch lange keinen guten Innensturm bilden müssen.

Meine Spielvereinigungsmannschaft trug sich seit der Niederlage gegen den 1. FCN. um die deutsche Meisterschaft in Frankfurt stets mit dem Gedanken endlich einmal Umschau nach einem guten Torwart zu halten. Seit Bestehen des Vereins war bei der Fürther Kleeblattelf immer die Torwartfrage eine große Kalamität. So sehr wir Spieler auch suchten, wir konnten halt keinen passenden finden und fanden wir ja einen, welchen wir gerne in unseren Reihen gehabt hätten, so war es totsicher so, daß wir ihn aus verschiedenen Gründen nicht haben konnten. An einem spielfreien Sonntag ging ich mit einigen sportbegeisterten Anhängern auf den Platz des Clubs, um einem Wettspiel des Sportvereins Waldhof gegen den 1. FCN. zuzusehen. Bei diesem Spiel sah ich das erstemal in meinem Leben Lohrmann zwischen den Pfosten stehen. Der Mannschaft des 1. FCN. glückte es wohl, Lohrmann 9 Tore zu schießen, doch was dieser Spieler in der Abwehr leistete war so groß, daß es mich richtig begeisterte und daß von diesem Moment an für mich feststand: »Dies ist der Torwart, den unsere Mannschaft in ihren Reihen nötig hat.« Nach einer kurzen Rücksprache mit einem maßgebenden Herrn unseres Vereins heftete ich mich an seine Fersen. Ich konnte den noch blutjungen, fast einen konfirmandenhaften Eindruck machenden blonden Riesen, am Abend in einem Lokal kennen lernen und konnte seine große Begeisterung zum Fußballspiel, in welchem er es noch zu einer wirklichen Größe bringen wollte, anhören. Bei seinem Ehrgeiz noch ein bekannter Mann zu werden, hakte ich ein und fragte ihn: »Wollen Sie ein internationaler Tormann werden? Wenn Sie dies wollen, so können Sie es erreichen«. Lohrmann sah mich zuerst etwas entgeistert und ungläubig an und sagte zu mir: »Wie meinen Sie das?« Nun setze ich ihm auseinander, wenn er internationaler Spieler werden wolle, dann soll er zu uns nach Fürth kommen und wenn er dann bei uns dieselben Leistungen aufweisen könne, wie er sie heute gezeigt hätte, würde ich ihm nicht zu viel versprochen haben, wenn ich sage er würde auch für Deutschland im Tor spielen. Gleichzeitig bemerkte ich, er solle sich die Angelegenheit der Übersiedlung ruhig einmal ein paar Tage überlegen und einem Freund von mir, welcher zufällig nach Mannheim komme, seinen Bescheid übermitteln. Als mein Freund in Mannheim mit Lohrmann zusammentraf und dieser ihm den Bescheid gab, daß er nach Fürth kommen wolle, hätten sie beinahe meinen Kameraden kräftig verprügelt, da es sich bereits herumgesprochen hatte, daß Lohrmann seinem alten Verein den Rücken kehren und in Zukunft für die Spielvereinigung das Tor hüten werde. Der blonde Riese Lohrmann, genannt »Tetsch« erregte hier allgemeines Aufsehen und wurde ein überaus nützliches Mitglied unserer ersten Elf.

Mein Versprechen, daß er bei guten Torwartleistungen bald in der Ländermannschaft aufgestellt werden würde, erfüllte sich schon nach einigen Monaten, denn meteorenhaft stieg er als Phänomen des Tores am Fußballhimmel empor. Sein großes Können unterstrich er in seinem ersten Länderspiel Deutschland gegen Ungarn im Berliner Grunewald-Stadion, welches Deutschland 1:0 gewinnen konnte. Dieses Spiel konnte Deutschland nur gewinnen, weil der Tormann Lohrmann an diesem Tag eben nicht zu besiegen war, selbst nicht einmal durch einen von Orth geschossenen Elfmeter. Wie freute sich der riesige Lohrmann in seinem jugendlichen Gemüt über den großen Erfolg und stolz wie ein Spanier kam er mit internationalem Lorbeer bedeckt zurück.

Im Februar 1920 spielte ich auf dem MTV-Platz in München in einer süddeutschen Mannschaft gegen Niederösterreich mit. Bei dieser Gelegenheit absolvierte der allbekannte Riegels Karla

vom 1. FCN. sein erstes repräsentatives Spiel. Zu jener Zeit wäre mein ehrgeiziger Freund Riegel, wenn es sein hätte müssen, sicher auch zu Fuß nach München gegangen, um repräsentative Ehren einheimsen zu können, so wild war er darauf eine sogenannte bestätigte Kanone zu werden. Er lieferte in diesem Spiel, wie man es von ihm gewohnt war, ein herrliches Spiel und es lag bestimmt nicht an ihm, daß wir nur ein 1:1 erzielen konnten. Die Schuld, daß wir keinen Sieg erringen konnten, lag in diesem Spiel an Heiner Träg und an meiner Wenigkeit. Bei dem Stand von 1:1 erhielten wir einen Elfmeter zugesprochen und mein Kamerad Heiner schlug denselben in wuchtiger Manier über das Tor. Aber wir hatten Glück, der Elfmeterstoß mußte noch einmal wiederholt werden, da zwei Wiener Spieler zu früh in den Strafraum gelaufen waren. Ich sagte sofort zum Heiner »Geh weg, jetzt schieß ich« und hatte mir vorgenommen, den Ball nicht wie der Heiner mit Wucht, sondern elegant placiert zu schießen.

Mittelstürmer von Klasse: Luthon (links), Seiderer.

Nun, ich placierte elegant und zwar so elegant, daß ich den Ball an die rechte Torkante schob und damit den evt. Sieg vergeben hatte. Dieser Elfmeterball war für mich der letzte, den ich in einem großen Spiel geschossen habe, denn von diesem Zeitpunkt an überließ ich Elfmeterschießen stets meinen anderen Kameraden. Der Schiedsrichter dieses Spiels war der Mannschaftskamerad und Spieler des 1. FCN. Gustl Bark und zwar amtierte er in ganz hervorragender Weise zur beiderseitigen vollsten Zufriedenheit. Ein Zeichen, daß Bark ein großes Maß an Objektivität besaß.

Im Mai 1920 freuten sich alle Spieler der süddeutschen Spitzenvereine, daß zum ersten Mal nach Kriegsausbruch

die Deutsche Meisterschaft

wieder ausgetragen werden sollte. Besonders die Mannschaften des Clubs und der Spielvereinigung hegten große Hoffnungen sich durchsetzen zu können und diese Würde zu erringen. Das erste Vorrundenspiel bestritt ich mit meiner Mannschaft in Mannheim gegen den FC. München-Gladbach. Dieses Spiel führten wir in so großem Stil durch, daß uns der Gegner überhaupt nicht gewachsen war und mit dem, für ein Vorrundenspiel zur deutschen Meisterschaft hohen Torresultat von 7:0 qualifizierten wir uns für die Zwischenrunde. Die Klippe der Zwischenrunde war für uns Sportfreunde Breslau, welche wir in Leipzig mit 4:0 bezwingen konnten. Unsere Teilnahme am Endspiel stand damit fest und unser Gegner war unser alter Rivale, der 1. FCN. Dieses Endspiel fand in Frankfurt auf dem alten Germania-Sportplatz statt und wurde mit großer gegenseitiger Erbitterung durchgeführt. Nach meiner Ansicht wurde dieses in den ersten 10 Minuten entschieden. Es gelang nämlich Heiner Stuhlfauth einen unheimlich scharf und placiert getretenen Strafstoß vom Strafstoßspezialisten Hierländer zu bannen. Eine Sache, welche fast niemand für möglich gehalten hätte. Ein Erfolg zu diesem Zeitpunkt hätte voraussichtlich unsere Mannschaft so gestärkt, daß wir den Sieg schaffen hätten können. Es kam aber anders. Gleich darauf setzte der Ungar Szabo (Linksaußen des Clubs) einer fast aussichtslosen Vorlage energisch nach, während unser rechter Verteidiger stehen blieb und dachte der Ball würde ausgehen. Unser Verteidiger mußte zu seinem Schrecken bemerken, daß es nicht immer richtig ist, wenn man nur denkt, denn er hatte falsch gedacht; Szabo konnte den Ball noch erreichen, zur Mitte geben, und Popp machte den ersten Erfolg für den 1. FCN. fertig. Ein leicht zu verhütendes Tor hatte die moralische Kampfkraft des Clubs gestärkt. Die zweite Hälfte war ein sehr massives Spiel, in welchem wir sehr viel Angreifer waren, aber bei der Clubhintermannschaft stießen wir auf ein fast unüberwindliches Hindernis. Als es dann noch Träg gelang ein zweites Tor zu erzielen, war dieser Meisterschaftskampf entschieden. Mit einem 2:0 Sieg hatte der 1. FCN seine erste deutsche Meisterschaft errungen. Wir Fürther Spieler, welche mit so großen Hoffnungen in diese Meisterschaftskämpfe eingegriffen hatten, waren um eine Enttäuschung reicher. (Forts. folgt.) [Anm.: Es ist unklar, auf was hier verwiesen wird.]

Im Juni 1921 startete ich mit meiner lieben Spielvereinigung nach Budapest und Wien. Das Spiel in Budapest war das Rückspiel gegen

die sagenhafte M.T.K. Mannschaft.

Eine Reise nach Budapest ist doch nach den Begriffen eine Kleinigkeit; anders war es aber zu jener Zeit. Die Verkehrsverhältnisse waren damals auf österreichischen und ungarischen Bahnen mehr wie mangelhaft, da nicht nur

Wagenmaterial fehlte, sondern auch oft die so dringend benötigte Kohle. Da ein geeigneter Zug über Passau nicht ging, mußten wir über München fahren. Schon in München wurden wir von einigen Sportkoryphäen und Sportmäcenen freudig begrüßt und gut aufgenommen. Unter den auf allen Sportplätzen gut gekannten Herren, wie Landauer, Seybold, Tusch und anderen, befand sich auch ein sehr guter Bekannter von uns, der frühere M.T.K.-Mann Dori Kürschner, welcher uns in kameradschaftlicher Art und Weise seine guten Ratschläge für das Spiel in Budapest mit auf den Weg gab. Er legte unserer Mannschaft besonders ans Herz, wir sollten uns durch die Eigenart des Sportplatzes nicht irritieren lassen. Auf dem M.T.K.-Platz müßten wir direkt in einem Kessel spielen, welcher durch überaus hohe Tribünen und Zuschauerwälle eingesäumt sei und dazu käme noch, daß das Publikum in intensivster Art und Weise an den Geschehnissen auf dem Spielfelde teilnähme. Gleichzeitig betonte Freund Kürschner aber auch, daß das Publikum bei einer guten spielerischen Leistung so objetkiv sei, wie man es selten finde. Ich muß heute gestehen, daß Dori Kürschners Worte von dem objektiven Publikum von mir damals sehr bezweifelt wurden. Wie sich später aber herausstellte, hatte Kürschner mit allen seinen Schilderungen und Ratschlägen recht behalten. Schon die Reise von München nach Salzburg war zu jener Zeit eine überaus anstrengende, aber im Verhältnis zur Fahrt von Salzburg nach Wien war sie ein Kinderspiel. Ab Salzburg waren wir in einem Wagen direkt zusammengepfercht; einige mußten abwechselnd übereinandersitzen und andere mußten den Großteil der Strecke stehend verbringen. Zu diesen Unannehmlichkeiten kamen wir obendrein noch in dem gemütlichen Österreich mit 6 Stunden Verspätung in der Landeshauptstadt Wien an. Bei welchem Grad »guter« Laune die Mannschaft angelangt war, kann man sich ja unter diesen Umständen leicht vorstellen.

Sämtliche Spieler und Begleiter waren bereits in Wien total erschöpft und wir sollten doch weiterfahren nach Budapest. Unser bewährter Vereinsführer Herr Höfer, wollte bei dieser Sachlage die Mannschaft ausruhen lassen und am nächsten Tage gen Budapest weiterreisen [...]

[Anm.: Hier fehlt etwas; der Text geht wie folgt übergangslos weiter:]

[...] linke internationale Läufer M.T.K. Budapest »Kertész« von seinem Verein uns entgegengesandt worden, um eventuell auftretende Schwierigkeiten beiseite zu schaffen. Als er von unserem Allgewaltigen, Herrn Höfer, vernahm, daß die Mannschaft sich ausruhen müße, bevor er verantworten könne, mit derselben weiterzureisen, wurde mein Freund »Kertész« totenbleich. Er hatte doch den Auftrag, uns pünktlich nach Budapest zu bringen! Mit dem ihm eigentlichen südlichen Temperament verhandelte er teilweise unter starker Erregung mit

Spielvereinigung Fürth – MTK. in Budapest

unserem Vorstand, und betonte ständig wieder, wir müßten unbedingt in vier Stunden weiterreisen und er sorge für alle Bequemlichkeiten, welche wir uns wünschten. Er hätte uns auch das Blaue vom Himmel herunter versprochen, wenn wir es verlangt hätten. Als es zu keiner Einigung kommen wollte, sagte er zu uns: »Meine Herren, ich besorge für sie allein einen ganzen Wagen 2. Klasse und beste Verpflegung.« Wir versprachen ihm, dann sofort weiterzureisen, hielten es aber für ganz ausgeschlossen, daß dieses zu jenem Zeitpunkt möglich gewesen wäre. Der nicht nur im Spiel, sondern auch im Leben hochintelligente Kertész brachte dieses Kunststück aber fertig. Auf meine Frage, wie er das zu Stande gebracht habe, teilte er mir mit, daß mit Geld in dieser Zeit alles gehe. Wie groß die Zahl auf der Banknote war, verriet er mir nicht. Heute sehe ich noch meinen Freund Kertész vor mir stehen, wie er glücklich aufatmete, als er uns in den Budapester Extrawagen verstaut hatte.

Aber noch einmal sollte er in Sorge gebracht werden. Unser Mittelläufer Leupold hatte in diesem Durcheinander seinen Paß verloren und unser Vorstand hatte große Bedenken, Leupold ohne Paß nach Budapest mitzunehmen, dies wollte er nicht riskieren. Kertész aber redete Herrn Höfer wieder gut zu und versprach auch hier, alles in bester Art regeln zu wollen, so daß beschlossen wurde, Leupold nicht in Wien zu lassen, sondern nach Budapest mitzunehmen. Auch diese Versprechung wurde restlos erfüllt. Wie es gemacht wurde, das entzieht sich leider meiner Kenntnis. Ich denke aber nach dem bewährten System. Der Tausendsassa von einem linken Läufer hätte auch

noch mehr Personen mitgenommen. Auf dieser Fahrt gab es noch eine kleine Episode. Während eines halbstündigen Aufenthaltes auf einer Station, war die ganze Mannschaft aus ihrem Wagen geklettert, um ein Essen einzunehmen. Bei dieser Gelegenheit nahm Lohrmann seinen schönen Borsalino-Hut mit und hängte ihn im Bahnhofsrestaurant an den Garderobeständer. Da die Zeit etwas knapp wurde, mußten wir in großer Eile in unseren Wagen einsteigen und der gute Lohrmann ließ seinen Borsalino, an dem er mit großer Liebe hing, zu seinem Leidwesen an dem Ständer hängen. Als er jedoch seinen Verlust merkte, war es bereits zu spät, denn der Zug war schon in Bewegung. Lediglich unser Kamerad Henneberger, welcher stets etwas verträumt war, konnte ihm noch berichten, daß er als Letzter aus dem Restaurant herausgegangen sei, und sich schon gewundert hätte, daß der »Tetsch« seinen Hut nicht mitnehme. Er wisse es aber ganz genau, daß der Borsalino noch dort hänge.

– Fortsetzung folgt –

Tony Seiderer erzählt...

9. Fortsetzung

Eine fröhliche Episode von der Fahrt zwischen Wien und Budapest muß ich noch berichten. Wir fuhren nämlich an einem Feld mit Maiskolben vorüber, die eine verblüffende Ähnlichkeit mit Hockeystöcken aufwiesen. Unser Mittelläufer, der Leupolds Fritzla, brach in den überraschten Ruf aus: »Schau ner dou hie, dou wachsen ja die Hockeystecken!« Wir ließen ihn mit Vergnügen in dem Glauben und haben noch lange über den »Itzer« und seine Hockeystecken gelacht. In Budapest erwartete uns ein sehr freundlicher Empfang.

Auf der schönen Margarethenhalbinsel

erholten wir uns von den überstandenen Strapazen und bereiteten uns für das kommende Spiel gegen den M.T.K. vor. Der M.T.K.-Platz war für uns zu damaliger Zeit ein ungewohnter Anblick, denn die Zuschauerplätze waren vorbildlich ausgebaut. Das Fußballfeld selbst war eingeschlossen von großen Tribünen und häuserhohen Umwallungen, welche von einer leidenschaftlichen Zuschauermenge besetzt waren. Als wir auf diesem Sportplatz ankamen, war soeben ein Meisterschaftsspiel zweier Budapester Vereine im Gange und wir konnten von der Anteilnahme des Publikums an den Geschehnissen auf dem grünen Rasen sofort einen kleinen Vorgeschmack bekommen.

Als die Zuschauer die Fürther Mannschaft erkannten, wurden wir sofort der Anlaß großer Huldigungen und brausende Willkommen-Rufe tönten uns entgegen. Diese unerwartete spontane Huldigung ergriff uns Spieler tief. Als das Vorspiel der beiden Budapester Vereine beendet war, und wir, als Gäste den Platz zuerst betraten, empfing uns ein höllischer Lärm. Die Begeisterungsfähigkeit der Zuschauer war unermesslich und es ist kaum zu beschreiben, welcher Stimmenaufwand hier zu vernehmen war.

Das Spiel verlief zur vollsten Zufriedenheit der Zuschauer, denn sie konnten von beiden Seiten fabelhaftes Zuspiel und schöne Schüsse bewundern. Die beiden Torwarte der Mannschaften – insbesondere unser Riese Lohrmann – hielten einfach begeisternd und waren ständig der Mittelpunkt großer Ovationen. Unsere beiden Verteidiger Schuster und Peter Fischer kämpften überraschend gut und konnten vereint mit der Läuferreihe Hagen, Leupold und Löhlein den gefürchteten M.T.K.-Sturm in Schach halten. Eine Viertelstunde vor Spielschluss stand das Spiel trotz größter beiderseitiger Anstrengungen noch unentschieden 0:0. Bei dieser Gelegenheit brachte

Spielvereinigung Fürth 1921
Fischer, Franz, Leupold, Sill, Wellhöfer, Henneberger, Hierländer, Lohrmann, Löblein, Hagen, Seiderer.

ich meinen Freund Resi Franz durch schnelles, direktes, steiles Zuspiel in einer Entfernung von 10 Meter allein vors Tor. Der M.T.K.-Verteidiger Feldmann sah das aussichtslose eines normalen Angreifens, da er wußte, wie ein Schuß von Franz aussieht, und machte daher ein grobes Foul, welches unserem Resi an Stelle eines erzielten Tores eine schwere Knöchelverletzung einbrachte. Wir warteten vergeblich auf eine Elfmeterentscheidung. Unsere Proteste gegenüber dem Schiedsrichter nützten nichts. Während sich der Schiedsrichter bis zu diesem Zeitpunkt stets in deutscher Sprache mit mir unterhalten hatte, verstand er mich auf einmal nicht mehr und zuckte nur mit den Achseln. Die Zuschauermenge ergriff sehr für uns Partei und protestierte stark gegen den Schiedsrichter und noch stärker gegen das unfaire Verhalten Feldmanns und brachte das Mißfallen überaus laut zum Ausdruck. Bei dieser Gelegenheit konnten wir uns von der Wahrheit der Worte Dori Kürschners überzeugen, daß das Budapester Publikum wirklich objektiv sei. Nach diesem Vorfall spielten wir die letzten 10 Minuten etwas mutlos und bekamen 2 Tore aufgebrummt, so daß wir diesen, bis zur Verletzung von Franz wirklich schönen Fußballkampf etwas unverdient 2:0 verloren. Trotz der erlittenen Niederlage war die Budapester Sportgemeinde hoch mit uns zufrieden. Die Leitung des M.T.K. bereitete uns noch einen angenehmen Abend und am nächsten Tage ging es wieder nach Wien zurück.

Diese Fahrt mußten wir, da wir noch an demselben Tag gegen den FC. Rapid anzutreten hatten, mit dem seinerzeitigen internationalen Luxuszug antreten, welcher zum großen Leidwesen in Devisen bezahlt werden mußte. Dies wird wohl meine teuerste Eisenbahnfahrt gewesen sein. Wie uns vorausgesagt war, erhielten wir auch hier wieder eine mehrstündige Verspätung. Die Herren des

FC. Rapid

atmeten hörbar auf, als sie unserer ansichtig wurden, da der Platz für das Abendspiel vollständig ausverkauft war. Unsere sehr ermüdete Mannschaft nahm noch einen kleinen Imbiß ein und sofort ging es auf den Sportplatz. Trotz der körperlichen Müdigkeit konnten wir ein Spiel zeigen, welches selbst die verwöhnten Wiener zur vollsten Begeisterung brachte, jedoch den letzten Druck vor dem Tor konnten wir nicht mehr aufbringen. Nachdem wir 1:0 verloren [Anm.: Hier ist *Rückstand* gemeint.] hatten kam unser Wellhöfers Schorsch, welcher das Spiel in Budapest nicht hatte mitbestreiten können, in den Sturm vor. Er hatte erkannt, daß wir zu abgekämpft waren, um mit Energie durchdrücken zu können. Seine Bemühungen waren auch von Erfolg gekrönt, es glückte ihm, alle Gegner zu überrennen und das ausgleichende Tor zu erzielen. Dies war eine Leistung, welche den Beifall der Zuschauer mehr als verdiente. Der Abend sah uns mit den Wienern gemütlich beisammen, für sie galt es vor allem, sich bei uns, die wir in schwerster Zeit einige Male ihre Gastgeber waren, zu revanchieren. Dies taten sie in großem Ausmaß und zeigten uns, daß die Gastfreundlichkeit in Wien nicht nur im Sprichwort besteht. Der große Ratskeller war gedrängt voll von Anhängern und die Stimmungskanone vom FC. Rapid, der Sektionsleiter Herr Schönecker, brachte es fertig, daß wir diesen Abend stets in unserer Erinnerung behalten werden. Der Wein floß in Strömen! Als der bekannte Kantus stieg: »Wann bin ich geboren«, wo jeder Spieler bei Nennung seines Geburtsmonates aufstehen, das Glas ergreifen und trinken mußte, konnte man die Erfahrung machen, daß der Wein sehr gut sein müße, denn verschiedene unserer Mannschaft hatten fünf bis sechsmal Geburtstag im Jahre, um keinen Schluck des exquisiten Tropfens zu versäumen.

Es ist ganz klar, daß solche Erlebnisse nicht dazu angetan sind, den einen oder anderen ganz im Vollbesitz seiner Sinne zu lassen und so ging es auch einem Schlachtenbummler der Mannschaft, welcher seine müden Glieder im Zimmer unseres Vorstandes mit ausruhte. Der Wein hatte ihm schwer zugesetzt und er beneidete unseren Herrn Vorstand wegen seines guten Schlafes, da er selbst absolut nicht einschlafen konnte. Nun geisterte er im Zimmer umher und kam auf die Idee, irgend jemand von oben herab mit Wasser zu überschütten. Aus diesem Grunde rief er einem Droschkenkutscher, welcher gegenüber dem Hotel seinen Standplatz hatte, er möge einmal herüber kommen, denn er müße ihm etwas sagen. Der gemütliche ahnungslose Fiakerbesitzer kam herüber, stellte sich unter das

Fenster und der Schlachtenbummler goß ihm das ganze Wasser aus seinem Wasserkrug hinab. Den Droschkenkutscher hat er nicht getroffen, aber einer zufällig um die [Ecke] kommenden Patrouille von zwei Wachleuten, hatte er übel mitgespielt. Daraufhin legte sich unser Schlachtenbummler zu Bett und markierte den Schlafenden. Die beiden Wachleute gingen ins Hotel und auf das Zimmer, wo ihnen nach langem Klopfen aufgemacht wurde. Der Übeltäter deutete auf den schlafenden Vorstand und sagte: »Nehmt ihn nur gleich mit, der hat das Wasser zum Fenster herausgeschüttet, so eine Unverschämtheit, das gehört richtig bestraft. Donnerwetter [sind] sie naß usw.« Inzwischen erwachte der Allgewaltige durch den Lärm und schlaftrunken wie er war, begriff er lange nicht, was eigentlich los war und sagte den beiden Wachleuten absolut keine Freundlichkeiten. Diese ließen sich aber nicht irre machen und walteten ihres Amtes. Sie verlangten den Paß unseres Vorstandes zu sehen und schrieben seinen Namen auf, worauf sie sich wieder entfernten. Nach fünf Minuten klopfte an diesem Zimmer eine vielleicht 60jährige Nachtwächterin vom Hotel und sagte, ein Wachmann habe seine Handschuhe im Zimmer liegen lassen und dieselben solle sie holen. Unser Schlachtenbummler sagte ihr, daß er unter keinen Umständen aufmachen werde, denn er befinde sich in einem anständigen Hotel und zu dieser nachtschlafenden Zeit lasse er keine Dame ins Zimmer. Der Herr Wachmann mußte also selbst noch einmal verschieden Treppen heraufsteigen, um seine Handschuhe in Empfang nehmen zu können. Durch diese Frozzelei wurden die Gefühle der beiden Wachleute für diesen Schlachtenbummler sicher nicht verbessert, denn sie schauten sehr grimmig drein. Am nächsten Morgen, als unser Bummler seinen Schwips ausgeschlafen hatte und er in Ruhe darüber nachdachte, was er in seiner Weinlaune alles fabriziert hatte, war ihm gar nicht mehr so wohl zu Mute. Umso weniger, als wir ihm sagten, da könne er wahrscheinlich nicht mit uns nach Hause fahren, denn er würde sicher hier in Strafe genommen werden. Seinem ständigen Bitten, die Angelegenheit doch wieder regeln zu wollen, gab schließlich unser [...]

[Anm.: Beim uns vorliegenden Exemplar der ASS fehlt an dieser Stelle leider ein Teil der Seite.]

[...] etwas streng her, aber nach der Erklärung unseres Bummlers, er zahle gern etwas in irgend eine Armenkasse, kam das goldene Wiener Gemüt der Wachleute zum Vorschein und zur beiderseitigen vollsten Zufriedenheit schieden sie voneinander. So beschwerlich zu jener Zeit auch diese Reise nach Budapest und Wien gewesen ist, in meinen Erinnerungen möchte ich sie nicht missen.

Als einer der reiselustigsten Vereine der Jahre Jahre 1921 und 1922 rüsteten wir nach unserer Heimkehr von Budapest sofort für eine noch größerere

Städtemannschaft Nürnberg-Fürth – Hamburg.
Hierländer, Kalb, Seiderer, Franz, Kugler, Träg, Löblein, Lohrmann, Sutor, Hagen, Bark.

Tournee und 14 Tage darauf brachen wir zu einer großen

Schwedenreise

auf. Auf dieser Reise spielten wir in Malmö, Helsingborg, Göteborg und Stockholm und waren ziemlich erfolgreich. Mit der Bahn fuhren wir über Berlin, an den Kreidefelsen der Insel Rügen vorbei, nach der letzten deutschen Eisenbahnstation Saßnitz, von wo aus wir uns mit dem Fährdampfer »König Gustav 5« über die Nordsee [Anm.: Es ist natürlich die Ostsee.] nach Malmö übersetzen ließen. Als erstes bestaunten wir Landratten die Übersetzung unseres Schnellzuges, einschließlich der Lokomotive, mit Hilfe einer großen Fähre auf die Insel Rügen. Noch sehenswerter war für viele von uns, wie die verschiedenen Wagen unseres Zuges in den riesigen Leib des Fährdampfers »König Gustav 5« verstaut wurden. Dazu gab es noch zu sehen, wie einige Amerikaner, welche sich mit ihren großen Luxusautomobilen auf einer Europareise befanden, an Bord verfrachtet wurden. Wir hatten bei diesem Betrieb stets etwas Neues zu beobachten und dadurch konnte keine Langeweile aufkommen. Die Überfahrt nach Malmö ging bei herrlichem Wetter vonstatten. Die See war sehr ruhig und zeitweise kräuselten nicht die kleinsten Wellen die spiegelglatte Fläche, so daß wir meinen konnten, eine kleine Kahnpartie auf dem Dutzendteich zu machen. Auf dieser Fahrt konnte man sich so gar nicht vorstellen, wie unangenehm unter Umständen eine Seefahrt bei einem Sturm werden kann. Wir haben allerdings bei der Rückfahrt eine kleine Kostprobe davon bekommen. Während der Überfahrt benützten wir die erste Zeit dazu, das Schiff oben und unten einmal gründlich in Augenschein zu nehmen. Nach dieser allgemeinen Besichtigung auf eigene Faust fanden wir

uns alle an Deck zusammen, um durch fröhliche Bordspiele die Zeit bis Malmö zu vertreiben.

In Malmö gut gelandet und noch besser von den Herren der Vorstandschaft des Vootballförening-Malmö empfangen, erkannten wir sofort, daß wir uns nun in einem Land befanden, welches im Gegensatz zu unserem damals an Lebensmitteln so armen Deutschland, für uns ein Schlaraffenland war, in welchem Milch und Honig fließt. Wir wurden in einem erstklassigen Hotel fabelhaft untergebracht und ließen uns die Leckerbissen, die man bei uns seit Jahren nur noch dem Namen nach kannte, großartig schmecken und fütterten uns alle mächtig heraus. Das einzige, was damals in Schweden rationiert war, war der berühmte »Svendsa-Punsch« (Schwedenpunsch). Jeder erwachsene Bewohner Schwedens erhielt nach einer Karte durch eine Alkoholverteilungsstelle monatlich 3 Liter Schwedenpunsch zugewiesen. Man denkt doch beim Lesen dieser Zeilen unwillkürlich, warum trinken wohl diese Nordländer soviel Alkohol? Auch uns beschäftigte diese Frage eingehend und auf unsere Erkundigungen erhielten wir die Aufklärung, daß dies mit dem ganz anderen Klima zusammenhänge. Im übrigen wurden wir Bayern, als wir das erstemal echten Schwedenpunsch tranken – welcher übrigens mit dem meistens in Deutschland getrunkenen sehr wenig gemein hat –, tüchtig ausgelacht.

– Fortsetzung folgt –

Seiderer privat

Leonhard Seiderer, von Kindesbeinen an stets »Lony« gerufen, wurde am 1. November 1895 in Nürnberg geboren. Über seine Eltern und die Lebensumstände der Familie ist weiter nichts bekannt, gewohnt haben die Seiderers in Nürnberg am Maxfeld. Sie waren mit Sicherheit keine reichen Leute. Arm waren sie aber wohl auch nicht. Lony bekommt schon mal teure englische Fußballstiefel geschenkt und ihm wurde ja auch eine weiterführende Schulausbildung möglich gemacht. Aber auf welche Grundschule der kleine Leonhard gegangen ist, ist uns leider nicht überliefert.

Im Nürnberger Stadtgraben unternahm er ab 1903 seine ersten fußballerischen Gehversuche. In Fürth hatten sich solche ersten Kontakte zum Fußballsport, laut Aussage des späteren Meisterspielers Hans Hagen, »auf den Wiesen unterhalb des Friedhofs« abgespielt. In Nürnberg war es der Stadtgraben, wo man regelrechte Wettkämpfe austrug.

Lony besuchte nach der Grundschule eine Oberrealschule, die er offensichtlich erfolgreich abschloss. Von einer soliden Schulbildung zeugt auch, dass er schon in jungen Jahren passabel Englisch sprechen konnte, wie er in seinen Erinnerungen schreibt. In der Schule zeigte er sich als Schlagballspieler sehr erfolgreich. Schlagball, dem später entstandenen Baseball ähnlich, war damals vor allem in Schulen sehr verbreitet, doch die Liebe des jungen Sportlers gehörte letzten Endes dem Fußball. Noch in seiner Schulzeit schloss er sich mit einigen Freunden dem 1.FC Nürnberg an.

Ein Abschlusszeugnis Seiderers liegt uns nicht vor, er muss aber erfolgreich zumindest einen mittleren Schulabschluss erreicht haben. Aus einem Arbeitszeugnis der MAN, Werk Nürnberg, wissen wir, dass er von 1917 bis 1924 in der Abteilung Dampfturbinenbau »zeichnerisch« und »konstruktiv« tätig war. Das wäre heute wohl eine Art »Technischer Zeichner« in der Entwicklungsabteilung. In einigen offiziellen Anschreiben, auch von der SpVgg Fürth, wird er als »Ingenieur« angesprochen.

Im Ersten Weltkrieg war Seiderer zunächst bei einer Fliegerstaffel in Schleißheim, dann auf eigenes Betreiben bei der Infanterie eingesetzt. 1916 wurde er in Serbien verwundet und nach seiner Genesung vom Militärdienst entlassen.

Ein Jahr später, 1917, begann er nicht nur bei MAN zu arbeiten, sondern wechselte sportlich über die Stadtgrenze. Ein Disput mit einem Verantwortlichen des 1. FC Nürnberg soll der Grund gewesen sein, der Seiderer bewog, sich dem zu dieser Zeit amtierenden Meister, der SpVgg Fürth, anzuschließen. Das Kleeblatt hatte 1914 als erster Verein aus Bayern die Deutsche Meisterschaft geholt. Wegen des Krieges wurde von 1915 bis 1919 keine Deutsche Meisterschaft ausgespielt, sodass die Fürther

MAN

MASCHINENFABRIK AUGSBURG - NÜRNBERG A.G.
WERK NÜRNBERG.

Zeugnis.

Wir bestätigen hiermit, daß Herr Leonhard Seiderer aus Nürnberg vom 6.2.17 bis 31.3.24 in unseren Diensten stand. Er war während dieser Zeit in unserer Abteilung Dampfturbinenbau mit zeichnerischen und konstruktiven Arbeiten, vorzugsweise an Oberflächenkondensatoren und zeitweise auch an Turbinenteilen, beschäftigt.

Herr Seiderer hat die ihm übertragenen Arbeiten jederzeit mit Jnteresse angefaßt und sie flott und zu unserer vollen Zufriedenheit durchgeführt. Er war fleißig, seine Führung einwandfrei.

Herr Seiderer verließ unsere Firma auf eigenen Wunsch.

Nürnberg, den 15. Mai 1924.

Maschinenfabrik Augsburg-Nürnberg A.-G.

ppa. Hofer. i. Vollm. Lehmann

den Titel bis zum nächsten Endspiel 1920, das sie gegen den 1. FC Nürnberg in Frankfurt 0:2 verloren, innehatten.

> **»Funfact«**
> *Die SpVgg Fürth ist – trotz »nur« dreier Meisterschaften – tatsächlich acht Jahre lang offizieller Deutscher Fußballmeister.*

Seiderer, der schon in der oben genannten Stadtgrabenliga als Torwart eingesetzt worden war, stand kurioserweise auch bei seinem ersten großen Erfolg mit der SpVgg zwischen den Pfosten, da ihn eine Verletzung vom Spiel auf dem Feld abhielt: 1918 wurden die Fürther Sieger des erstmals ausgetragenen Süddeutschen Pokalwettbewerbs und schlugen die Stuttgarter Kickers auf dem Union-Sportplatz in Frankfurt mit 2:1.

Neben der Erwähnung der Kriegsverletzung ist ein einziger Hinweis auf sein Privatleben in »Seiderer erzählt« zu finden: seine Verlobung 1919.

Herr

ist auf Grund der vor dem amtlich anerkannten Sachverständigen Herrn

in Nürnberg

am 2ten April 1924 abgelegten Prüfung

ermächtigt, ~~einen Kraftwagen~~ ein Kraftrad mit (M

(Klasse) zu führen.

Fürth, den 3ten April 1924

(Name der höheren Verwaltungsbehörde)

Liste Nr. 623

(Stempel)

Eigenhändige Namensunterschrift des Inhabers:

Seiderers Motorrad-Führerschein von 1924

1920 debütierte Seiderer am 27. Juni in Zürich gegen die Schweiz in der Deutschen Nationalmannschaft. Bis 1924 sollte der Fürther Stürmer noch sieben weitere Länderspiele absolvieren. Reichstrainer Otto Nerz setzte insgesamt aber mehr auf den Hamburger »Tull« Harder, der das Gegenstück zu Seiderer war: Während der Fürther Filigrantechniker eher die feine Klinge schlug, war Harder ein bulliger Stoßstürmer, der Seiderer um einen Kopf überragte und vor allem in punkto Schusskraft und Kopfball vermeintlich Vorteile hatte.

Im März 1922, beim Länderspiel in Frankfurt gegen die Schweiz, musste Seiderer erneut zwischen die Pfosten. Sieben Fürther standen damals in der deutschen Auswahl, darunter auch Tormann Theodor Lohrmann. Der »Tetsch«, so sein Spitzname, verletzte sich kurz nach der Pause beim Stand von 2:0 für die deutsche Auswahl und musste vom Platz. Wechselspieler gab es damals noch nicht – erst ab 1967 durfte man zumindest einen Spieler austauschen – und so stellte sich der bereits auf dieser Position erprobte Seiderer zwischen die Pfosten. Zwei Gegentore musste er hinnehmen, aber er hielt gut, am Ende stand es 2:2. Sein letztes Länderspiel absolvierte der inzwischen 28 Jahre alte Mittelstürmer 1924. Der legendäre 1:0-Sieg in Amsterdam gegen Holland war sein letzter Einsatz in der Nationalelf. Es ist jenes Spiel, zu dem die Fürther und Nürnberger Spieler, ohne sich eines Blickes zu würdigen, getrennt voneinander mit dem Zug in die Niederlande fuhren, gemeinsam gewannen und hinterher wieder getrennt zurückfuhren.

Die Nürnberg-Fürther Nationalmannschaft des legendären Spiels gegen Holland

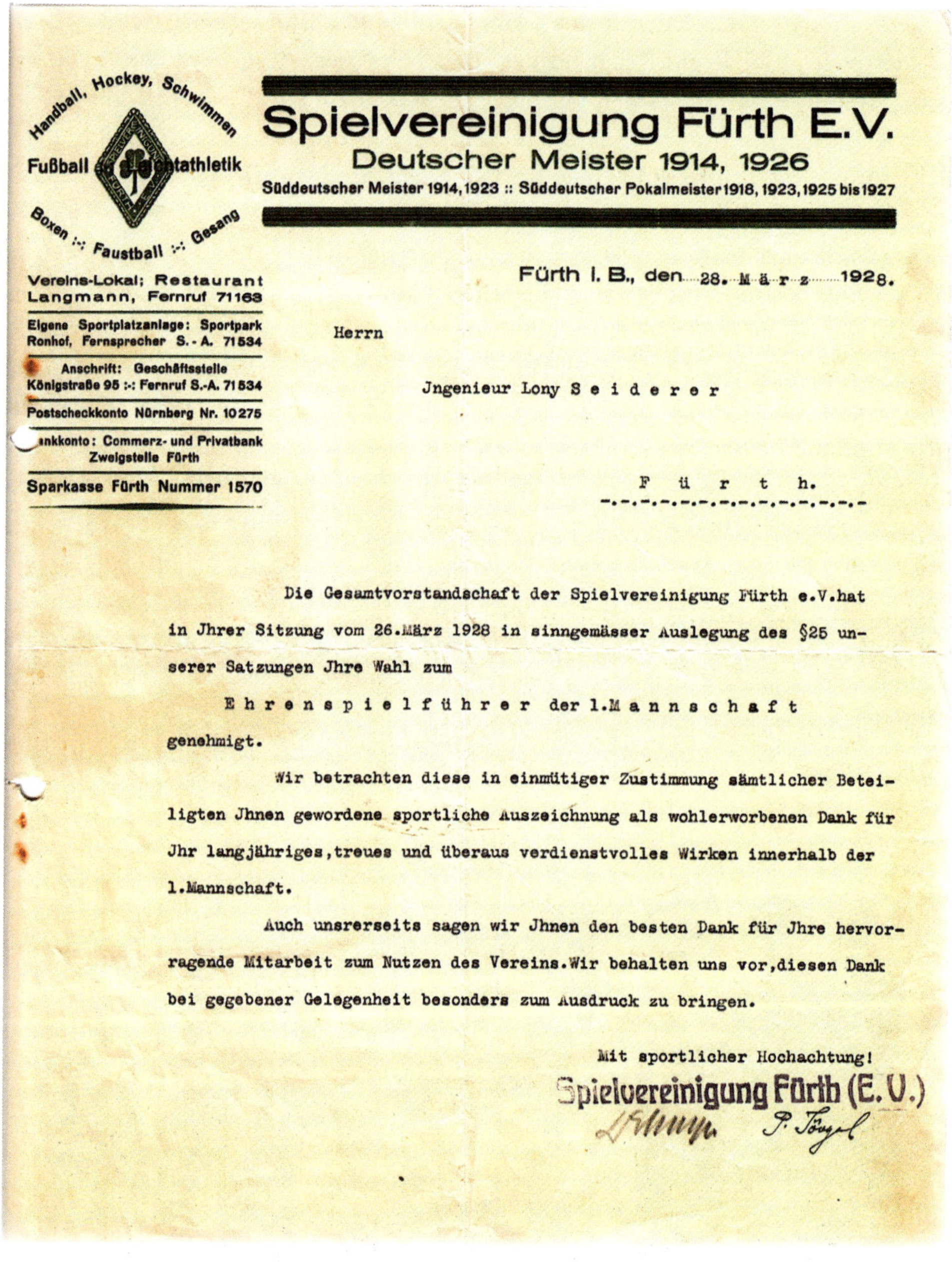

Handball, Hockey, Schwimmen
Fußball [illegible]tathletik
Boxen :: Faustball :: Gesang

Spielvereinigung Fürth E.V.
Deutscher Meister 1914, 1926
Süddeutscher Meister 1914, 1923 :: Süddeutscher Pokalmeister 1918, 1923, 1925 bis 1927

Vereins-Lokal; Restaurant Langmann, Fernruf 71163

Eigene Sportplatzanlage: Sportpark Ronhof, Fernsprecher S.-A. 71534

Anschrift: Geschäftsstelle Königstraße 95 :: Fernruf S.-A. 71534

Postscheckkonto Nürnberg Nr. 10275

[B]ankkonto: Commerz- und Privatbank Zweigstelle Fürth

Sparkasse Fürth Nummer 1570

Fürth i. B., den 28. März 1928.

Herrn

Jngenieur Lony Seiderer

Fürth.

Die Gesamtvorstandschaft der Spielvereinigung Fürth e.V.hat in Jhrer Sitzung vom 26.März 1928 in sinngemässer Auslegung des §25 unserer Satzungen Jhre Wahl zum

Ehrenspielführer der 1.Mannschaft

genehmigt.

Wir betrachten diese in einmütiger Zustimmung sämtlicher Beteiligten Jhnen gewordene sportliche Auszeichnung als wohlerworbenen Dank für Jhr langjähriges,treues und überaus verdienstvolles Wirken innerhalb der 1.Mannschaft.

Auch unsrerseits sagen wir Jhnen den besten Dank für Jhre hervorragende Mitarbeit zum Nutzen des Vereins.Wir behalten uns vor,diesen Dank bei gegebener Gelegenheit besonders zum Ausdruck zu bringen.

Mit sportlicher Hochachtung!

Spielvereinigung Fürth (E.V.)

Am 28. März 1928 ernennt der Vorstand Lony (auch hier wird sein Spitzname benutzt) zum Ehrenspielführer.

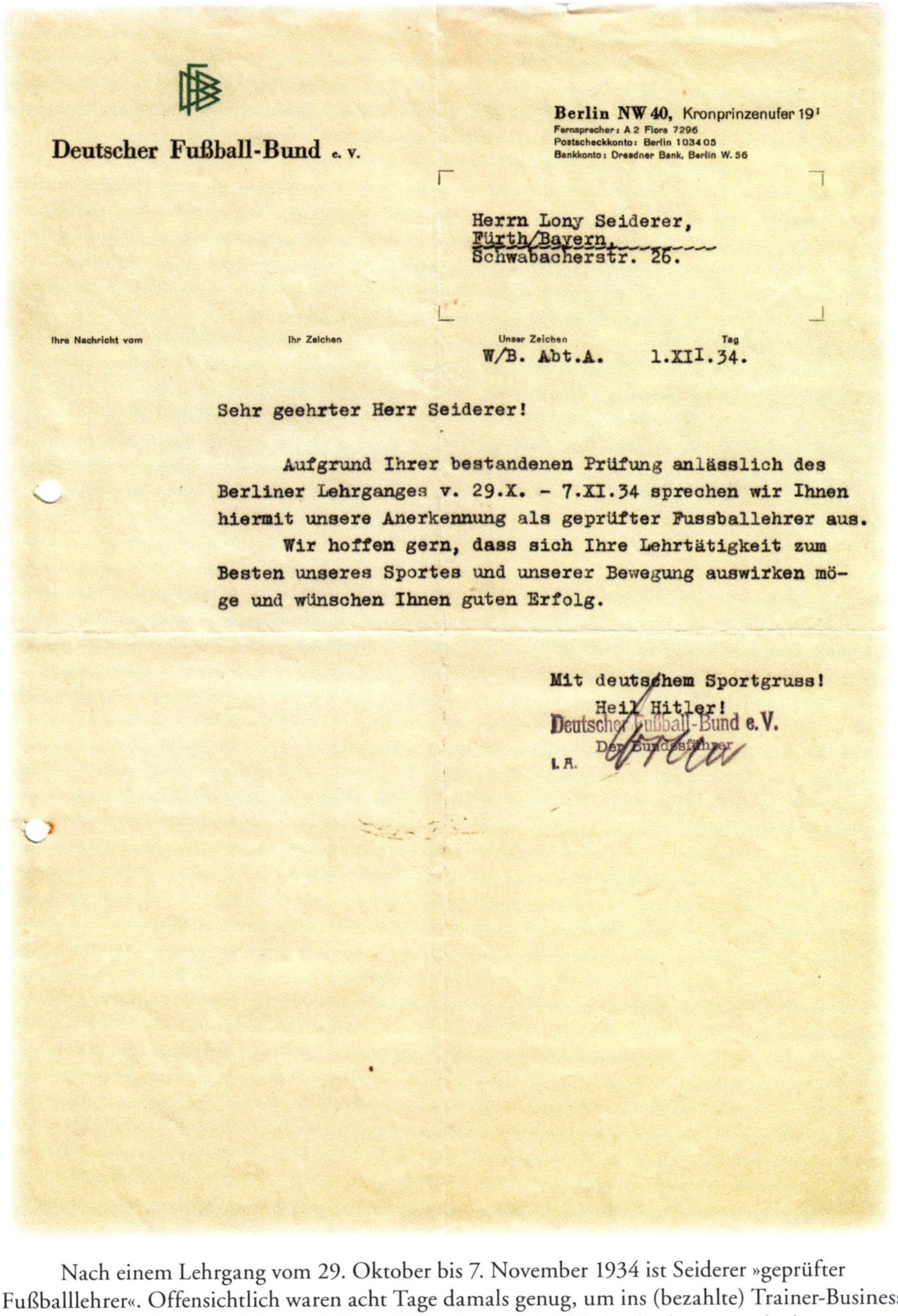

Deutscher Fußball-Bund e. V.

Berlin NW 40, Kronprinzenufer 19[1]
Fernsprecher: A 2 Flora 7296
Postscheckkonto: Berlin 103405
Bankkonto: Dresdner Bank, Berlin W. 56

Herrn Lony Seiderer,
Fürth/Bayern,
Schwabacherstr. 26.

Ihre Nachricht vom	Ihr Zeichen	Unser Zeichen	Tag
		W/B. Abt.A.	1.XII.34.

Sehr geehrter Herr Seiderer!

Aufgrund Ihrer bestandenen Prüfung anlässlich des Berliner Lehrganges v. 29.X. - 7.XI.34 sprechen wir Ihnen hiermit unsere Anerkennung als geprüfter Fussballehrer aus.

Wir hoffen gern, dass sich Ihre Lehrtätigkeit zum Besten unseres Sportes und unserer Bewegung auswirken möge und wünschen Ihnen guten Erfolg.

Mit deutschem Sportgruss!
Heil Hitler!
Deutscher Fußball-Bund e.V.
Der Bundesführer
i. A.

Nach einem Lehrgang vom 29. Oktober bis 7. November 1934 ist Seiderer »geprüfter Fußballlehrer«. Offensichtlich waren acht Tage damals genug, um ins (bezahlte) Trainer-Business einsteigen zu können. Selbst auf dieser Urkunde wird der frischgebackene Coach als »Lony« angesprochen. Dass schon 1934 so ein Schreiben vom DFB mit »Heil Hitler!« als Grußformel abgeschlossen wird, zeigt bedauerlicherweise, wie weit die Gleichschaltung eineinhalb Jahre nach der Machtergreifung schon fortgeschritten war.

Lony Seiderer (2. Reihe, markiert) beim
Trainerlehrgang 1934 mit Otto Nerz, dem damaligen Reichstrainer.
[Anm.: Otto Nerz′ Verflechtungen mit dem Nazi-Regime sind bekannt. Er blieb bis zum Ende des Krieges Trainer und »Sportdirektor« der Nationalmannschaft. Nerz verstarb 1949 in dem damals von den Sowjets als Kriegsgefangenenlager benutzten ehemaligen Konzentrationslager Sachsenhausen.]

Seiderer hatte inzwischen einen Tabakladen in Fürth eröffnet – ob dies der Grund war, warum er 1924 seine Tätigkeit bei der MAN beendet hat, ist nicht sicher, aber anzunehmen. Der körperlich nicht sehr robuste Stürmer wurde mit zunehmendem Alter immer mehr von Verletzungen geplagt. Wie er selbst berichtet, hätte er das Endspiel 1926 fast verpasst und musste gehandicapt spielen. Aber er dirigierte die Fürther trotzdem zum überlegenen 4:1-Sieg und erlebte als Spielführer die zweite Meisterschaft des Kleeblatts mit. Die Verletzung behinderte ihn mehr und mehr und Seiderer fiel in den folgenden Monaten immer wieder verletzt aus. Auch beim legendären 1:0-Sieg des Kleeblatts beim FC Barcelona im November 1926 war der Spielmacher der Fürther gar nicht mit dabei.

Am 12. Februar 1928 streifte sich Seiderer letztmals das Trikot der SpVgg Fürth über. Im fünften Spiel der Runde um die Süddeutsche Meisterschaft beim 1:1 gegen die Stuttgarter Kickers verabschiedete sich der wohl beste Fußballer, den das Kleeblatt jemals in seinen Reihen hatte. Im März darauf ernannte die SpVgg Fürth Lony Seiderer, der elf Jahre lang für das Kleeblatt gespielt hatte, auf Grund seiner großen Verdienste zum Ehrenspielführer.

Sein letztes »offizielles« Spiel bestritt er einige Monate später in einer Fürther Stadtauswahlmannschaft, die anlässlich der Eröffnung des Nürnberger Stadions (10. Juni 1928) gegen eine Nürnberger Auswahl antrat. Die Fürther gewannen 1:0,

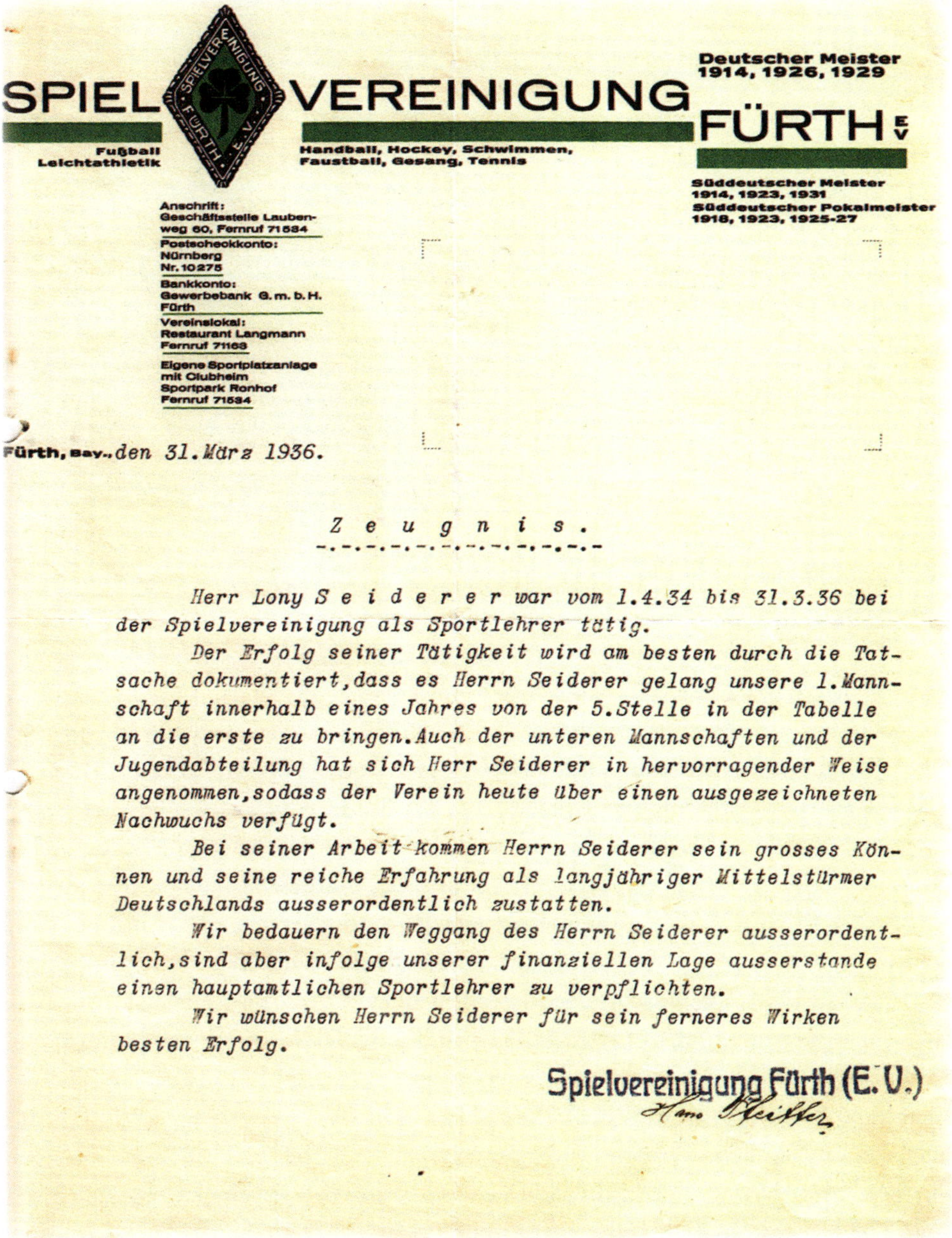

SPIEL VEREINIGUNG FÜRTH E.V.

Deutscher Meister 1914, 1926, 1929

Fußball Leichtathletik

Handball, Hockey, Schwimmen, Faustball, Gesang, Tennis

Süddeutscher Meister 1914, 1923, 1931
Süddeutscher Pokalmeister 1918, 1923, 1925-27

Anschrift: Geschäftsstelle Laubenweg 60, Fernruf 71584
Postscheckkonto: Nürnberg Nr. 10275
Bankkonto: Gewerbebank G.m.b.H. Fürth
Vereinslokal: Restaurant Langmann Fernruf 71163
Eigene Sportplatzanlage mit Clubheim Sportpark Ronhof Fernruf 71584

Fürth, Bay., den 31. März 1936.

Z e u g n i s .

Herr Lony S e i d e r e r war vom 1.4.34 bis 31.3.36 bei der Spielvereinigung als Sportlehrer tätig.

Der Erfolg seiner Tätigkeit wird am besten durch die Tatsache dokumentiert, dass es Herrn Seiderer gelang unsere 1. Mannschaft innerhalb eines Jahres von der 5. Stelle in der Tabelle an die erste zu bringen. Auch der unteren Mannschaften und der Jugendabteilung hat sich Herr Seiderer in hervorragender Weise angenommen, sodass der Verein heute über einen ausgezeichneten Nachwuchs verfügt.

Bei seiner Arbeit kommen Herrn Seiderer sein grosses Können und seine reiche Erfahrung als langjähriger Mittelstürmer Deutschlands ausserordentlich zustatten.

Wir bedauern den Weggang des Herrn Seiderer ausserordentlich, sind aber infolge unserer finanziellen Lage ausserstande einen hauptamtlichen Sportlehrer zu verpflichten.

Wir wünschen Herrn Seiderer für sein ferneres Wirken besten Erfolg.

Spielvereinigung Fürth (E.V.)
[illegible]

In der Geschichte der SpVgg gibt es immer wieder solche »Was-wäre-gewesen-wenn«-Episoden. Wäre die SpVgg unter dem Trainer Seiderer wieder zum Titelaspiranten oder gar -gewinner geworden? Der Erfolg während seiner Zeit hatte diese Hoffnung durchau genährt, aber niemand kann das sagen … weil die SpVgg kein Geld mehr hatte, musste der potenzielle Nachfolger der Trainerlegende Townley gehen.

das Tor erzielte … Lony Seiderer. Dass ausgerechnet ein Fürther das erste Tor am neuen Spielort schoss, ist in der Nachbarstadt dem Vergessen anheim gefallen.

Lony Seiderer als Trainer der SpVgg (1934 bis 1936)

Seiderer, der wegen seiner ebenso brillanten, wie innovativen Spielweise (er galt zusammen mit Andreas Franz als »Erfinder« des Doppelpasses im deutschen Fußball und interpretierte seine Position als Mittelstürmer in einer Art und Weise, die bis heute beeindruckt) und seiner Fairness, zu den beliebtesten Spielern Deutschlands zählte, schlug nach seiner Karriere nicht unerwartet die Trainerlaufbahn ein. Er folgte damit dem Vorbild manch anderer Kleeblatt-Spieler. 1941 konnte man im *Kicker* nachlesen, dass die SpVgg Fürth »die ergiebigste Quelle deutscher Fußballlehrer« sei. Dem gepflegten »Fürther Flachpass«, stark beeinflusst von William Townleys Trainerarbeit, wollten zahlreiche andere Klubs nacheifern. Es lag also nahe, sich den Meister-Schüler Townleys als Trainer an die Seitenlinie zu stellen.

Lony Seiderer begann seine Trainerlaufbahn bei Germania Nürnberg (1929/30), es folgte der ASV Nürnberg (1930/31) und erneut Germania Nürnberg (1931/32). Höherklassige Engagements folgten bei Wacker München (1932/33) und dem FC Schweinfurt 05 (1933/34). Im April 1934 trat Seiderer das Traineramt bei seiner SpVgg an. Unter seiner Ägide wurden die Ronhofer auf Anhieb Meister der Gauliga Bayern, scheiterten aber in der DM-Zwischenrunde am VfB Stuttgart. In der folgenden Saison wurden die Fürther knapp Zweite hinter dem 1. FCN. Seiderer hatte 1934 auch seine Prüfung zum Fußball-Lehrer abgelegt, der nachrichtliche Brief des DFB über seine erfolgreiche Teilnahme am Trainerkurs erreichte ihn an seiner damaligen Fürther Adresse in der Schwabacher Straße 26, wo er mit seiner Frau Helga gewohnt hatte. Zur Spielzeit 1936/37 wechselte Seiderer zum VfB Stuttgart. Auch dort war er auf Anhieb erfolgreich. Der VfB wurde 1937 und 1938 Meister der Gauliga Württemberg, 1937 waren die Stuttgarter erst im Halbfinale der DM Schalke 04 unterlegen, besiegten aber im Spiel um Platz drei den HSV. Im Jahr darauf wurde der VfB mit Seiderer an der Linie wieder württembergischer Meister, schied aber in der Zwischenphase der DM aus.

Das sah wie der Beginn einer vielversprechenden Trainer-Karriere aus, aber im März 1939 musste Seiderer sein Traineramt niederlegen. Er war Mitte der 30er Jahre an Tuberkulose erkrankt. Da das erste wirksame Antibiotikum gegen die Krankheit erst 1943 entdeckt wurde, war TBC eine potenziell tödliche Krankheit. Trotz vielfältiger Behandlung verschlechterte sich der Gesundheitszustand Seiderers zusehends.

Am 3. März 1940, im Alter von nur 44 Jahren, starb Leonhard Seiderer. Er wurde in seiner Geburtsstadt Nürnberg auf dem Westfriedhof beigesetzt.

Tony Seiderer erzählt...

10. Fortsetzung

Nach deutscher Sitte und deutschem Gebrauch mischten wir unser Getränk mit Eis, worauf uns unsere schwedischen Sportfreunde auslachten und uns sagten, wir sollen doch froh sein, wenn wir Alkohol hätten und sollten diesen doch nicht mit Eis verdünnen, da er ja sonst keinen Geschmack mehr habe. Gleichzeitig betonten die Schweden, daß Eis natürlich auch gut sei, aber nur zum Kühlen der Schwedenpunschflaschen. Die größte Freude auf unserer Schwedentour bereitete der ganzen Mannschaft die vielen herrlichen Badegelegenheiten an der See. Diese Gelegenheit wurde von uns weidlich ausgenützt, umsomehr als die meisten unserer Mannschaft, wie Lohrmann, Wellhöfer, Franz, Hagen usw. ganz hervorragende Schwimmer waren und jede gebotene Gelegenheit benützte[n], ihre Kunst in dem Element Wasser zu zeigen.

In dem Malmöer Strandbad trainierte unser, als Wasserballtormann in Deutschland sehr bekannt gewordene Tormann Lohrmann, mit verschiedenen Mitgliedern der schwedischen Nationalmannschaft und die anwesenden Schweden bestaunten seine hohe Kunst als Wasserballtormann. Schon auf der Überfahrt und noch im Strandbad erzählte das Unikum Peter Fischer, unser damaliger Standardverteidiger, daß er ein fabelhafter Schwimmer sei und uns allen einmal zeigen werde, was Schwimmen überhaupt sei. Als er bei der ersten Badegelegenheit in Malmö, bei 6 Meter tiefem Wasser, sich ständig außerhalb des kühlen Elements aufhielt und nur weiterhin seine lustigen Sprüche riß, nahmen ihn einige kräftige Spieler von uns, stellten ihn auf den Kopf und warfen ihn ins Meer. Unser guter Peter schrie dabei zu unserem Erstaunen aus Leibeskräften, man solle ihn nicht hineinwerfen. Darauf wurde natürlich keine Rücksicht genommen, sondern nur darüber weidlich gelacht, da er ja stets gesprochen hatte, was für ein Schwimmphänomen er sei. Nachdem er ins Meer geworfen worden war, warteten wir ständig darauf, daß er wieder auftauchen werde und als dies nach geraumer Zeit nicht der Fall war, bekamen wir es mit der Angst zu tun. Unser Riese Lohrmann stürzte sich tauchend ins Meer und hatte das Glück, unseren Schwimm-Peter sofort fassen zu können und beförderte ihn wieder an Land. Unser Schwimmwunder sah übel aus und wir hatten lange zu tun, um ihm das Seewasser heraus zu pumpen. Als er wieder zu sich kam, schrie er uns wütend an, daß er wohl ein klein wenig schwimmen könne, aber nicht so gut, als er uns erzählt hätte. Nun, wir führten ihm vor Augen, daß nur er ganz allein mit seinen Erzählungen uns dazu verführt hätte, ihn ins Wasser zu werfen und nach Erhalt von 5 schwedischen Kronen Schmerzensgeld hatten wir ihn wieder beruhigt. Das Spiel in Malmö wurde von unserer Mannschaft weniger auf Torerfolge gespielt, sondern es wurde mehr Wert darauf gelegt, die Schönheiten des Fußballspieles zu zeigen. Dies gelang uns zur vollsten Zufriedenheit der zahlreichen begeisterten Zuschauer auch restlos und mit 2:0 konnten wir als Sieger den Platz verlassen. Unsere Reise führte uns dann nach der schön gelegenen Hafenstadt

Helsingborg

wo wir gegen eine äußerst starke Mannschaft nach sehr wechselvollem Spiel mit 4:3 das glückliche Ende für uns behalten konnten. Von Helsingborg aus ging es durch sehr schöne Gegenden nach der großen Stadt Göteborg, wo uns die schwerste Aufgabe unserer Schwedenreise bevorstand. Die besten Fußballspieler Schwedens befanden sich im Jahre 1921 in den drei Göteborger Clubs Örgryte, Geis [Anm.: eigentlich *Gais*], Kamraterna und wir unternahmen das Wagnis gegen eine kombinierte Mannschaft dieser drei Vereine anzutreten. Wir spielten also in Göteborg effektiv gegen eine schwedische Ländermannschaft, was sich auch in der großen Zuschauerzahl ausdrückte. Unsere Spielvereinigungsmannschaft war absolut nicht mit lauter sogenannten Fußballkanonen besetzt. Hatten wir auch nicht lauter Fußballkanonen in unseren Reihen, so hatten wir doch ein moralisches Plus in unserer Mannschaft, wir waren nicht nur Fußballspieler, sondern vor allen Dingen gute Freunde und Kameraden, welche sich gegenseitig bei jeder passenden Gelegenheit einander halfen. Machte ein Spieler von uns einmal einen Fehler, so schimpfte nicht der Nebenmann wie ein Rohrspatz, sondern half dazu, den Fehler seines Kameraden wieder auszuwetzen, indem er für ihn lief. Auf den heutigen Fußballfeldern kann man oft das Gegenteil beobachten. Wenn ein Spieler einen Fehler macht, so kommt es des öfteren vor, daß sein Nebenmann nicht die Energie aufbringt, einmal für seinen Freund eine Strecke zu laufen. Kurz, durch unsere gute Freundschaft und Kameradschaft war unsere Mannschaft von einem so guten Geist beseelt, daß wir das schier Unmögliche zusammenbrachten, diese Nationalmannschaft mit 2:1 Toren zu schlagen. Der Spielbeginn sah für uns zwar nicht sehr vielversprechend aus, da bereits nach fünf Minuten der lange schwedische Internationale Carlson unserem Lohrmann ein solch wuchtiges »Törchen« schoß, daß unser »Tetsch« froh sein konnte, den Ball nicht mit den Händen berührt zu haben, da er sonst wahrscheinlich eine Handverletzung bekommen hätte. Durch diesen Erfolg der Schweden ließen wir uns aber nicht aus der Ruhe bringen, sondern wir spielten direkt stoisch unser *schottisches Flachpaßspiel*

weiter. [Anm.: Es waren die Schotten, die zum ersten Mal ausgiebiges Kombinationsspiel statt bloßem »kick ′n rush« zeigten]. Unsere Bemühungen waren auch kurz vor der Halbzeit, durch den Ausgleich, von Erfolg gekrönt. Als uns nach der Pause unsere Schußkanone »Resi« Franz den Führungstreffer verschaffte, war es uns allen klar, daß wenn es irgendwie möglich sein könnte, diese kombinierte schwedische Mannschaft zu schlagen, dieses Führungstor bereits genügen müßte. Dementsprechend stellten wir uns taktisch um. Wir nahmen unseren Halblinken Löblein mit in die Läuferreihe und mit einer unheimlich zähen Begeisterung gelang es uns, die ungestümen Angriffe des schwedischen Sturmes abzuwehren. Was jedem Zuschauer als unmöglich schien, konnten wir vollbringen und als glückstrahlende Sieger verließen wir den Platz. Die Namen dieser elf Freunde waren Lohrmann, Wellhöfer, Fischer, Hagen, Leupold, Schuster, Hierländer, Franz, Seiderer, Löblein und Henneberger.

Der nächste Tag sah uns – immer noch glücklich über den Erfolg – wieder in einem Strandbad. Die Wassertiefe war am Ufer dieses Platzes weniger tief als in Malmö und aus diesem Grunde erlaubten sich wieder einmal einige Spieler von uns mit dem Kunstschwimmer Peter Fischer einen netten Scherz, den ich nicht vorenthalten möchte. Als einer der Ersten zog sich unser stets fideler Peter an und stand bekleidet mit tiefblauem Hemd und Stehkragen, Krawatte und Strümpfen auf dem Badesteg. Sein Spezialfreund und Mitverteidiger der Mannschaft pirschte sich nun an ihn heran und gab ihm einen derartigen Rempler, daß er ins Meer fiel und mit seinem Hemd und Stehkragen für uns einen köstlichen Anblick bot. Der Name Stehkragenschwimmer wurde ihm von vielen Seiten zugerufen. Andere Freunde riefen ihm wieder zu, daß er umgehend wieder heraus kommen solle, denn das Meer würde sich von seinem blauen Hemde, dessen schöne Farbe ausgehe, schon färben. Unser Peter war kein Spielverderber und war darüber nicht beleidigt, sondern lachte kräftig mit, umsomehr als er von uns wieder eine Beruhigungsprämie in Schweden-Kronen erhielt. Dann fuhren wir zum Austragungsort unseres letzten Spieles nach

Stockholm

welches wir eingehend besichtigten, da wir noch genügend Zeit dazu hatten. Das schönste davon war eine Dampferfahrt in die Schären mit einem auf einer idyllisch gelegenen Insel stattfindenden Kaffe[e]klatsch. Nach einer Besichtigung des Stockholmer Tiergartens entschlossen wir uns, abends einen großen Zirkus zu besuchen. Da wir noch viel Zeit hatten spazierten wir noch an den Kaimauern entlang. Bei dieser Gelegenheit interessierte einen unserer Reisebegleiter irgend etwas im Wasser und er ging recht nahe hin, um es genau beobachten zu können. Unserem großen

Kinde Lohrmann fiel nichts besseres ein, als den Reisebegleiter erschrecken zu wollen. Er hielt ihn deshalb am Kragen fest und gab ihm einen Stoß, damit er dachte, er fiele ins Wasser. Die Beine des Reisebegleiters hingen über das Wasser und da das Gewicht doch ein erhebliches war, sackte der Begleiter unserem Lohrmann etwas tiefer herab als er gedacht hatte. Bei dem Versuch, den Erschreckten wieder heraufzuziehen bemerkte niemand, daß sich in der Kaimauer ein großer Haken befand. An diesem Haken aber blieb der Begleiter mit seiner Hose hängen und nach glücklichem Hochziehen klaffte an der Rückseite der Hose ein unheimlich großes Loch. Wegen dieses Loches in der Hose ließ sich unser Begleiter aber nicht von dem Zirkusbesuch abhalten. Er wußte sich zu helfen! Eine Pelerine, welche er dabei hatte, war der Retter in der Not. Angetan mit diesem Umhang spazierte er mit uns stolz zu den reservierten Sitzplätzen. Nach dem Platznehmen ließ er die Pelerine über seinen Stuhl gleiten und harrte der Dinge, die da kommen sollten. Die fabelhaften Darbietungen zogen ihn so in seinen Bann, daß er gar nicht mehr an sein großes Loch in der Hose dachte. Während der Pause, als wir alle aufstanden, um uns eine Erfrischung zu Gemüte zu ziehen, stand er ahnungslos mit auf und wollte ohne Pelerine mit uns gehen. Das darauf sofort einsetzende Gelächter ließ ihn sofort wieder an seine Hose denken und an seinen schützenden Umhang. Im Übrigen wird die von ihm am nächsten Tag gekaufte Hose, welche mit Devisen (schwedischen Kronen) bezahlt werden mußte, wohl bis jetzt seine teuerste Hose gewesen sein. Das letzte Spiel auf schwedischem Boden gegen den FC. Hamarby Stockholm konnten wir leider nicht mehr siegreich gestalten. Wir nahmen dieses Spiel, nach dem Erfolg gegen die kombinierte Mannschaft in Göteborg, vielleicht etwas zu leicht und tändelten alle zu viel mit dem Ball, anstatt richtig zu spielen. Die Hamarby-Spieler erkannten dies und ehe wir uns versahen, lagen sie mit drei Toren in Führung, welche wir, nachdem wir die Situation zu spät erkannt hatten, nicht mehr aufholen konnten, denn die Stockholmer Hintermannschaft wartete mit einer großen Leistung auf. Mit 1:3 mußten wir uns geschlagen bekennen. Den Abend verbrachten wir mit unseren neuen Sportfreunden in ihrem Heim. Bei dieser Gelegenheit konnten wir, da wir sehr spät nach Hause gingen, zur Abwechslung einmal einen schwedischen Sonnenaufgang ansehen. Die Rückfahrt nach Deutschland verlief, mit Ausnahme eines kräftigen Sturmes während der Überfahrt von Malmö nach Saßnitz, sehr gut. Bei dem Sturm war ich einer der Hauptleidtragenden, denn mich packte die Seekrankheit schwer und ich war froh, als ich in Saßnitz an Land gehen konnte und wieder festen Boden unter den Füßen verspürte.

Nach einem kleinen Abstecher nach Hamburg, wo wir noch gegen den FC. Altona 93 rasch ein Spiel absolvierten und mit 2:1 gewinnen konnten, ging es wieder in die Heimat nach Fürth.

Mißglückter Versuch eines Vereinsanhängers, berühmte Spieler zu kapern.

Zu jener Zeit landete eines schönen Tages in der Stadt der Spiegel und Spielwaren-Exportindustrie, wie dies öfter der Fall war, ein angeblich glänzender Fußballspieler, dessen Heimat nach seinen Angaben Budapest gewesen sein soll. Nachdem er ungarischer Fußballspieler und aus Budapest kam, war es ganz klar, daß er selbstverständlich den MTK. als Stammverein angab, denn auf Spieler des MTK. waren ja alle Vereine Deutschlands äußerst versessen. Dieser Fußballspieler erzählte besonders viel von seinem Freund Orth, dem großen Fußballtalent Ungarns. Er teilte unseren Vorständen mit, daß er sich mit Orth nach Deutschland begeben hätte, um in irgendeinem Klub sich sportlich zu betätigen. Ferner sagte er uns, sie hätten sich getrennt, Orth wäre nach München gefahren und er nach Nürnberg-Fürth, um sich zu orientieren, welche Vereine für beiden Spieler Interesse hätten. Diesen Angaben stand unser Vorstand sehr skeptisch gegenüber und wollte sich auf nichts einlassen, denn er roch bereits Lunte.

Anders war es mit einem fanatischen Vereinsanhänger bestellt, welcher die Erzählungen dieses Ungarn für bare Münze nahm und unter allen Umständen diese beiden Ungarn, insbesondere Orth, in der Mannschaft der Spielvereinigung Fürth spielen sehen wollte. Dieser bewußte Vereinsanhänger fuhr also mit dem ungarischen Sendboten und einer gut gespickten Brieftasche nach München und sah sich schon im Geister am nächsten Abend in seine Heimatstadt Fürth mit den beiden ungarischen Kanonen einzuziehen. Er freute sich auch schon der vielen neidischen Blicke, welche ihm gelten würden, wenn er fertig gebracht hatte, diese Fußballwunder nach Fürth zu bringen. In München angekommen, wollte er natürlich von jenem neuen ungarischen Freund sofort wissen, wo der Spieler Orth zu finden sei. Ein angeblicher telefonische Anruf seines Begleiters ließ ihn wissen, daß Orth erst am nächsten Tag in München eintreffen werde. Die Hoffnungen des Vereinsanhängers erlitten dadurch schon einen leichten Stoß. Nach längerer Überlegung entschloß er sich jedoch, da er unbedingt mit den zwei Ungarn nach Hause kommen wollte, die Nacht mit dem einen Ungarn in München zu verbringen. Da er in seinem Vertrauen zu dem Ungarn schon etwas wankelmütig geworden war, mietete er im Hotel deshalb ein Zimmer mit zwei Betten, damit der Filou von einem Begleiter nicht etwa ausrücken könne. Als sie sich zur Ruhe begaben, beschloß unser Vereinsanhänger, äußerst vorsichtig und wachsam zu sein. Zuerst verstaute

Spielvereinigung Fürth – Bayern München 2:0
Seiderer, dritter von links, erzielt durch unhaltbaren Schuß das zweite Tor.

er die gefüllte Brieftasche unter seinem Kopfkissen, dann schloß er scheinbar die Augen und horchte gespannt auf die Atemzüge seines Zimmerkameraden. Nach geraumer Zeit bemerkte er, daß sein Schlafgenosse genau so wach sei, wie er, das Schlafen nur markierte und ihn auch beobachtete.

Mit der wirklichen Nachtruhe war es also vorbei. Voll Mißtrauen und voller Vorsichtsmaßregeln, daß der Ungar ihm nicht entwische, begann der folgende Tag mit der Einnahme des Frühstücks. Nach demselben verlangte der Ungar zum Friseur zu gehen und auch dabei begleitete ihn unser Anhänger. Damit er ja nicht entwischen könne, wartete er vor dem Geschäft. Als ihm jedoch das Warten zu lange wurde, ging er in das Geschäft, um sich nach ihm umzusehen. Der Ungar war jedoch nicht mehr zu sehen; er war bereits durch einen anderen Ausgang weggegangen. Dadurch schien unseres Anhängers Argwohn bestätigt, da er aber immer noch nicht klein beigeben wollte, so schlich er den ganzen Tag, bis in den Nachmittag hinein in den Hauptstraßen Münchens umher und betrachtete jeden, der des Weges kam, argwöhnisch auf sein Äußeres. Er dachte, er könne vielleicht einen der beiden finden. Als er seine Bemühungen schon aufgeben wollte, schien seine Ausdauer doch Früchte tragen zu wollen. An einer Ecke erspähte er seinen ungarischen Sendboten, ging rasch zu ihm hin, und stellte ihn scharf zur Rede, warum er ihm entflohen sei. Aber nun mußte er erst die große Enttäuschung erleben. Der »Wiedergefundene« sagte zu ihm, er kenne ihn nicht und verwahre sich ganz energisch gegen seine Belästigung, schob ihn etwas auf die Seite und ging seines Weges. Was konnte er nun anderes tun, als scharfsinnige Betrachtungen über die Ähnlichkeitsmöglichkeiten zwischen waschechten Münchern und Ungarn anzustellen? Der Einzug des fanatischen Vereinsanhängers in Fürth gestaltete sich natürlich etwas anders, als er sich es zuerst im Geiste vorgestellt hatte. Weder Orth noch dessen Kamerad begleiteten ihn durch die heimatlichen Straßen, aber die gefüllte Brieftasche war ganz bedeutend leichter geworden.

– Fortsetzung folgt –

Tony Seiderer erzählt...

11. Fortsetzung

Zum Weihnachtsfest des Jahres 1921 hatten wir auf unserem Gelände in Ronhof wieder einmal den MTK. Budapest als Gast und be[i] diesem Spiel gelang es unserer Mannschaft zum ersten Male den MTK. mit 1:0 zu besiegen. Unsere Spielvereinigungsmannschaft war zu jener Zeit durch den Zuzug von Lang und Sepp Müller bedeutend verstärkt worden, was sich acht Tage darauf im ersten Gastspiel der Slavia Prag auf Fürther Boden zeigte. Mit dem hohen Resultat von 4:0 schlugen wir die ebenfalls berühmte und gern gesehene Slavia-Elf.

Da die Spieler des 1. FC. Nürnberg und der Spielvereinigung Fürth zu dieser Zeit in selten guter Verfassung waren, wurden wir von dem Verband damit betraut, das in Nürnberg stattfindende Spiel gegen Österreich als süddeutsche Mannschaft zu betreiten. In diesem Spiel stellten wir unser Können erneut unter Beweis und konnten den dritten süddeutschen Sieg gegen eine österreichische Mannschaft herausholen. Dieses Treffen wurde, trotzdem es mit großem Elan durchgeführt wurde, beiderseits mit [ei]ner derartigen Fairneß ausgetragen, daß man allseits darüber überrascht war. Es lief lautlos an und glitt lautlos weiter, nur die Pfiffe des Schiedsrichters unterbrachen die Stille auf dem Spielfeld. Unsere forschen Angriffe nützten uns lange nichts, denn die österreichischen Verteidiger Teufel und Blum und der Tormann Prazda leisteten ganz glänzende Abwehrarbeit und liefen zu bestechender Form auf. Erst auf eine Ecke hin konnten wir den Führungstreffer durch einen Kopfball von mir erzielen. Mit diesem Resultat ging es auch in die Pause. Nach Wiederbeginn forcierten wir das Spieltempo derartig, daß die Österreicher große Mühe hatten, sich der temperamentvollen Angriffe zu erwehren. Zeitweise waren wir drückend überlegen. Diese Überlegenheit kam dann auch durch ein schönes Tor von Träg zum Ausdruck und zwar durch ein Kopftor. Dies war für Träg eine äußerst seltene Leistung. Selbst die ständigen Sportplatzbesucher können sich nicht an an viele Kopfballtore von Träg erinnern, denn das Kopfballspiel haßte er förmlich. Dagegen liebte er den wuchtigen Durchbruch und den kernigen Schuß. Bei diesem Tor konnte man ihm direkt ansehen, daß er, nachdem Kopfbälle eben einmal nicht seine Spezialität waren, sich selbst gewundert hatte, ein Kopftor zu erzielen. Verschiedene Spieler unserer Mannschaft neckten den Heiner natürlich sofort und fragten ihn, warum er so leichtsinnig gewesen sei und den Ball mit Kopf genommen habe. Trotz beiderseitiger größter Anstrengung blieb es bei diesem 2:0-Resultat. Von der österreichischen Mannschaft kein Tor erhalten zu haben, hatten wir neben der guten Arbeit der beiden Verteidiger Sepp Müller und Wellhöfer, in erster Linie Lohrmann zu verdanken. Lohrmann hielt die verwegensten Sachen und an diesem Tag war es für ihn ganz gleich, ob der Ball in Kopfhöhe kam oder am Boden dahersauste, er hielt einfach alles in bravouröser Art und Weise. Und zu halten gab es in diesem Spiel für Lohrmann ziemlich viel, dafür sorgte schon der Tank Uridil, welcher der gefährlichste Mann des österreichischen Sturmes war.

Vierzehn Tage später rüstete der süddeutsche Verband wieder einmal zu einem

Pokal-Endspiel.

Nach den großen Erfolgen der Nürnberg-Fürther Hochburg hielt er bei seiner Mannschaftsaufstellung an den Spielern des 1. FC. Nürnberg und der Spielvereinigung Fürth fest. Nachdem verschiedenen Spielern immer noch das unglückliche 4:5-Pokalspiel im Berliner Grunewald-Stadion im Gedächtnis haftete, bot sich uns hier endlich eine wirklich richtige Revanchegelegenheit und diese wollten wir unter allen Umständen nicht unausgenützt vorüber gehen lassen.

In Hamburg mit unserer Mannschaft gut angekommen und in einem kleineren, aber guten Hotel verstaut, harrten wir des kommenden Endkampfes. Beim Lesen verschiedener Hamburger Tages- und Sportzeitungen fiel uns auf, daß wir in dem kommenden Endkampf angeblich überhaupt nichts zu melden hätten, denn die Vorschau dieser Zeitungen tipte groß auf die Mannschaft des Nordens, welche sich uns in ihrer besten Aufstellung und Verfassung gegenüber stellen würde. Erfahrungsgemäß ist dies ein schleichendes Gift für die favorisierte Mannschaft. Einige Zeitungen forderten auf, das Spiel unbedingt zu besuchen, da an diesem Tag wohl die Vormachtstellung der Hochburg Nürnberg-Fürth gebrochen würde. Ein Kritiker erwähnte, der Norden würde das Endspiel unbedingt gewinnen, da er den »frischen, ungekünstelten« Fußball spiele und der Süden den »dekadenten«, überkultivierten. Am meisten hielten die Presseleute der Wasserkante auf ihren typischen Fußballspiel der »fliegenden Kombination«, und betonten, daß Hamburg als einzige deutsche Stadt diesen Stil beherrsche.

»Fliegende Kombination«

Im Fußball der 1920er Jahre entwickelte sich eine taktische Spielweise, die auf schnellem, direktem Passspiel und vor allem Positionswechseln basierte, um die gegnerische Abwehrreihe zu überwinden.

Süddeutschlands Elf siegte in Hamburg am 5. März 1922 gegen Norddeutschland mit 7:0. V.l.n.r.: Seiderer, Lohrmann, Wellhöfer, Sutor, Hofmann, Franz, Kalb, darunter Schmidt-Bumbes, Lang, Bäumler Ra., Strobel, Träg, Müller Sepp.

Ein Witzbold unserer Mannschaft behauptete beim Lesen dieser Zeilen, daß die Hamburger nur aufpassen sollten, daß ihre fliegende Kombination nicht mehr fliegend sei, als Kombination.

Diese sämtlichen Ergüße der Zeitungen konnten uns aber nicht aus unserer bayerischen Ruhe bringen. Im Gegenteil, sie erzeugten in unseren Reihen nur einen noch stärkeren Siegeswillen. Unsere Sorgen lagen ganz wo anders. Einen ganzen Tag lang trieben wir uns schon im Hotel und in der Umgebung umher, ohne irgend jemand zu finden, welcher sich um unsere Mannschaft bekümmerte. Niemand fragte nach uns, wo wir untergebracht sind und ob wir zu Essen haben und was wir tun wollten, um uns für das am nächsten Tag stattfindende Spiel vorzubereiten. In jener Zeit, dem Anfang der Inflation, hatten einige Spieler von uns auch nicht soviel Geld, um Großes unternehmen zu können und in kameradschaftlicher Art und Weise mußten wir uns gegenseitig aushelfen. Es ist leicht erklärlich, daß bei dieser Gelegenheit harte Worte über verschiedene nicht anwesende Herren fielen.

Abends unternahm eine kleine Spielerkommission eine große Suche nach maßgebenden Vertretern. Wir hatten Glück. Im Rathauskeller Hamburgs fanden wir die von uns lang gesuchten und konnten gerade sehen, wie 10 bis 20 Ober aufmarschieren, um zu servieren. Nie werde ich vergessen, wie schnell wir da wieder hinaus komplimentiert

Süddeutschland – Norddeutschland 7:0.
Die von Publikum überfluteten Seitenlinien.

wurden und wie rasch sich da ein Herr um uns annahm und uns begleitete. Wir sagten nun aber in sehr eindeutiger Weise unsere Meinung und legten uns dann schlafen, um für den Großkampf gut ausgeruht zu sein. Als wir am nächsten Tag auf den Viktoria-Sportplatz kamen, mußten wir feststellen, daß er sich für den Massenbesuch als viel zu klein erwies. Ungefähr 40.000 Karten waren ausgegeben worden und nach Schätzung bot der Platz Sichtmöglichkeiten für 25.000 Menschen. Daß es unter diesen Umständen in der zusammengepferchten Masse »unterhaltend« zuging, läßt sich ja leicht denken. Damen fielen in Ohnmacht, Bänke, Stühle, Zäune usw. brachen zusammen und skandalöse Vorgänge unbeschreiblicher Art konnten wir mit ansehen. Das Spielfeld war so dicht umlagert, daß Ecken und Seitenlinien weit hinter der Front lagen. Als wir mit Hilfe einer Schupo-Mannschaft [Anm.: Abkürzung für *Schutzpolizei*] durch dieses Gedränge auf den Platz gelangen konnten, wurden wir mit starkem Beifall begrüßt, welcher sich zum Orkan steigerte, als unser Gegner, die norddeutsche Mannschaft, den Platz betreten hatte. Diese Begleitumstände regten aber uns abgebrühte, an Großkämpfe schon gewöhnte Spieler, nicht auf, wir machten nur unsere Glossen darüber. Einer von unseren Spielern sagte noch »sind die Leute denn nicht närrisch, wegen 22 Spielern und einem Schiedsrichter so ein Theater zu machen, direkt blöd sinds«.

Nach großen Verhandlungen des Schiedsrichters Dr. Bauwens – Köln mit der Schupo und mit dem Platzverein konnte erreicht werden, daß das Spielfeld soweit von der Zuschauermasse geräumt wurde, daß man wenigstens die Seitenlinien etwas durchschimmern sehen konnte. Dann begann der »Großkampf«, von dem sich die Hamburger Sportgemeinde soviel für ihre norddeutsche Mannschaft versprochen hatte.

Nun sollten die norddeutschen 40.000 gleich sehen, welchen dekadenten, »überkultivierten« Fußball Nürnberg-Fürth, die Vertretung Süddeutschlands, spielte. Die norddeutsche Mannschaft begann das Spiel mit ungeheurer Begeisterung und bei jedem, auch dem kleinsten Vorstoß, wurden sie durch ein frenetisches Geheul der Zuschauermasse angefeuert. Wir wollten den Gegner erst einmal müde laufen lassen und durch unser gut ausgeprägtes Dreieckspiel gelang uns dies auch in vollem Maß. Trotzdem wir dabei natürlich auch auf Torerfolge spielten, benötigte wir 40 Minuten bis es uns durch Träg-Flanke mit darauf folgendem, schönem Schuß von Franz gelang, in Führung zu gehen. Anders war es nach der Halbzeit, als sich beim Gegner unser durchdachtes Kombinations-Spiel auszuwirken begann. Unser Paßspiel zermürbte die gegnerische Hintermannschaft, so daß uns noch 6 weitere Tore wie reife Früchte in den Schoß fielen. Sie waren alle die Erfolge schöner Kombinationszüge. Jeder Torerfolg war der zwingende Abschluß eines gut vorgetragenen Angriffes. Da sich der Torsegen für uns so reichlich einstellte, spielten wir dann nicht mehr nur auf Torerfolge, sondern zeigten dem norddeutschen Publikum ein sogenanntes Katz- und Maus-Spiel. Zur [Anm.: Wort unleserlich; wahrscheinlich *Abwechselung*.] mußte das Spiel nach dem sechsten Tor einmal vom Schiedsrichter unterbrochen werden, weil ein paar tausend der Zuschauer, welche die katastrophale Unterlegenheit ihrer Mannschaft nicht mehr mit ansehen wollten, einfach durch den Rasen nach Hause marschierten. Als der Platz von der Schupo wieder gesäubert war und das Spiel weiter ging, konnten wir fast nicht mehr auf die Flügel hinausspielen, soweit hatte sich die Zuschauermenge eingedrängt. Unseren kleinen Cluberer, den »Strobala«, sahen wir oft gar nicht stehen, er war fast unter die Zuschauer eingeklemmt. Unser Lohrmann stand seelenruhig in seinem Tor und da er ke[i]ne Beschäftigung von dem norddeutschen Sturm erhielt, unterhielt er sich mit den vor ihm über das Spielfeld heimwärts ziehenden Massen. Nach Schluß des Spiels waren wir der Gegenstand großer Ovationen und die Masse bestätigte uns immer wieder, daß sie noch nie ein so derartig hinreißendes, bestrickend schönes Spiel in Hamburg sehen konnten, wie das heutige. Die Tage darauf erscheinende Presse tat des schon fast zu viel und schwelgte nur in Superlativen über unser Können. Wir Spieler freuten uns wohl darüber, daß sie jetzt anders schreiben mußten, als in ihren Vorschauen, aber das Höchste blieb uns doch, daß uns die Revanche des Berliner Pokal-Endspieles so gut gelungen war und es für den Gegner eine direkte Katastrophe wurde. Die Aufstellung der süddeutschen Mannschaft in diesem Spiel, anerkannt dem besten, das bis jetzt eine süddeutsche Mannschaft geliefert hatte, war folgende: Lohrmann, Müller, Wellhöfer,

Lang, Kalb, Schneidt, Strobel, Franz, Seiderer, Träg und Sutor.

Am 26. März 1922 fand in Frankfurt das denkwürdige

Länderspiel Deutschland – Schweiz

statt, zu welchem von unserer Spielvereinigung 7 Leute abgestellt wurden, da wir in den vorhergehenden Spielen eine große Form gezeigt hatten. Für uns Spielvereinigungs-Spieler, welche an 7 Sonntagen hintereinander in den schwersten Treffen ihren Mann gestellt hatten, bedeutete dieses Spiel eine weitere große körperliche Anstrengung, welcher wir uns jedoch gerne unterzogen, umso mehr, als wir der Schweiz einmal das wahre Fußballkönnen der deutschen Nationalmannschaft zeigen wollten. Wir Spieler dachten natürlich an eine Mannschaftsaufstellung, in welcher ausnahmslos die Spieler des Clubs und der Spielvereinigung Fürth vertreten seien. Wir dachten dabei an das hervorragende Spiel der süddeutschen Mannschaft in Hamburg und wollten versuchen, auch gegen die Nationalmannschaft der Schweiz einen hohen Sieg für Deutschland zu erringen. Zu unserem großen Leidwesen war aber an eine derartige Aufstellung nicht zu denken, da sich die Spieler des 1. FC. Nürnberg einige Tage vorher auf eine große Spanienreise begaben. [Anm.: Man sieht, welche Bedeutung privat organisierte Spiele mit Spitzenmannschaften damals hatten: sie werden von Vereinen augenscheinlich höher bewertet als Länderspiele.] Der Deutsche Fußballbund sprach kein Machtwort, um die Spieler des 1. FC. Nürnberg zur Verfügung zu haben, sondern meinte sie für die Nationalmannschaft nicht unbedingt zu benötigen. Dadurch, daß die Mannschaft nicht in dem von uns gewünschten Sinn aufgestellt werden konnte, ließen wir uns jedoch nicht bedrücken, sondern wollten auch so unseren Mann voll und ganz stellen, was uns Spielern ja auch vollkommen gelang. Die Empfangsfeierlichkeiten in Frankfurt, welche in der Hauptsache die Leitung des FC. Eintracht übernommen hatte, waren teilweise überwältigend. Wer Zeuge sein durfte bei der offiziellen Begrüßung, einem eindrucksvollen Festakt am malerischen Römerberg, in Gegenwart von vielleicht 15.000 Menschen, wird diese Stunde nicht vergessen können. Der Römerberg bot ein Bild, wie es wohl dort in den Tagen der Kaiserkrönung gewesen sein muß. Die Häuser des Platzes mit ihren zahlreichen Fenstern waren bis auf die Dächer besetzt. Der sog. Gerechtigkeitsbrunnen war dicht mit Menschen behangen und sogar auf der Turmeinfassung der Nikolaikirche und des Domes standen Leute. Es war einfach überwältigend. Den Höhepunkt dieser Feier bildete die Rede des Herren Vertreters der Stadt Frankfurt und eines Nationalrates der Schweiz. Die schweizerische Nationalmannschaft genoß in Frankfurt eine ungeheure Sympathie.

Am Schauplatz des Fußballplatzes Deutschland – Schweiz, dem Platz des FC. Eintracht, waren 35.000 zusammengeströmt und uns Spielern, welchen die wüsten Vorgänge auf dem Platz in Hamburg noch in frischer Erinnerung standen, berührte angenehm, daß hier in Frankfurt keine Nervosität herrschte und kein wüstes Gedränge entstand. Die Leitung des Spieles lag in den Händen des holländischen Schiedsrichters Boas.

– Fortsetzung folgt –

Tony Seiderer erzählt...

12. Fortsetzung

Nach dem Austausch der üblichen Begrüßungsformeln begann der Kampf. Schon nach zwei Minuten brachte Resi Franz einen seiner gefürchteten Schüsse an und erzielte ein wunderbares Tor. Zu unserem großen Erstaunen wurde jedoch dieser Erfolg nicht gegeben, da unser Linksaußen Altvater – München bei der Abgabe des Schusses sich in Abseitsstellung befunden habe. Wir Spieler konnten zwar nicht verstehen, was das Einzelspiel unseres Franz mit darauffolgendem Schuß mit dem Linksaußen, welcher gar nicht in das Spiel eingriff [Anm.: heute würde man »passives Abseits« sagen], zu tun hatte, aber nachdem bekanntlich gegen den Gott Schiedsrichter ein Protest nichts nützt, beruhigten wir uns sofort wieder.

Im Verlauf der ersten Halbzeit hatten wir bedeutend mehr vom Spiel, was auch in zwei Torerfolgen zum Ausdruck gebracht wurde. Das erste Tor konnte ich nach gutem Zuspiel von Franz durch einen schönen 16-Meter-Schuß erzielen und das 2. Tor, ein typisches steiles Durchspiel nach vorne an Franz, dann ein Alleingang mit wuchtigem Schuß als Abschluß. Mit diesem 2:0-Resultat und einem schon verletzten Lohrmann ging es in die Pause. Unsere deutsche Mannschaft war sehr zuversichtlich, wußten wir Fürther Spieler doch, daß unsere große Stärke, die letzten 20 Minuten noch bevorstand und hier wollten wir unter allen Umständen unser großes Vorhaben ganz vollenden. Leider sollte es anders kommen. Nach Wiederanstoß begannen die Schweizer mit einem ungeheuren Elan und spielten überaus körperlich. Bereits kurz nach Beginn erfolgte ein wuchtiger Vorstoß des überaus hart spielenden Schweizer Linksaußen Ramseyer, der mit einem Zusammenprall mit Lohramm und mit einer langen, langen und sehr peinlichen Pause endete. Lohrmann liegt am Boden von Sanitätern umringt, aber nach 5 Minuten kann Lohrmann sehr stark hinkend wieder in sein Tor. Einige nette Vorstöße unserer Flügel können von der Schweizer Hintermannschaft abgewehrt werden. Auf einmal bricht unser Lohrmann bei einem erneuten harten Angehen wiederum zusammen und muß vom Platz getragen werden, da selbst seine ungeheure Energie nicht mehr ausreicht, die schwere Verletzung so zu überwinden, daß er seinen Posten noch halbwegs ausfüllen konnte. [Anm.: Es gab im offiziellen Spielbetrieb keine Auswechslungen zu dieser Zeit.]

Spielvereinigung Fürth im Jahre 1924/25.
V.l.n.r.: Ascherl, Müller, Urbel Kraus, Kießling, Löblein, Kleinlein, Leinberger, Hagen („Codi" Riebe, Trainer); vorn: Günther, Gußner, Seiderer, Auer

Schweren Herzens entschloß ich mich für den Rest der Spielzeit das Tor zu hüten.

Dieser Entschluß war für mich ungeheuer schwer, wollte ich doch unbedingt mit unserem Sturm und insbesondere mit meinem Kameraden Resi Franz die letzten 20 Minuten den Sieg noch eindrucksvoller gestalten. Im Verlauf des weiteren Kampfes bemerkte man nun doch in unserer auf 10 Mann zusammengeschrumpften deutschen Mannschaft eine mehr und mehr in Erscheinung tretende Nervosität, trotzdem sie teilweise noch ganz nette Angriffe einleitete. Durch unser Handicap konnte nun die Schweizer Elf den Spieß umdrehen und die letzten 20 Minuten das vollbringen, was wir gewollt hatten, nämlich Tore erzielen. Nach einem Strafstoß vor meinem Tor gelang es dem Halbrechten Sturzenegger das erste Tor für die Schweiz einzudrücken. Da die deutsche Läuferreihe, insbesondere der Mittelläufer, nun merklich nachließ und die Schweizer energisch anstürmten, gelang es ihnen, noch durch einen Nahschuß ihres Mittelstürmers Leiber das ausgleichende 2. Tor zu erzielen. Bei diesem Resultat 2:2 blieb es.

Im Juni 1922 wurde in Berlin, im Grunewaldstadion,

die erste deutsche Kampfspielwoche

ausgetragen. Außer Leichtathletikveranstaltungen fand auch ein großes Fußballturnier statt, an welchem sämtliche deutsche Landesverbände beteiligt waren. Da die Spieler des 1. FCN. nicht zur Verfügung standen, bestand das Gerippe der süddeutschen Mannschaft aus Spielern der Spielvereinigung Fürth. Unter der fachgemäßen Betreuung von Dori Kürschner gingen wir ans Werk, um die großen goldenen Medaillen als Fußballsieger zu erringen. Dies war für uns gar nicht so leicht, denn alle Landesverbände hatten ihre besten Kräfte zur Stelle, während der Süddeutsche Verband leider auf einige bewährte Spieler verzichten mußte. Im ersten Spiel gegen Südostdeutschland wurde uns das Siegen schon sehr schwer gemacht. Bei brütender Hitze spielten die Südostdeutschen in dem Kessel des Stadions mit ihrem ungekünstelten Spiel so frisch und mit einem solchen Eifer, daß wir froh sein mußten, durch zwei geschickte Kombinationszüge durch Franz und mich zu zwei Toren zu gelangen. Im nächsten Spiel trafen wir sofort auf die der Papierform nach stärkste Mannschaft, die Mannschaft Norddeutschlands. Das Los wollte nicht, daß wir als Schlußspielgegner zusammenkamen. In diesem Spiel wandten wir eine andere Taktik an. Wir versuchten vor allem, unser Tor rein zu halten, was uns auch gelang. Im Sturm stellten wir uns in der Hauptsache auf Durchbrüche der Flügel ein. [Anm.: Aus verstärkter Abwehr heraus über Konter den Erfolg suchen … so ähnlich würde man diese Taktik wohl heute beschreiben.] Wenige Minuten vor Schluß dieses Kampfes zeigte sich, daß unsere Taktik richtig war, denn nach einem Flügelangriff mit gut hereingegebener Flanke von Altvater (München) gelang es mir, mit einem 16-Meter-Schuß den Torwart zu bezwingen und das Spiel für uns zu entscheiden. Nach diesem Spiel stand es für uns fest, daß wir unbedingt als Sieger dieses Turniers hervorgehen würden und wir verfielen leider in den Fehler, unseren Endspielgegner Westdeutschland zu unterschätzen. Nun, in diesem Endspiel machten uns die Spieler Westdeutschlands sehr rasch klar, daß sie uns den Sieg nicht mühelos zufallen lassen wollten. Mit einem Höllentempo begannen sie den Kampf und ich überlegte mir, wie lange wohl eine Fußballmannschaft ein derart unerhörtes Tempo aushalten könne. Dabei kam ich zu dem Schluß, daß es eine Unmöglichkeit sei, das ganze Spiel in diesem Tempo durchzuhalten. Wir Süddeutschen verstärkten unsere Hintermannschaft, indem wir Stürmer aushalfen, wo wir nur aushelfen konnten. Hatten wir den Ball, so pflegten wir ein ausgesprochenes Dreieckspiel, bei welchem naturgemäß die westdeutschen Spieler gezwungen waren, viel und schnell zu laufen. Trotz unserer Taktik, die Hintermannschaft zu verstärken, gelang es den mit ungeheurem Elan und Eifer spielenden Westdeutschen das erste Tor zu erzielen und mit diesem Vorsprung von 1:0 in die Pause zu gehen. Allseits wurde nun bestimmt auf einen Sieg Westdeutschlands getippt, zumal Westdeutschland in der zweiten Hälfte mit einem ziemlich starken Wind im Rücken zu spielen hatte. Aber es kam doch anders. In der zweiten Hälfte zeigte sich der Erfolg unserer Zermürbungstaktik des Dreieckspiels und die westdeutschen Spieler wurden langsamer und vermöge unserer doch größeren Spielerfahrung

und dem schnelleren Startvermögen gegenüber der westdeutschen Verteidigung konnten wir durch Franz und mich vier Tore erzielen. Unserem Süddeutschen Verband

errangen wir damit den ersten Kampfspiel-Pokal und uns die goldenen Erinnerungsmedaillen.

Bei der großen Zuschauermasse fanden wir infolge unserer fairen Spielweise großen Beifall. Für mich persönlich war die größte Freude während dieser Kampfspielwoche, daß sowohl mein Stürmerkamerad Franz, als auch ich, uns in Höchstform befanden. Ein großes Berliner Fachblatt des Sportes schrieb über uns beide: »Es war geradezu vom sportlichen Standpunkt bewundernswert, mit welcher Intelligenz diese beiden Spieler die gegnerische Verteidigung täuschten und wie sie stets aus dem freien Feld spielten, auch die Blitzesschnelle vor dem Tor nicht zu vergessen. Der Sieg in Höhe von 4:1 für die Süddeutschen ist jedenfalls nur mit Rücksicht darauf verdient zu nennen, daß der Innensturm der Süddeutschen, namentlich Seiderer, in sportlich einwandfreiester Weise Fußball spielte, wofür ihnen auch allseitig Bewunderung und Anerkennung gezollt wurde. Es muß besonders hervorgehoben werden, weil man an diesem Spieler erkennen kann, daß das Fußballspiel durchaus nicht körperlich gespielt werden braucht, um zu einem Erfolg zu kommen. Es ist mehrfach beobachtet worden, daß der westdeutsche Torwart sich dem anstürmenden Seiderer vor die Füße warf und Seiderer dann in ritterlicher Weise über den Torwart hinwegsprang, ohne ihn zu berühren, damit gleichzeitig einen hohen Berweis von moralischer und körperlicher Beherrschung gebend!«

Derartige Spielkritiken erfreuten mich stets unbändig, konnte ich doch daraus ersehen, daß unsere süddeutsche Mannschaft nicht nur dem Publikum Fußball vorgespielt, sondern, was weit mehr Kunst erforderte, sich auch in die Herzen der Zuschauer hineingespielt hatte. Zur Abwechslung für uns Spieler der Spielvereinigung Fürth wurden wir im Juli 1922 zu einer ganz groß aufgezogenen Sache

in die weltberühmte Badestadt Bad-Kissingen

verpflichtet. Der dortige Fußballklub unternahm das Wagnis, ein großes Fußball-Pokal-Turnier zu veranstalten, was für Bad-Kissingen eine Sensation bedeutete, denn die in dem Weltbad befindlichen erholungsbedürftigen Kurgäste hatten im allgemeinen höchstens noch sportliches Interesse für Pferde-Turniere. Als Turnierteilnehmer kamen Tennis-Borussia Berlin, Wiener Athletik Sportklub, Würzburger Kickers und die Spielvereinigung Fürth. Ein großer Mäzen des Sportes aus Bad-Kissingen hatte wertvolle Ehrenpreise gestiftet und stellte eine auf eigene Kosten errichtete Sportplatzanlage mit großer Tribüne zur Verfügung. Aus der Spiegelstadt

Fürth lief, genau wie aus Würzburg, ein Sonderzug nach Bad-Kissingen und die zu Tausenden mit den Sonderzügen ankommenden Zuschauer gaben dem Weltbad ein ganz anderes Gepräge. Mancher Kurgast wird sehr erstaunt gewesen sein, als er die Macht der Anziehungskraft des Fußballsportes in einer derartigen Weise miterleben konnte. Das erste Spiel bestritt Samstags SpVgg. Fürth gegen Tennis-Borussia Berlin. Für die Berliner »Veilchen« wurde dieses Spiel eine Katastrophe. Von den in großer Form befindlichen Kleeblättern bekamen die Tennis-Borussen elf Dingerchen in den Kasten gesetzt. Die Mannschaftsleistung der Berliner Spieler war eine sehr minimale und in der zweiten Halbzeit kamen sie fast gar nicht mehr aus ihrer Hälfte heraus, so daß unser Lohrmann nach dem Spiel meinte, er wolle nur wissen, warum er sich überhaupt ausziehen habe müssen, er hätte ja auch von der Tribüne aus zusehen können. Das zweite Samstagsspiel wurde vom Wiener Athletiksportklub und den Würzburger Kickers bestritten. Zu jener Zeit hatte der Fußballklub Würzburger Kickers mit dem Eintritt des bekannten Wiener Internationalen Wieser als Spieler eine überaus gute Kampfmannschaft. Die Wiener Athletiker waren eine Mannschaft mit glänzender Kombination, vergaßen jedoch vor lauter Kombinieren die Hauptsache, nämlich, Tore zu schießen. Anders die Jungens der Würzburger Kickers, welche forsch loslegten und mit großem Eifer einen einfachen, aber zweckmäßigen Fußball spielten. Am Schluß des Spieles hatten die Kickers die Techniker des gemütlichen Wiens mit 6:2 vernichtend hoch geschlagen. Dabei muß allerdings auch berücksichtigt werden, daß die Wiener Mannschaft mit den wenigen von ihnen abgegebenen Torschüssen absolut kein Glück hatte, denn mindestens fünf bis sechs Schüsse trafen die Torlatte. Ein sehr bekannter Sportjournalist meinte damals, »die guten Leutchen aus Wien haben weder mit ihrer Valuta [Anm.: Gemeint ist »Fähigkeiten« oder »Können« – heute ist das Wort nur noch im Bank- oder Bezahlwesen üblich.] Glück, noch mit ihren seltenen Torschüssen«. In dem am nächsten Tag stattfindenden Trostspiel ging es dann bei der Wiener Mannschaft bedeutend besser und sie konnten die Berliner Borussen mit 6:0 überfahren. Das von den Würzburger Kickers und der Spielvereinigung Fürth auszutragende Endspiel des Turniers erlebte einen Massenandrang, wie ihn Kissingen wohl bis dahin noch nicht erlebt haben dürfte; eine unheimlich starke Auffahrt von Fahrzeugen aller Art, ausverkaufte Tribüne, so daß auch das finanzielle Moment für den Veranstalter ein günstiges war. Fast überflüssig zu bemerken, daß die vielen Vereinsanhänger aus Würzburg und Fürth sich in bester Stimmung befanden und dies durch sehr laute Anteilnahme zum Ausdruck brachten. Die Würzburger legten, wie in dem Spiel am vorhergehenden Tag gegen die Wiener, wieder ein sehr

Deutschland – Schweiz 2:2.
Seiderer köpft zu Hutter.

forsches Tempo vor und unsere Hintermannschaft hatte zu Beginn dieses Spieles riesige Arbeit. Anfangs wollte es in unserem Sturm gar nicht klappen. Da wir den Ball nicht halten konnten, wurde die Läuferreihe überlastet und konnte nicht mehr so genau zuspielen. Bei einem schönen Angriff Würzburgs kam schon gleich die Überraschung. Ein Stürmer des Gegners brachte einen wuchtigen Schuß an, nach dem sich unser Lohrmann vergebens streckte. Dies war uns aber doch zu stark und nach diesem Tor fing unsere Kombinationsmaschine im Sturm an zu laufen und bald war der Ausgleich erzielt. Die Spieler der Würzburger Kickers gaben wohl alles aus sich heraus, aber es half ihnen nicht viel, wir Fürther waren einfach nicht mehr zu halten. Als die Würzburger dann ihrem eigenen Tempo erlagen, mußten sie sich geschlagen bekennen. Mit einem Torverhältnis von 7:1 schlugen wir die Kickers und wurden verdienter Pokalsieger des Turniers.

Um jene Zeit saßen eines Abends verschiedene unentwegte Anhänger und Spieler in unserem Klublokal Langmann in Fürth [Anm.: Königstraße 128]. Die Mitglieder des dichtbevölkerten Stammtisches pufften sich, wie häufig, gegenseitig an, kurzum es war eine rege Unterhaltung im Gange, als das Lokal Langmann von einem jungen Mann betreten wurde, welcher am Nebentisch Platz nahm. Zwei Mitglieder unseres Stammtisches, die Spieler Lohrmann und Müller, erkannten in diesem jungen Mann sofort einen früheren Sportkollegen aus Mannheim und begrüßten in freudigst. Auf unser Befragen erklärten uns Lohrmann und Müller, daß besagter junger Mann der vom Süddeutschen Fußballverband zum Berufsspieler erklärte Höger aus Mannheim-Waldhof sei. Nachdem unsere beiden Mannschaftsangehörigen geraume Zeit mit ihrem Freund gesprochen hatten, erhob sich Lohrmann, ging zu unserem Allgewaltigen, Vorstand Herrn Höfer, und sagte ihm, daß sein Freund Höger gerne in Fürth bleiben wollte und aus diesem Grunde ihn gerne sprechen würde. Unser Vorstand war von diesem Wunsche gar nicht entzückt und erklärte Lohrmann, daß er in seiner Eigenschaft als Vorstand des Vereins mit einem zum Profi erklärten Spieler nichts zu tun haben wolle. Den dringenden Bitten von Lohrmann gab er jedoch schließlich nach und entschloß sich, den zum Profi gestempelten Höger wenigstens anhören zu wollen. Die Darlegungen, welche Höger unserem Vorstand machte, waren so einleuchtend, daß sich Herr Höfer für den Fall zu interessieren begann. Unser Herr Höfer würde sich dieses Falles nie angenommen haben, wenn er nicht überzeugt gewesen wäre, daß an dem Spieler Höger großes Unrecht begangen worden war und daß gewisse stark daran interessierte Kreise mitgespielt hatten, diesen Spieler kalt zu stellen. Die Verbandsbehörde zeigte bei der Wiederaufrollung des Profifalles Höger ebenfalls viel Verständnis. Allein wer im Sportleben steht, weiß wohl am besten, mit wieviel Hemmnissen man zu rechnen hat, wenn es gilt, einen Irrtum wieder auszugleichen. Die wiederaufgenommenen Unternehmungen zogen sich damals unendlich in die Länge und für den Profi Höger wollte und wollte sich eine Lösung nicht finden lassen. Um die Angelegenheit vollständig zur Erledigung zu bringen, mußte ein Zufall zu Hilfe kommen. Der Süddeutsche Fußballverband hatte in Halle gegen den norddeutschen Fußballverband ein Repräsentativtreffen. In letzter Minute wurde unser Vorstand angerufen und ihm vom Verband mitgeteilt, daß plötzlich zwei aufgestellte Spieler abgesagt hätten und daß man nun am Abend vor dem Spiel ratlos dastände, da ein Ersatz in der Kürze der Zeit nicht rasch genug zu beschaffen sei, nachdem der 1. FCN. selbst Wettspielabschlüsse habe.

– Fortsetzung folgt –

Tony Seiderer erzählt...

13. Fortsetzung

Herr Höfer versprach, am nächsten Tag zu richtiger Zeit zwei passende Spieler zum Zug zu bringen. War dies nicht fast wie ein Zeichen vom Himmel?

Was sollte man in der Not tun. Nun, unser Vorstand sandte von uns einen Verteidiger und den nach seiner Meinung zu Unrecht verurteilten Spieler Höger an die Bahn. Unser Rechtsaußen Karl Auer konnte nicht mitkommen, da wir ihn ganz einfach krank werden ließen. Als der Spielausschussvorsitzende des Süddeutschen Fußballverbandes des verbannten Höger mit seinem Fußballkoffer ansichtig wurde, veränderte er direkt seine Farbe. Daß es am Bahnhof eine kleine Episode gab, kann man sich vorstellen. Aber alles dies half gar nichts. Was blieb denn anderes übrig, wenn mit elf Mann gespielt werden sollte, als Höger eben doch mitzunehmen. Nach Anhörung des Verbandsvorstandes wurde Höger für dieses Spiel freigegeben. Ein ganz eigenartiges Verhältnis war damit geschaffen worden. Am Samstag war Höger Berufsspieler und am Sonntag spielte derselbe in einem Amateurverband und am Montag sollte er nach dem Beschluß des hohen Rates wieder ein Profi sein. Nach meiner Meinung lag dieser Werdegang in der Berechnung unseres Vorstandes. Für ihn war es sonnenklar, daß er selbstverständlich sofort am Montag an den Verband das Verlangen stellte, daß Höger wieder als Amateur spielberechtigt sei. Dieser Logik konnte sich letzten Endes, wenn auch sicher schweren Herzens, der Verband nicht verschließen und Höger war wieder Amateur. Wer Höger genau gekannt hatte, freute sich sehr darüber, denn solange Höger bei uns in Fürth war, war er ein überaus ordentlicher, fleißiger und korrekter Sport[s]mann, welcher sich nicht genierte, wenn es galt, einige Mark zu verdienen, selbst einen Handkarren durch die Stadt zu ziehen, auch wenn er dabei noch so angeödet wurde. Es wäre jammerschade gewesen, wenn dieser Mann wegen einer Geringfügigkeit in die Rolle eines Märtyrers des Fußballsportes gedrängt worden wäre. Die Aufhebung des über ihn gefällten Urteils war vom Verband eine [Anm.: Hier fehlt wohl ein Wort, vielleicht »gute«.] Tat, weil man, wenn man jemandem Unrecht zugefügt hat, auch den nötigen Mut besitzen muß, dieses Unrecht wieder gut zu machen.

Ein großes Ereignis für uns Spieler der Spielvereinigung Fürth waren die Unterhandlungen unserer Vorstandschaft mit verschiedenen spanischen Clubs. Wir verfolgten dieselben mit regstem Interesse, da wir Spieler alle sehr gerne einmal nach Spanien reisen wollten. Freudig wurde von uns die Stunde begrüßt, an welcher wir erfahren konnten,

die Spanien Reise klappt,

alles ist zum Abschluß gekommen. Die Schwierigkeiten bis zum vollständigen Abschluß waren wirklich große, denn im allgemeinen ist es sehr schwer mit spanischen Vereinen zu unterhandeln. Mitte November 1922 starteten wir also nach dem ersten Ziel unserer Wettspiele nach Barcelona. Wir fuhren über die Grenzstation Kehl bei Straßburg nach Paris, wo wir Aufenthalt nahmen, um uns den Genuß der Besichtigung dieser herrlichsten Seinestadt nicht entgehen zu lassen.

Schon die Ankunft am gar de l'est [Anm.: Die richtige Schreibweise ist Gare de l'Est.] und die darauffolgende Fahrt mit Mietauto über die Boulevards machte auf uns einen ungeheuren Eindruck. Wer eine derartige Fahrt zur Hauptabendstunde selbst in einem schlechten Vehikel, wie es größtenteils die Autodroschken in Paris darstellen, einmal gemacht hat, wird dieselbe nie vergessen und Tage darnach wird er sich noch wundern mit heiler Haut glücklich davongekommen zu sein. Alles fährt mit ungeheurem Tempo und in teilweise wahllosem Durcheinander. Der Verkehr pulsiert hier wie in wenigen Städten Europas. Nur den fabelhaften Bremsen unseres sehr geistesgegenwärtigen Chauffeurs hatten wir es zu verdanken, daß wir bei einem fast unvermeidlich scheinenden schweren Zusammenprall noch glimpflich und mit dem Schrecken davon kamen.

Der Eindruck von Paris war also überwältigend. Bei dem Bezahlen der Autodroschken gab es zur Unterhaltung ein kleines Intermezzo mit einem der gedungenen Taxi-Chauffeure. Einer unserer Spieler hatte nämlich auf den Fahrpreisanzeiger aufgepaßt wie ein Schießhund und als der Chauffeur uns übervorteilen wollte, sagte er zu dem Begleiter, welcher schon bezahlen wollte »halt dös is zu viel, der Borsch bescheißt«. Der Chauffeur hatte diese Rede sicher nicht verstanden, aber er hatte das Dialektwort »Borsch« aufgefangen und war der Meinung, daß dies »boche« geheißen hätte und auf ihn gemünzt gewesen wäre . Für den Franzosen gilt dieses Wort bekanntlich als erschwertes Schimpfwort und in Folge dieses Missverständnisses legte natürlich der in seiner Ehre sich gekränkt Fühlende mit einem unheimlichen Wortschwall los. [Anm.: Das französische Wort »boche«, aufgekommen im späten 19. Jahrhundert, ist eine herblassend-diffamierende Bezeichnung für Deutsche.] Erst nach geraumer Zeit gelang es uns den tief gekränkten Chauffeur durch Vermittlung eines Dolmetschers, aufzuklären und nachdem das Mißverständnis zufriedenstellen der Aufklärung gefunden hatte, schieden wir beiderseits mit großem Gelächter voneinander.

Die Weltstadt Paris wurde von uns allenthalben besichtigt. Wir fuhren auf den Eiffelturm, um das überwältigende Panorama von Paris auf uns wirken zu lassen, wir besichtigten den Louvre, wir fuhren zum Nachmittagskaffee in das [Anm.: Eigentlich *den*] Bois de Bologne usw. Natürlich vergaß der größte Teil unserer Expedition auch nicht, unter Mitnahme eines Hotelangestellten, welcher sich als Fremdenführer betätigte, das Pariser Nachtleben einmal zu studieren. In Paris konnte ich nur das Eine nicht verstehen, daß sich ein Spieler in unseren Reihen befand, welcher sonst im menschlichen Leben ein intelligenter Junge war, aber für die Schönheiten und Reize dieser Reise absolut kein Verständnis aufbringen konnte. Während wir die Sehenswürdigkeiten besuchten, lag er ständig im Bett und auf Vorbehalte von uns, meinte er dieser Kram interessiere ihn nicht. Auch dies war ein Standpunkt!

Von Paris aus ging die Fahrt durch Südfrankreich an die französische Grenze Sette-Portebou, wo verschiedene von uns alle Hände voll zu tun hatten bis sie die für Freunde in Spanien bestimmten größeren und kleineren Gegenstände glücklich über die Grenze gebracht hatten.

Auf spanischem Boden

waren wir Kavaliere erster Klasse, denn es ist für einen von Kultur beleckten Menschen, fast ganz ausgeschlossen, hier anders als erster Klasse

Ein ungleiches Paar.
Theo Lohrmann und Herrmann Richter, gen. „Wackel".

zu reisen. Nach langer herrlicher, teilweise am Meer entlang führender Fahrt erreichten wir in bester Stimmung Barcelona, wo wir von der Leitung des weltbekannten FC. Barcelona, unter Führung des Schweizer Fußballpioniers Gamper, bestens empfangen wurden. Hier konnten wir sofort bemerken, was der Schweizer Großkaufmann Gamper, welcher sich beruflich in Barcelona niedergelassen hatte, für den Fußballsport in Spanien Gutes getan hatte und welch dominierende Rolle Herr Gamper in der Sportbewegung Spaniens spielte. Der Schweizer hatte unter großen eigenen finanziellen Opfern verstanden, durch Heranbildung erstklassiger Fußballmannschaften und Heranziehung der größten Mannschaften Europas zu Wettspielen das Interesse der Spanier so zu heben, wie es vorher nie jemand für möglich gehalten hätte. Der Zulauf zu dem Volkssport Fußball war so enorm, daß sich selbst die Lieblingsleidenschaft der Spanier, der Stierkampf, beim Abhalten seiner Veranstaltungen nach den Terminen des FC. Barcelona richten mußte, wenn er nicht Gefahr laufen wollte, vor halb leerem Haus in Szene gesetzt zu werden.

Wahrlich ein großer Erfolg des Herrn Gamper. In dem besten Hotel Barcelonas, im Hotel Continental, durften wir einige fabelhafte Tage verleben. Zur Abwechslung badeten wir jeden Morgen im Meer. Autofahrten zur Besichtigung der Stadt Barcelona und der näheren interessanten Umgebung ließen bei uns keine Langeweile aufkommen. Insbesondere amüsierten wir uns köstlich auf dem ganz nahe bei Barcelona sich befindlichen »Tibidabo«, einem Berg, welcher auf seinem Gipfel einen großen Volksfestbetrieb hatte. [Anm.: Der Tibidabo ist einer der Hausberge von Barcelona.]

Die Stunden bis zu Beginn des ersten Kampfes mit der weltberühmten Elf des FC. Barcelona verrannen wie im Fluge. Unsere Mannschaft befand sich in ausgezeichneter körperlicher Verfassung und alle freuten wir uns auf den Kampf.

Der Zustrom der Zuschauermassen war überaus groß und wir hatten Mühe zu den Ankleidekabinen der hervorragenden Tribüne zu kommen. Wir Spieler hatten vor dem Spiel nur ein Bedenken und zwar interessierte uns, ob wir wohl mit dem ohne Grasnarbe daliegenden steinharten Boden uns gut abfinden würden. Zu unserer Genugtuung gelang uns dies dann vollständig. Schon der Beginn des Spiels war für das Publikum ein äußerst sensationeller, denn bereits die 1. Minute brachte für jeden Erschienenen eine Überraschung. Den Anstoß führte der deutsche Konsul aus. In zuvorkommender Weise spielte der Konsul den Ball natürlich den Spaniern zu. Der den Ball empfangende spanische Stürmer spielte denselben seinem Mittelläufer zu, damit dieser einen Kombinationszug einleiten sollte. Unser »Resi Franz« hatte jedoch diese Absicht sofort bemerkt, war dazwischen gefahren und konnte sich des Balles bemächtigen. Resi lief mit dem Ball noch 15-20 Meter, dabei noch einen Gegner umspielend und gab dann den Ball zu mir in die Mitte. Ich hatte bemerkt, daß der gegnerische Torwart noch nicht voll auf dem Posten war, sondern sich noch auf der einen Seite des Tores aufhielt. Da ich nicht sofort angegriffen wurde, versuchte ich entschlossener Art diese wahrgenommene Chance auszunützen, trotzdem die Hoffnung auf Erfolg für mich sehr klein war. Auf dem, einem Tennisplatz sehr ähnlichen Boden, ließ ich den Ball kurz aufspringen und brachte aus ca. 35 m einen Weitschuß an. Glück muß man in jeder Lebenslage haben. Ich hatte es in diesem Falle, denn der sehr überrascht zusehende spanische Torwart bemerkte den Schuß zu spät, da er noch nicht darauf gefaßt war und als er sich nach dem Ball warf, war das Unheil bereits geschehen. Der Ball lag in der Ecke seines Tores. Die Spielvereinigung Fürth führte 1:0. Für die Zuschauer hatte sich alles so rasch abgespielt, daß sie noch gar nicht richtig im Bilde waren, was eigentlich geschehen sei. Erst bei dem Anstoß der Spanier machten sie sich mit großem Beifall Luft.

Das Spiel verlief ungemein schnell und hart, ohne jedoch die Grenzen der Anständigkeit zu verletzen. In der Folge spielten wir als Vereinsmannschaft das Spiel unseres Lebens. insbesondere unsere Hintermannschaft mit Lohrmann, Müller, Wellhöfer, Lang, Hagen und Kleinlein war fabelhaft auf ihrem Posten. Die ungestümen Angriffe des spanischen Sturmes gaben ihnen oft und viel Gelegenheit sich auszuzeichnen und sie taten das im vollsten Maß. Insbesondere der spanische Mittelstürmer Samitier gab ihnen die härtesten Nüsse zu knacken. Dieser Spieler war ein Stürmer von seltenem Format. Ich habe auf unseren deutschen Spielfeldern noch keinen Stürmer gesehen, der so schnell war, der so gut das Kopfballspiel beherrschte und der so hoch springen konnte, um den Ball noch mit dem Kopf zu erreichen, wie Samitier. Außerdem besaß er die Gabe, ein fabelhafter Kombinationsspieler zu sein und hatte die Seltenheit, dazu noch die nötige Härte mitzubringen. Gegen Ende der zweiten [Anm.: Natürlich ist es die *erste*] Halbzeit gelang es den Spaniern durch Samitier, welcher unseren Lohrmann so ungestüm angegriffen hatte, wie wir es in Deutschland nicht kennen, den Ausgleich herbeizuführen. Die zweite Halbzeit stand im Zeichen eines forcierten Tempos. Die Kampfszenen vor beiden Toren wechselten kaleidoskopartig und die Wogen der Begeisterung der spanischen Zuschauer gingen hoch. Das spanische Publikum, von dem uns gesagt worden war, es wäre nur für seine Mannschaft eingestellt, gab uns Proben so große Objektivität, wie wir es nur äußerst selten erlebt haben. Durch das unserer Spielvereinigung[s]mannschaft besonders gut liegende typische schottische Flachpaßspiel begeisterten wir das Publikum so, daß es auch uns ständig durch Zurufe anfeuerte.

Eine unschöne Begleiterscheinung hatte aber das Spiel für uns doch, dies war der Schiedsrichter. Er benachteiligte uns, wo und so oft er nur konnte, insbesondere aber, wenn wir in die Nähe des spanischen Tores kamen. So gab er ein von uns erzieltes Führungstor nicht. Wir konnten uns ja mit ihm darüber nicht herumstreiten, denn wir verstanden uns beiderseitig nicht. Durch Gesten macht er uns aber verständlich, daß nach seiner Meinung Handspiel dabei war. Dies traf aber nicht zu. Das Publikum nahm Partei für uns und veranstaltete gegen

Süddeutschland – Niederösterreich 2:0
Von oben: Hagen; Schneider, Sutor; Lang, Resi Franz, Wunderlich, Kugler, Träg, Lohrmann, Schiedsrichter Hirrle – Basel.
Sitzend: Riedel und Seiderer.

diesen Schiedsrichter ein großes Pfeifkonzert. Der Schiedsrichter ließ sich jedoch nicht aus seiner Ruhe bringen und gab das Tor nicht. Bei einem Vorstoß der spanischen Stürmer ließ sich dieser Spielleiter dann zu sehr anmerken, daß er unbedingt einen Sieg der Mannschaft des 1. FC. Barcelona haben wollte. Vielleicht hatte er auch von berufener Seite den Auftrag, unbedingt dieses Spiel auf Sieg für die spanische Mannschaft zu schiedsrichtern? Wer kann dies wissen? In Spanien ist so etwas sehr leicht möglich, wie uns nach dem Spiel erzählt wurde. Meines Wissens ist dies ja auch schon in Deutschland vorgekommen. In diesem Fall war es für den Schiedsrichter das einfachste, einen Elfmeter zu geben und das tat er auch sofort. Unser Verteidiger Wellhöfer griff einen gegnerischen Stürmer in durchaus korrekter Weise an, als sich der Schiedsrichter bemüßigt fühlte, einen Elfmeter gegen uns zu verhängen. Darüber herrschte natürlich in unseren Reihen große Aufregung, aber was konnten wir dagegen tun. Wir taten in diesem Falle das einzig richtige und verhielten uns im Interesse des guten Ansehens des Deutschtums in Spanien ruhig. Anders verhielt sich das spanische Publikum, in dessen Herz wir uns schon hinein gespielt hatten. Ein Höllenlärm wurde von den Zuschauern veranstaltet. Der Schiedsrichter wurde mit kleinen Steinchen beworfen und als alles nichts half, übersprang sogar ein enthusiastischer Spanier die Barriere und griff den Schiedsrichter tätlich mit dem Stock an. Dieses Durcheinander wurde aber von der um das ganze Spielfeld postierten spanischen Polizei, welche ungemein scharf gegen diese Ruhestörer vorging, wieder in geordnete Bahnen gelenkt. Diese leidenschaftliche Anteilnahme der

Zuschauer freute uns alle sehr, doch die Ausführung des Elfmeterballes konnte sie nicht unterbinden. Trotzdem wir uns bemühten, den spanischen Nationalheros Samitier zu veranlassen, den Ball zu verschießen, schoß er denselben ins Tor und verschaffte dadurch seiner Mannschaft kurz vor Schluß des Spieles den 2:1 Sieg. Dieser Sieg erfreute die Anhänger des FC. Barcelona aber absolut nicht. Im Gegenteil, das wieder einsetzende Pfeifkonzert und die uns geltenden Ermunterungsrufe zeigten, daß die Zuschauer mit dieser Entscheidung nie einverstanden waren.

Am Schluß des Spieles waren wir der Gegenstand begeisterter Ovationen und unsere Fahrt im Auto vom Platz des FC. Barcelona bis zu unserem weit davon entfernt liegenden Continental-Hotel war für uns die Fahrt eines einzigartigen Triumphes. Wir hätten meinen können, daß wir die Sieger geworden wären, so begeistert umschwärmten die spanischen Sportanhänger unseren Wagen. Die Leitung des FC. Barcelona sprach uns bei dem darauffolgenden zwanglosen Abendessen ihre Glückwünsche für das gezeigte hervorragende Spiel aus und zu gleicher Zeit gab sie der Meinung kund, daß es ihr leid tue, daß der Schiedsrichter uns in einer derartigen Weise benachteiligt hätte.

– Fortsetzung folgt –

Tony Seiderer erzählt...

14. Fortsetzung

Für das am nächsten Tag stattfindende Rückspiel auf gleichem Boden wurde uns, auf unseren energischen Protest hin, ein anderer und zwar ein besserer Schiedsrichter versprochen. Diese Kunde vernahmen wir sehr gerne, aber der Glaube an einen besseren Schiedsrichter fehlte uns noch. An diesem Abend besuchten wir noch ein Varieté und legten uns bald schlafen, um am anderen Tage wohl ausgeruht den Kampf wieder aufnehmen zu können.

Interessant für uns war, daß sich vor unserem Hotel, welches sich auf der berühmten Ramblas befand, begeisterte Anhänger des Fußballsports die ganze Nacht über aufhielten und uns von Zeit zu Zeit immer wieder begeisterte Ovationen darbrachten. Viele davon besprachen die ganze Nacht in ihrer leidenschaftlichen Art und Weise das Spiel und warteten, bis sie am anderen Morgen unserer wieder ansichtig wurden, was sie dann mit frenetischem Beifall begleiteten. Das Spiel am darauffolgenden Tage hatte eine noch größere Zuschauermenge auf die Beine gebracht. Die Stimmung im Publikum war wieder eine große und der Beifall, mit dem wir bei dem Erscheinen auf dem Platz überschüttet wurden, war ein äußerst herzlicher. In einem wunderbaren, scharfen Kampf wurde dieses Match durchgeführt. Beide Mannschaften spielten aber ein ganz anderes Spiel als am Tage vorher. Jede Mannschaft war mit Aufbietung aller Kräfte bemüht, vor allen Dingen kein Tor zu bekommen, ohne jedoch nur zu verteidigen und den Angriff zu vernachlässigen. Der Schiedsrichter war an diesem Tag so unparteiisch, daß wir an ihm unsere Freude haben konnten. Torlos ging es in die Pause. Auch in der 2. Halbzeit konnte trotz größter Bemühungen beiderseits keine Mannschaft ein Tor erzielen und wir Spieler hatten uns alle schon damit abgefunden, daß es unentschieden 0:0 enden würde. Da sollte es, wieder kurz vor Schluß, für uns nochmals eine Überraschung geben. Der bis dahin wirklich objektive und gute Schiedsrichter wollte, wie sein Vorgänger im Spiel am Tag zuvor, auch dieses Spiel durch einen Elfmeter zur Entscheidung bringen. Dieses Mal waren wir aber nicht gesonnen, diese Entscheidung wieder so ruhig einzustecken als am Vortage. Trotz größter Proteste unsererseits und des Publikums beharrte der Schiedsrichter auf seine Entscheidung. Aus diesem Grunde setzte ich mich mit dem Spielführer der Spanier, mit dem Halblinken Dr. Alcantara, welcher ein sprachengewandter Mensch war, in Verbindung und erklärte ihm, daß ich mit meiner Mannschaft das Spielfeld unbedingt verlassen würde, wenn dieser unberechtigte Elfmeter ausgenützt würde. Ich sagte ihm auch noch, daß ich es für mehr als unfair halte, wenn man in derartiger Weise seinen Gegner besiegt. Der spanische Spielführer teilte mir mit, daß es unter keinen Umständen gehe, daß wir das Spielfeld verlassen, denn das leidenschaftliche Publikum würde dann wüste Ausschreitungen unternehmen. Auf meine Antwort, dafür hätte ich dann nicht die Verantwortung, sondern der Schiedsrichter, erklärte er mir, wir sollen bleiben, er werde den Elfmeter nicht einschießen. Nun brachten wir beide wieder Ruhe unter die Spieler und unter atemloser Stille setzte sich Alcantara den Ball zurecht. Nach dem Ausführungspfiff des Schiedsrichters ging Alcantara mit große Ruhe an den Ball und beförderte denselben mit leichtem Stoß unserem Lohrmann in die Hände. Darauf ging ich zu Alcantara und bedankte mich für seine sportlich faire Gesinnung, welche er an den Tag gelegt hatte. Das Publikum war mit dieser Haltung Alcantaras hochzufrieden und klatschte begeistert Beifall, während der Schiedsrichter kreidebleich und wutentbrannt danebenstand. Die restlichen Minuten der Spielzeit hüteten wir uns, so gut es eben ging, den 16-Meter-Raum zu betreten, aus Angst, der Schiedsrichter würde sonst sofort wieder Elfmeterball geben. An dem Resultat änderte sich nichts mehr und dieser 2. Kampf endete also 0:0.

Aus den uns nun ständig verfolgenden übermäßig vielen Spielangeboten konnten wir ersehen, daß die Mannschaft der Spielvereinigung Fürth es in guter Weise verstanden hatte, den deutschen Fußballsport in Spanien zu vertreten. Die Leitung des FC. Barcelona verpflichtete uns am gleichen Abend noch für zwei Spiele im kommenden Jahr und zwar unter bedeutend höheren Bedingungen und erklärte uns freimütig, daß wir für Sie ein gutes Zugstück seien, da wir besser gefallen hätten als alle vorher verpflichteten Mannschaften des Auslandes, einschließlich der englischen Profis. Nach einem netten Abend ging es am anderen Morgen wieder weiter. Für eine Fußballmannschaft, welche sich auf einer Tournee befindet, gibt es ja nichts anderes, als rastlos immer weiter, immer weiter. Die Anhänger des FC. Barcelona begleiteten uns zum Zug, welcher uns über Zaragossa nach unserem nächsten Ziel Santander bringen sollte. In rührender Weise nahm sich die Leitung des FC. Barcelona unser an und der leiseste Wunsch, den wir äußerten, wurde uns erfüllt. Wir wurden verproviantiert, daß man meinen konnte, jetzt gehe es auf eine Weltreise oder wir könnten nun lange nichts mehr zu essen bekommen. Mit einem in den Bahnhofshallen donnernden Hipp, Hipp, Hurrah schieden wir von unseren neuen Barceloner Freunden.

Auf der langen Bahnfahrt nach Bilbao hatte der erstmals in unseren Reihen sich befindliche Höger großen Durst. Bei einem längeren Aufenthalt auf einer Station sah er eine Frau mit großen Melonen stehen. Flugs begab er sich zu ihr und erstand sich nach längerem Feilschen eine übergroße Melone, in der Meinung, daß dies eine sogenannte saftige Zuckermelone sei. Groß jedoch war sein Erstaunen und groß war unser Gelächter, als sich beim Versuchen der Melone herausstellte, daß dies nur eine ganz gewöhnliche Wassermelone war, welche wie ein roher Kürbis schmeckte. Da niemand davon haben wollte, und Höger seiner guten spanischen Valuta nachtrauerte, setzte er sich in eine Ecke und verschlang bis Bilbao den ganzen Kürbis, wie wir sagten, mit einer direkten Todesverachtung. Nun war er wieder beruhigt, denn er hatte ja für sein gutes Geld etwas gehabt, wenn es auch nur ein roher Kürbis war.

In Bilbao angekommen verbrachten wir eine Nacht dort, um am anderen Morgen mit einer Lokalbahn nach Santander zu fahren. Diese Lokalbahn nach Santander ist zweifelsohne eine der interessantesten Bahnen, welche ich bisher gesehen habe. Es ist eine Schmalspurbahn, deren Geleise stellenweise so an den Felshängen hinführen, daß es für uns fremde Passagiere fast schwindelerregend wirkte. Eine Fahrt mit dieser Bahn birgt große Reise [Gemeint ist wohl *Gefahr.*] in sich, denn tief unten befindet sich das blaue Meer, während man aber ständig mit Angst erfüllt sein muß, der Zug würde über die Felsen abstürzen. Dazu kommt, daß der Zug, trotzdem er nur Schmalspur hat, ein ziemliches Tempo fährt und aus diesem Grunde naturgemäß ständig stark hin und her schwankt. Auf dieser Bahn gehört es absolut nicht zu den Seltenheiten, daß Passagiere seekrank werden. In meinem Magen rumorte es auf dieser Fahrt auch schon verdächtig und ich war froh, als ich diesem Zug wieder entkommen war. Auf dieser Fahrt gab es nur Holzklasse [Anm.: 3. Klasse Wagen mit einfacher Ausstattung] und mit den zum Markt fahrenden Fischerweibern hatten wir unsere Unterhaltung. Wir zeigten diesen Frauen, welche überaus lustig waren, unser blinkendes neues Notgeld von dem jeder von uns eine Portion einstecken hatte und auf ihr Bitten schenkten wir ihnen eine erhebliche Anzahl derartigen Geldes.

Wir machten ihnen auch verständlich, daß sie damit auf die »Banca« [Bank] gehen müssten, wo sie dafür gute Pesetas erhalten würden. Im Geiste stellten wir uns vor, was sie wohl für Augen machen werden, wenn sie mit ihrem Blechgeld auf der Bank wieder abziehen müssen. Froh waren wir, daß wir auf der Rückfahrt die Fischerfrauen nicht mehr trafen. Einer von uns hatte ein besonders großes Stück Blechgeld. Auf dieses Stück war eine junge Fischermaid direkt versessen. Durch Gebärden und Zeichensprache machten wir ihr nun klar, daß sie dieses Stück auch haben könnte,

aber nur unter einer Bedingung, daß sie unserem, in jeder Beziehung rührigen Reisebegleiter Baurat Kraus einen Kuß gebe. Die kleine spanische Schönheit machte nun einen Angriff auf unseren Vorstand, um sich dieses Geldstück zu erwerben. Es war köstlich anzusehen, wie das überraschte Baurätchen sich mit Händen und Füßen wehren mußte, daß die schrecklich nach Fischen riechende holde Maid sich dieses Geldstück nicht verdienen konnte. Als der Scherz unserem Baurat zu lange dauerte, denn die Fischerin wollte unter allen Umständen das Geldstück haben, gaben wir es ihr auch ohne Erfüllung ihres Auftrages, sonst hätte sie unseren Baurat sicher noch lange bedrängt.

Mit solcherlei kurzweiligem Unsinn erreichten wir Santander, wo wir gegen den Racingklub Santander, dessen Protektor König Alfons war, am nächsten Tag antraten. Dieses Spiel war für uns kein sehr schweres, denn die Mannschaft des Racingklubs war bedeutend schlechter, als die des FC. Barcelona. Wir beschränkten uns auch darauf, ein schönes, flaches Kombinationsspiel vorzuführen und gewannen leicht mit 5:1 Toren. Unser Gegentor war selbstverständlich ein Elfmeter, denn ohne einen solchen geht es in Spanien fast nicht. Das netteste war, daß uns der spanische Schiedsrichter auch einen Elfmeter gab, worüber wir sehr erstaunt waren. Da uns Kamerad Höger einmal zeigen wollte, wie ein gut geschossener Elfmeter aussieht, ließen wir ihn denselben ausführen. Und das war gut so! Dadurch bekamen wir wieder viel Gesprächsstoff für die Reise. Höger, genannt »Schlappen«, setzte sich den Ball zurecht und lief an, um den Elfmeterball totsicher zu verwandeln, wie er vorher sagte. Aber was mußten wir sehen, unser Schlappen traf den Ball sehr schlecht und schoß den Strafstoß

Aus dem Spiel Süddeutschland – Niederösterreich 1:1 in München.

schwach und weit neben das Tor. Er bekam ein ganz rotes Köpfchen und protestierte heftig gegen den Schiedsrichter, welcher ihm aber keine Antwort gab. Ein neben dem Tor stehender Spanier hatte mit einem Steinchen nach dem auf dem Elfmeterpunkt liegenden Ball geworfen und denselben in diesem Moment getroffen, als Höger gerade darauf schlagen wollte. Durch die Treffsicherheit dieses Spaniers wurde also der Ball im wichtigsten Moment etwas auf die Seite geschoben und dadurch kam der Fehlschlag zustande. Wir anderen Spieler lachten natürlich weidlich darüber und hänselten dann unseren guten »Schlappen« bei jeder Gelegenheit, mit seinem großartigen Elfmeter. Da in diesem ersten Spiel infolge ungünstigen Wetters nur sehr wenige Zuschauer gekommen waren und der veranstaltende Club ein großes Defizit hatte, entschlossen wir uns am nächsten Tag noch einen Revanchekampf auszutragen. Dieses Spiel war dann auch gut besucht und wurde mit 6:1 gewonnen. Während dieses Treffens ging ich, da ich das Glück hatte, nicht spielen zu müssen, am Meeresstrand entlang und betrachtete mir die Schiffe, welche weit außen vor dem Hafen lagen und nicht einfahren konnten, da die See zu unruhig war. Am Abend lernten wir einen bayerischen Brauer aus Erlangen kennen, welcher uns zu sich führte, wo wir sogenanntes bayerisches Bier, welches er selbst herstellte, bekamen. Dieser Stoff war wohl kein original bayerisches Bier, aber doch sehr gut. Nachdem wir schon einige Zeit auf den von uns geliebten Stoff verzichten mußten, schmeckte es uns besonders gut.

Für mich persönlich wäre es besser gewesen, wenn ich davon nicht getrunken hätte. Auf dieses Eisbier bekam ich nämlich Brechdurchfall und wurde schwer krank. Die noch folgenden beiden Spiele in Bilbao konnte ich nicht mehr mit austragen helfen. Ich mußte froh sein, durch die Kunst eines in Santander ansässigen, alten, ehrwürdigen deutschen Arztes in einigen Tagen wieder so weit hergestellt zu sein, daß ich mit der Mannschaft nach Bilbao reisen und die beiden Spiele von der Tribüne aus ansehen konnte. Trotzdem bei beiden Spielen

in Bilbao

sehr warmes Wetter herrschte und ich dazu noch in einem geliehenen Pelzmantel auf der Tribüne saß, fror ich, wie ich in meinem ganzen Leben noch nicht gefroren habe. Ich hielt aber aus, denn gegen Bilbao waren die Spiele sehr interessant. Der FC. Bilbao hatte in jener Zeit unter Leitung des Engländers Pentland, welcher in Deutschland durch seine Tätigkeit als Trainer bekannt ist, eine sehr gute 1. Fußballmannschaft beisammen. In der spanischen Meisterschaft unterlag der FC. Bilbao damals dem FC. Barcelona nur ganz knapp. Unsere Mannschaft war gerüstet für einen großen Kampf, aber was sie in dem ersten Spiel an unfairem Spiel sehen mußte, das ging schon auf keine Kuhhaut mehr, wie man zu

Hartes Spiel

Die in diesem und dem folgenden Abschnitt geschilderten Fouls sind heutzutage völlig undenkbar, zeigen aber sehr deutlich die Härte, mit der gespielt wurde. Die Tatsache, dass Pachter mit ausgekugeltem Arm, bzw. nachdem ihm seine Mitspieler den Arm wieder eingerenkt hatten, weiterpielt, spricht Bände – man war nicht zimperlich …

sagen pflegt. Das Spiel begann mit ungemein schnellen, ungestümen Angriffen der spanischen Stürmer. Diese gingen dabei unseren Torwart Lohrmann in einer Art und Weise an, daß man es als Zuschauer direkt mit der Angst zu tun bekam und denken mußte, es gäbe noch ein Unglück. Der spanische Schiedsrichter griff nicht ein, sondern ließ die spanischen Stürmer [sich] ruhig austoben. Das Publikum war über diese Kampfesweise geradezu entzückt und sorgte [Es muss hier *sparte* heißen.] bei Angriffen auf den blonden deutschen Riesen, wie Sie unseren »Tetsch« nannten, nicht mit Beifall. Bald nach Beginn dieses Spieles trug diese Kampfesweise die ersten Früchte. Bei einem Gedränge vor dem Tore wurde unser Tormann, welcher den Ball bereits in Händen hatte, von zwei spanischen Stürmern zuerst derart an den Torpfosten und dann ins Tor geworfen, daß er erheblich lange liegen blieb. Die Mannschaft der Spielvereinigung lag also mit 0:1 im Hintertreffen. Daß der Schiedsrichter hier eingreifen würde, durften wir nicht erwarten. Als Ersatzmann für Lohrmann trat unser kleiner, aber auch hervorragender Ersatztorwart Pachter in die Mannschaft ein. [Anm.: Offensichtlich waren hier (verletzungsbedingte) Auswechselungen möglich.] Als die spanischen Zuschauer diesen an Wuchs so kleinen Torwart sahen, freuten sie sich schon darauf, wie er bald fliegen würde. Wirklich sollte es auch sofort so kommen. Unser Pachter mußte in Bilbao einen so schweren Sturz erleben, wie ich ihn bis heute nie wieder von einem Torwart gesehen habe. Eine schöne Flanke des gegnerischen Linksaußen holte sich unser kleiner Torsteher in kühnem Sprung herunter. Während er sich aber mit dem Ball noch in der Luft befand, wurde er von zwei spanischen Spielern so unterstellt, daß er einen Salto mortale nach rückwärts in das Netz schlug und dort, wohl den Ball noch in seinen Armen haltend, aber halb bewusstlos und mit ausgekugeltem Arm liegen blieb. Das Publikum klatschte Beifall.

Unsere Spieler kugelten ihrem Torwart den Arm wieder ein und bemühten sich, ihn wieder ganz zu sich zu bringen, was ihnen auch bald gelang. Der FC. Bilbao führte nun 2:0. Die stärksten Proteste dem Schiedsrichter gegenüber halfen nichts. Was gabs nun für unsere Spieler zu tun? Sie fingen

an, nachdem sie vom Schiedsrichter nicht geschützt wurden, sich selbst zu schützen und zwar in so reichlichem Ausmaß, daß die spanischen Spieler staunten. Auch wir hatten Spieler in unseren Reihen, welche nicht aus Pappe waren und diese verschafften sich durch ebenso hartes Spiel dermaßen Respekt bei dem Gegner, daß dieser nach und nach anfing, anständig zu spielen, aber erst, als der Gegner bemerkte, daß er in dieser Beziehung auch bei den Fürthern auf Granit beißen mußte. Ein Fall blieb mir in besonders guter Erinnerung. Mein Freund Hans Hagen, als rechter Läufer tätig, hatte mit seinem Außenstürmer ganz besonders schwer zu schaffen.

Erwischte der »Prinz« den Ball und das war meistens der Fall, so schlug ihm sein gegnerischer Außenstürmer konstant nach und zwar gar nicht schüchtern. Seine Beschwerden beim Schiedsrichter blieben unberücksichtigt. Da er auf längere Zeit schon wie ein Rohrspatz schimpfte und ich ihn doch genau kannte, wartete ich direkt darauf, wie er sich selbst Abhilfe schaffen würde. Bei seinem explosiven Charakter, welcher auf die Dauer das »Nureinstecken« nicht vertragen konnte, ohne in Schutz genommen zu werden, mußte sich irgendetwas ereignen. Und es ereignete sich etwas!

– Fortsetzung folgt –

Tony Seiderer erzählt...

15. Fortsetzung

Zur Erläuterung muss ich hier noch ausführen, daß sich um das Spielfeld in einem Abstand von ca. einem Meter ein vielleicht 60 Zentimeter hoher Stakettenzaun als Abschluss befand. Kurz nachdem ihm der Außenstürmer wieder einmal einen Schlag versetzt hatte, wollte derselbe Spieler mit dem Ball in schnellem Lauf an unserem bereits grimmigen »Prinz« vorbei laufen. Dies sollte ihm jedoch nicht gelingen. Als sich der Gegner auf gleicher Höhe mit unserem Hans befand, schlug ihm dieser so zwischen beide Beine, daß er sich kolossal überschlug und auf der anderen Seite des Stakettenzaunes in stark ramponiertem Zustand landete. Der Schiedsrichter war großzügig und gab nur Strafstoß, ohne unseren »Prinzen« zu verwarnen.

Das Publikum, von welchem ich gedacht hätte, daß es nun Hagen lynchen würde, freute sich über diese Leistung. Von diesem Moment an war dieser Außenstürmer ein fairer Spieler. Als das Spiel dann in anständigem Rahmen blieb, kam unsere Mannschaft mehr auf und spielte einen herrlichen Fußball. Als äußeres Zeichen des guten Spiels sprachen die erzielten 4 Tore. Einige Minuten vor Schluß beim Stand von 4:2 für die Spielvereinigung Fürth gab der Schiedsrichter selbstverständlich rasch noch einen Elfmeter gegen uns. Wahrscheinlich, daß das Resultat damit etwas besser aussehen würde. Der Elfmeterball saß prompt, wurde aber auf Geheiß des Schiedsrichters, da einige spanische Spieler bereits vor Ausführung des Schusses den 16 Meter Raum betreten hatten, noch einmal wiederholt. Nun schickte sich ein anderer spanischer Spieler an, den Stoß auszuführen.

Dieser Spieler besaß bei den Zuschauern besondere Sympathie und war sich dessen auch voll bewusst. Er setzte sich den Ball zurecht und nahm dann ungefähr 15 Meter Anlauf. Aller Voraussicht nach wollte er den Ball mit solcher Wucht ins Netz schlagen, daß er gleich hindurch fahren sollte. Aber es kam anders. Nach dem ungeheuren Anlauf erwischte er den Ball etwas tief und schlug ihn dadurch hoch in die Luft. Das enttäuschte spanische Publikum veranstaltete ihm zu Ehren ein solennes Pfeifkonzert. [Anm.: »Solenn« ist ein heute ungebräuchliches Wort, das in diesem Zusammenhang etwa »pathetisch« oder »inbrünstig« bedeutet.] Das war echt spanisch. Zuerst ungeheurer Beifall, als sich der Stürmer zur Ausführung dieses Elfmeterstoßes anschickte, dann noch größere Pfiffe, als es kein Tor gab.

Das am nächsten Tag stattfindende Rückspiel konnte von den Fürthern auch gewonnen werden und zwar mit 2:1 und was das erfreuliche daran war, unter guter Leitung und ziemlich fairem Spiel. Trotzdem atmete unsere Mannschaft mit dem Schlußpfiff des Schiedsrichters auf und war sich nun restlos einig darüber, daß sie nun froh sei, für dieses erste Mal alle Spiele auf spanischem Boden hinter sich zu haben. Die allgemeine Ansicht ging dahin, daß man mehrere Spiele, wie das erste in Bilbao, unmöglich aushalten könnte ohne nicht irgendwelche schwere körperliche Schäden zu erleiden. Auf der Heimreise waren die ausgehaltenen körperlichen Strapazen rasch vergessen. Nach einem kurzen Besuch des mondänen, ich darf wohl sagen, des elegantesten Weltbades auf dem mitteleuropäischen Kontinent, San-Sebastian, ging es durch Frankreich rasch wieder in die Heimat. Die mächtigen Eindrücke, welche diese Wettspielreise bei den Spielern hinterlassen hat, werden wohl das ganze Leben lang in uns nachwirken. Im November 1922 absolvierten wir eines unserer Freundschaftsspiele

Das liebe Geld

Seiderer erwähnt des öfteren, dass »Sponsoren« und Eintrittsgelder die Vereinskosten tragen. Die Fotografien zeigen aber auch Werbung in den Stadien, zum Beispiel an der Bande. Offensichtlich ist das bereits in den 1920ern üblich. Die Finanzen der Vereine in jener Zeit sind allerdings sehr nebulös. Ob und wieviel Geld an Spieler floss … darüber verliert der Lony kaum ein Wort.

Der strikte Amateurstatus verbietet Gehälter und Handgeld, deren Annahme streng sanktioniert wird (Sperrung). Seiderer schreibt aber auch von »zustehenden Spesen«. Um welche Beträge es geht, bleibt unklar. Eines ist unbestreitbar: diese Leute haben unter Profibedingungen trainiert und gespielt – das geht kaum mit einem Vollzeit-Job. Spesen, Sachzuwendungen, gewogene Arbeitgeber, vielleicht großzügige Darlehen etwa zur Eröffnung eines Ladens. Wurden Top-Spieler solcherart materiell versorgt? Derartiges ist heute noch im Amateurbereich zu beobachten. Ob und wieviel damals tatsächlich, in welcher Form auch immer, bezahlt wurde, kann man nicht sagen.

in Prag mit der Slavia,

mit welcher unser Klub gute Freundschaft in sportlichem Verkehr geschlossen hatte. Der 1. FC. Nürnberg spielte stets gegen Sparta-Prag und wir stets gegen Slavia. Das Nürnberg-Fürther Publikum hatte so Gelegenheit, bei den Rückspielen in Nürnberg und Fürth nicht nur die eine der beiden Klassemannschaften Prags zu sehen, sondern abwechselnd einmal Sparta und einmal Slavia. Die Kämpfe waren für

Die Mannschaft der Slavia Prag, der Gegner der Spielvereinigung Fürth.

die Anhänger des runden Lederballs stets sportliche Leckerbissen, welche wir augenblicklich leider nicht vorgesetzt bekommen können. Diese Reise nach Prag, zur Abwicklung unseres fälligen Rückspieles, stellte sowohl an die Leitung des Vereins als auch an die Mannschaft große Anforderungen. Ende 1922 war es bereits durch die herrschende Inflation für uns sehr schwer, unsere, Slavia gegenüber eingegangene Verpflichtung, einhalten zu können. Nur durch die große Liebe zu unserem Verein (wir Spieler verzichteten auf den Hauptteil der uns zustehenden Spesen), konnte die Fahrt angetreten werden. Wir Spieler freuten uns der kommenden Begegnung mit den Mannen der Slavia und traten freudig und lustig, wie stets, diese Reise an. Getrübt wurde diese Stimmung nur durch die überaus ängstliche Zollkontrolle der Tschechen in Eger, welche sogar jeden unserer Fußballstiefel genau untersuchte, ob alles in Ordnung sei. Der Wettergott hatte nun in Prag mit einem regnerischen Wetter aufgewartet, aber trotzdem kamen über 10.000 Menschen auf den Platz und begeisterten sich an einem ungemein fesselnden Kampf, den die an diesem Tage in Höchstform sich befindliche Slaviamannschaft mit 4:2 gewinnen konnte. Wir hatten in diesem Kampf einen großen taktischen Fehler begangen. Wir hatten das Tempo des Spieles so forciert, daß es unmöglich war, während der ganzen Spieldauer dies auszuhalten. Wir führten wohl bei Halbzeit noch 2:1, aber eine nach Seitenwechsel sich bei uns einstellende kurze Ermüdungserscheinung genügte für die Klassemannschaft der Slavia schon, um uns besiegen zu können. In den Reihen der Slavia spielte der auf dem ganzen Kontinent gut bekannte Mittelstürmer Vanik das Spiel seines Lebens. Dabei hatte er noch in dem kleinen Halblinken Lastovirka eine Unterstützung, wie man sie herrlicher sich gar nicht vorstellen kann. Nach Ansichten prominenter

Sportpersönlichkeiten erreichte die Slaviamannschaft in diesem Spiel eine ihrer besten Leistungen des ganzen Jahres. Trotz der Niederlage haben wir uns in Prag durch dieses Spiel große Sympathien erwerben können. Interessant an den Begegnungen mit Slavia dürfte die Feststellung sein, daß wir beide in Prag absolvierten Spiele verloren haben und zwar jedes Mal mit 2:4. Die Slavia-Mannschaft konnte aber auch bei uns in Fürth nie gewinnen, mit 4:0 und 3:2 gaben wir ihnen auf heimischem Boden stets das Nachsehen. Auf der Heimreise führte unser »Prinz«, dem es die Grenzbeamten in Eger angetan hatten, einen von ihnen kräftig aufs Eis. Seine durch die schlechten Bodenverhältnisse sehr schmierigen Fußballschuhe stopfte er in seine Fußballstrümpfe und legte dieselben ganz unten in seinen Fußballkoffer. Nun freute er sich schon auf die Grenzkontrolle in Eger. Daselbst angekommen, beeilte er sich, um als erster kontrolliert zu werden. Auf die Frage des Grenzbeamten, ob er etwas zu verzollen hätte, antwortete er mit nein. Der Beamte ließ ihn seinen Koffer aufmachen und langte tief unten hinein. Da verspürte er die harten in den Strümpfen eingewickelten Fußballschuhe und fragte Hans, was dies sei. Der »Prinz« sagte nur, daß dies nichts zu verzollen sei. Da der Grenzbeamte aber scheinbar unserem rechten Läufer misstraute, machte er einen Strumpf oben auf und langte hinein, um die Schmuggelware erfassen zu können. Rascher jedoch, als er in den Strumpf gelangt hatte, fuhr er mit seiner Hand wieder heraus, denn der weiche, sehr zähe Schlamm des Slavia-Platzes, welcher noch an dem Schuh hing, war ihm wahrscheinlich unheimlich geworden. Als er nun noch sah, wie schmutzig seine Hand geworden war und aus diesem Grunde noch weidlich schimpfte, sagte unser »Prinz« zu ihm mit lachenden Gesicht, »ih hob doch net gsagt, daß sie doh nei langa solln, ih hob bloß sagt, dös is nix zu verzolln«.

Italien – Deutschland 3:1. Ein glänzender deutscher Angriff. – Seiderer schießt Tor.

Italien – Deutschland 3:1. Ein deutscher Vorstoß, Träg am Ball; Seiderer auf gleicher Höhe.

Daß wir Umstehenden auch nicht ernst dabei blieben, sondern ein großes Gelächter anstimmten, läßt sich ja denken.

Ganz kurz möchte ich des Länderspiels

Deutschland – Italien in Mailand am 1. Januar 1923

gedenken. Die deutsche Mannschaft wurde von einer Kombination Nürnberg-Fürther Spieler gestellt und war voller Hoffnung auf einen deutschen Sieg. Als wir jedoch in Mailand den Platz zu sehen bekamen, auf welchem dieses Spiel stattfinden sollte, waren wir schon nicht mehr so ganz guter Hoffnung, wie vorher. Was mußten wir da sehen? Einen in seinen Ausmaßen ganz kleinen Fußballplatz mit einer sehr dünnen, dafür aber umso schlechteren Grasnarbe versehen. Wir konnten damals alle nicht begreifen, daß ein Länderspiel auf einem derartigen Platz zum Austrag gelangen sollte, da wir doch durch vorhergehende Spiele mit unseren Vereinsmannschaften ganz genau wussten, daß in Mailand auch bessere Plätze vorhanden gewesen wären. Für unser raumgreifendes Stellungsspiel war dieser Platz zu klein und zu schmal, doch glaubten wir dennoch, uns gut aus der Affäre ziehen zu können. In der ersten Hälfte spielten wir ein sehr nettes Spiel, konnten es aber nicht zahlenmäßig zum Ausdruck bringen, da durch die Enge des Platzes die gegnerische Hintermannschaft es verhältnismäßig leicht hatte, gut eingreifen zu können. Die Ausbeute unserer ständigen Angriffe war lediglich ein Tor, welches meine Wenigkeit aus vollem Lauf heraus mit einem gewaltigen Schuß erzielen konnte. Nach meiner persönlichen Meinung war dies eines der schönsten, welches ich in meiner sportlichen aktiven Laufbahn erzielen konnte. Für mich war es besonders schön durch den Umstand, da es mir gelang, mit einem kernigen Gewaltschuss die von Begeisterung sprühende und kochende Volksseele der italienischen

Zuschauer einzudämmen. Wie gelähmt war durch diesen Schuß die beifallsfreudige Masse, fast keine Hand rührte sich zum Beifall, so schwer ging dieses Tor den Zuschauern auf die Nerven (siehe Bild). Anders in der zweiten Halbzeit, wo unsere Hintermannschaft die letzte Viertelstunde nicht mehr überstehen konnte und rasch 3 Tore aufgebrummt bekam. Da kannte die Begeisterung der Massen keine Grenzen mehr und mit echt südländischem Geschrei wurden die Erfolge gefeiert. Als Cevenini, in Italiens Sportkreisen genannt der »göttliche Sohn«, den zweiten Treffer erzielen konnten, drangen besonders begeisterte Zuschauer in den Platz ein und küßten ihn so lange ab, daß der Schiedsrichter und die herbeigeeilte Polizei große Mühe hatten, das Fußballfeld wieder von der begeisterten Masse zu räumen.

Eines der sensationellsten Resultate

gelang unsere Spielvereinigungsmannschaft Anfang 1923 gegen die Mannschaft des damaligen Deutschen Meisters, des Hamburger Sportvereins. Es gelang uns, dem HSV. mit dem Torresultat von 10:0, wohl eine in der Geschichte des deutschen Fußballsportes ziemlich beispiellose Niederlage einer Meistermannschaft beizubringen. [Anm.: Bis heute wohl die höchste Niederlage der Hamburger].

Trotz des wenig verlockenden Wetters hatte sich zu diesem Kampf, welcher auf unserem Ronhofer Gelände stattfand, eine große Zuschauermenge eingefunden. Die Masse der Fußballanhänger in Nürnberg-Fürth wollte die berühmte HSV.-Mannschaft, welcher es gelungen war, dem 1. FC. Nürnberg in seinen Kämpfen um die deutsche Meisterschaft, ein erfolgreiches Paroli zu bieten, einmal bewundern. An diesem Tage konnten die Zuschauer jedoch die berühmte Kunst des HSV nicht bewundern, denn in der Hauptsache war nur eine Mannschaft auf dem Feld, welche Fußball spielte und das war die Mannschaft der Spielvereinigung Fürth. Der Ball lief in unserer Spielvereinigungsmannschaft wie am Schnürchen und unser Stellungs- und Dreiecksspiel feierte wahre Triumphe. Zur Halbzeit führten wir bereits mit 3:0 Toren und für uns Spieler war klar, daß, wenn wir zusammenbringen konnten, das Spieltempo noch etwas zu steigern, wir in der Lage wären, dem deutschen Meister eine empfindliche Niederlage beibringen zu können. Dies war in der Halbzeit auch unser Vorsatz. Unsere Berechnung stellte sich dann als richtig heraus. Nach dem Erzielen von drei weiteren Toren war die HSV.-Mannschaft vollständig demoralisiert. Dazu kam, daß sie durch unser genaues Stellungsspiel bereits nicht mehr so viel Luft hatte, um uns noch sehr kräftigen Widerstand leisten zu können. Nach dem Erzielen von noch zwei Toren konnten wir Fürther Spieler erleben, was wir bis dahin vollständig ausgeschlossen gehalten hätten. Das sonst bei jeder passenden Gelegenheit sich gegenseitig ständig bekriegende

Nürnberg-Fürther Publikum war durch die Art und Weise, in welcher wir dieses Spiel durchführten, derart in unseren Bann gezogen, daß es uns einmütig und geschlossen anfeuerte, unsere Leistungsfähigkeit im Erzielen von Toren noch zu steigern. Als dann noch das neunte Tor von uns erzielt wurde, verlangte die leidenschaftliche Masse unbedingt das 10. Tor auch noch. Ich muss sagen, daß uns diese Anfeuerungsrufe so aneiferten, daß jeder von uns Spielern noch sein letztmögliches Bestes gab, um den Wunsch des Publikums zu erfüllen. Beim Stand von 9:0 hatte ich als Mittelstürmer noch kein Tor geschossen. Durch eine letzte Energieleistung gelang mir zu meiner größten Freude die zweistellige Torzahl voll zu machen.

Die Zuschauer waren damit zufriedengestellt und ihre Begeisterungsausbrüche über diesen großen Erfolg der Spielvereinigungsmannschaft waren weit hörbar. Das Nürnberg-Fürther Sportpublikum hatte wieder einmal eine Sensation erlebt. Von Zeit zu Zeit ist es gut so, die treuen Anhänger des Lederballes wollen ab und zu recht viele Tore sehen in einem Spiel, dann gefällt ihnen der ganze Sportbetrieb auf lange Zeit wieder besser (vorausgesetzt allerdings, daß nicht der Favorit des Zuschauers der Leidtragende ist). Mindestens für eine Woche lang ist dann genügend Gesprächsstoff vorhanden. Bei einem kleinen Abendessen, welches beide Mannschaften in unserem Klublokal Langmann in Fürth beisammen sah, konnten wir an den Leuten des Hamburger Sportvereins unsere wahre Freude haben. Trotz der doch katastrophalen Niederlage zeigten sie sich als gute, aufrichtige Sportleute, welche selbst eine derartige Niederlage mit Würde zu tragen wussten. Ja, sie halfen sogar in weitgehendem Maße mit dazu, die kleine improvisierte Siegesfeier durch ihre Lustigkeit mit zu verschönern. Wer den baumlangen, sympathischen »Tull Harder«, einst das Wahrzeichen der Mannschaft des Hamburger Sportvereins, persönlich kennenlernte, kann verstehen, wenn ich schreibe, es konnte keine schlechte Stimmung aufkommen. Unermüdlich munterte er seine Mannschaft auf und sorgte für Humor. Lediglich bei einem sehr deprimierten Reisebegleiter des H.S.V. brauchte es längere Zeit bis »Tull« ihn wieder in seinen seelisches Gleichgewicht gebracht hatte. Auf mein Befragen erklärte mir diese[r] Reisebegleiter, daß er selbstverständlich ein zu guter Sportanhänger sei, um uns nicht neidlos unseren großen Erfolg zu gönnen, denn wir hätten denselben ja ehrlich verdient. Nur eines machte ihm großes Kopfzerbrechen und zwar wisse er noch nicht, mit welchen Worten er das Resultat nach Hamburg melden solle. Nun, als auch diese für den H.S.V.-Begleiter so schwere Mission erfüllt war, wurde auch seine Stimmung so langsam eine bessere.

– Fortsetzung folgt –

Tony Seiderer erzählt...

16. Fortsetzung

Im Februar 1923 wurde in Frankfurt das

Schlußspiel um den Pokal des Deutschen Fußballbundes

(früher Kronprinzen-Pokal) vom Stapel gelassen. Die beiden Endspielgegner waren die Repräsentativ-Mannschaften Westdeutschlands und Süddeutschlands. Dieses Endspiel fand auf dem Platz der Frankfurter Eintracht statt, dem Schauplatz jenes so unglücklich verlaufenden Länderspieles Deutschland – Schweiz 2:2. Von unserer Spielvereinigungsmannschaft mußten wir sieben Leute zu diesem Kampf abstellen und zwar: Müller, Hagen, Lang, Franz, Ascherl, Auer und meine Wenigkeit.

In diesem Spiel sollten wir Leute von der Spielvereinigung unsere augenblickliche große Form unter Beweis stellen und wir gingen als hoher Favorit in dieses Endspiel. Vor dem Spiel unterhielten wir Spieler uns schon davon, wer von uns wohl heute auf diesem Eintrachtplatz seine schwere Verletzung bekommen würde. Wir Fürther Spieler hatten nämlich für diesen Sportplatz absolut kein[en] »Mumm«, wie man so sagt. So oft wir auf diesem Platz gespielt hatten, hatten stets einige Spieler von uns größere Verletzungen erlitten. Im übrigen brach auf diesem Platz auch Hans Kalb vom 1. F.C.N sein Wadenbein. In frischer Erinnerung stand bei uns außerdem noch die schwere Verletzung Lohrmanns anlässlich des Länderspiels.

Das Spiel gegen die gut zusammengestellte Westdeutsche Elf begann vielversprechend, denn schon bald gelang es uns, das Führungstor zu erzielen. Leider ereignete sich kurz darauf ein bedauerlicher, absolut vermeidbarer Zusammenstoß zwischen dem bekannten Eintrachtverteidiger Pfeiffer und unserem Mittelläufer Lang. Unser Verteidiger war sehr weit aufgerückt und im Eifer des Gefechtes schlug er nach einem Ball, den unser Mittelläufer schon in seinem Besitz hatte. Das Resultat war, daß unser Lang aufschrie, dann umsackte und weggetragen werden mußte. Die sofortige ärztliche Untersuchung ergab, daß unser Lang einen Wadenbeinbruch hatte und für längere Zeit dem Spielfeld fernbleiben müsse. Wir abergläubischen Spieler hatten leider wieder einmal recht behalten. Das von uns so gefürchtete Spielfeld hatte wieder sein Opfer gefordert. Da es in einem derartigen Pokalschlußspiel nicht erlaubt ist, einen Ersatzspieler einzustellen, waren wir durch diesen Unfall sehr benachteiligt. Das Spiel mußten wir mit vier Stürmen

Aus dem Spiel Süddeutschland – Niederösterreich 1:1
Trägs Heiner geht durch und schießt.

durchführen. Ich versuchte mich als Mittelläufer und zog mich den Umständen entsprechend ganz gut aus der Affäre. Mit einer reibungslosen, schönen Mannschaftsarbeit konnten wir naturgemäß nicht aufwarten, denn an der Fürther Kombinationsmaschine fehlte ein wichtiges Rädchen, die Maschine hatte Störung. Daß unsere Süddeutsche Repräsentativmannschaft in diesem Spiel, den im Gegensatz zu heute damals noch so sehr begehrten Pokal gewinnen konnte, lag lediglich an unserer größeren spielerischen Routine. Durch taktisch geschicktes Spiel konnten wir zwei Tore erzielen. Diesen Vorsprung verteidigten wir so zähe, daß die westdeutschen nur einen Ehrentreffer erzielen konnten. Mit dem Torresultat von 2:1 konnten wir wieder einmal den Pokal, wenn auch durch die Verletzung Langs sehr schwer, für unseren süddeutschen Verband erringen. Ich selbst durfte zum 4. Male einen Pokalsieg miterleben.

In den Spielen um die

süddeutsche Meisterschaft im Frühjahr 1923

schnitt meine Mannschaft Spielvereinigung Fürth, besonders gut ab. Die vier Entscheidungsspiele wurden von uns in großem Stil durchgespielt und zwar konnten wir dabei folgende Resultate erzielen: gegen Fußballsportverein Frankfurt 6:0, FC. Pforzheim 0:0, Borussia Neunkirchen 8:0, und Phönix Ludwigshafen 2:0. Bei näherer Betrachtung dieser Resultate bemerkt man sofort, daß es keinem unserer Gegner damals gelungen war, uns überhaupt ein Tor zu schießen, während wir Stürmer 16 Tore erzielen konnten. Bei der Erringung der süddeutschen Meisterschaft bedeutet das Torverhältnis von 16:0 einen Rekord, und zwar einen gewaltigen.

Mit großen Hoffnungen begannen wir im Jahre 1923 die Spiele um die höchste Würde, die der Deutsche Fußballbund zu vergeben hat, die deutsche Meisterschaft. In diesem Jahre wollte unser Verein im Juni »20 Jahre Spielvereinigung Fürth« feiern und dieses Fest wollten wir Spieler dadurch verschönern, daß wir nach langer, langer Pause wieder einmal die deutsche Meisterschaftsstatue, die »Germania«, nach Fürth bringen wollten. [Anm.: Es ist merkwürdig, dass Seiderer, entgegen dem eigentlich üblichen Sprachgebrauch, nicht von der »Victoria« spricht.] Die Vorbedingungen zu diesem Vorsatz waren hervorragend. Wir besaßen eine herrlich zusammengespielte Mannschaft, in deren Reihen ein großer Kameradschaftsgeist herrschte. Die Mannschaft war außerdem von einer hervorragenden Vorstandschaft betreut. Warum sollte also dieser große Wurf uns nicht gelingen? Der einzige Wermutstropfen war, daß wir immer noch auf unseren Mittelläufer Lang verzichten mußten. Seine Verletzung, welche er sich im Pokalspiel geholt hatte, heilte für uns zu langsam, da wir für ihn keinen vollwertigen Ersatzmittelläufer hatten. Doch hofften wir die kommenden Spiele auch so überstehen zu können, da ja unser größter Rivale, der »Club«, nicht mehr dabei war. Das 1. Spiel mußten wir gegen die Sportfreunde Breslau absolvieren. In diesem Wettkampf feierte unsere Technik große Triumphe und mit dem Resultat von 4:0 konnten wir stolz heimfahren. Nun harrten wir gespannt der kommenden Ereignisse. Wir Spieler konnten schon gar nicht mehr erwarten zu hören, welcher Verein in der Zwischenrunde um die deutsche Meisterschaft unser Gegner sein sollte. Als wir dann endlich erfuhren, daß in Halle, mit uns die damals in Süddeutschland wenig bekannte Mannschaft Berlin-Union-Oberschönweide den Kampf um die Beteiligung an der Endrunde der Deutschen Meisterschaft wagen mußte, da herrschte eitel Freude in unseren Reihen. Wir Spieler begingen den größten Fehler, den man je im Sport begehen kann, wir unterschätzten den Gegner. Erfahrungsgemäß kommt dies sehr oft vor. Ein großes Teil der Mitschuld hatten auch teilweise fanatische Vereinsanhänger, welche unseren Spielern ständig vorpredigten, wie leicht wir gegen diesen uns fast unbekannten Berliner Club gewinnen würden. Diese Herren sprachen nur immer von dem kommenden Spaziergang der Spielvereinigung Fürth in Halle. Sie freuten sich alle schon auf das Endspiel, zu welchem sie bestimmt alle mitfahren wollten, um unserer Mannschaft durch ihre Anfeuerungsrufe einen moralischen Rückhalt geben zu können. Diese übermäßige, allzu siegessichere Atmosphäre, welche sich hier gebildet hatte, gefiel mir alten »Hasen« des Fußballsportes schon gar nicht recht. Meine Warnungen vor der Unterschätzung unseres nächsten Gegners, der Union-Oberschöneweide, wurden meistens übertönt von dem Gesang des sicheren Sieges.

Leider sollte eintreffen, was wohl in Deutschland niemand erwartet hatte. In einem unserer unglücklichsten Spiele verloren wir, damit eine Sensation schaffend, gegen unseren Berliner Gegner mit 1:2 Toren. Unsere im voraus siegessicheren Anhänger hatten also nicht mehr nötig, zu dem Meisterschaftsendspiel zu fahren.

Nach meiner persönlichen Meinung hatten wir in diesem Spiel auch einen großen Kardinalfehler begangen. Beide Mannschaften waren schon auf dem Spielfelde und ich schickte mich bereits an, zum Schiedsrichter zu gehen, um zu losen, wer Platzwahl hat. Für mich als Kenner des Fußballspieles war es ganz klar, daß, wenn ich das günstige Los erwische, ich natürlich den Rückenwind und die Rückensonne als Bundesgenossen wählen werde. Da hörte ich von außen den Zuruf, »Lony« und der damals uns betreuende Trainer rief mich noch einmal heran, er wolle mir rasch noch einmal etwas sagen. Oh, hätte ich doch diesen Zuruf nicht mehr gehört, oder nicht mehr darauf geachtet! Vielleicht wäre doch alles anders gekommen? Wer weiß dies? Ich erhielt den Auftrag, wenn es mir gelänge, Platzwahl zu bekommen, unbedingt zuerst gegen den Wind und gegen die Sonne zu spielen. Ich war paff darüber und sagte auch meine gegenteilige Meinung. Damit bekam ich aber nicht Recht und als disziplinierter Spieler führte ich nun den erhaltenen Auftrag aus. Es ist müßig, heute noch darüber zu streiten, ob die Anweisung, die ich zuletzt noch erhalten hatte, richtig oder falsch gewesen ist, denn das Gegenteil ist ja heute auch nicht mehr zu beweisen. Es ist nur meine persönliche Meinung, daß es bestimmt für uns besser gewesen wäre, gleich von Anfang an den vollen Erfolg zu suchen. Gegen den starken Wind hatten wir schwer zu kämpfen, aber trotzdem konnten wir einige schöne Gelegenheiten herausarbeiten, jedoch blieben dieselben ohne Torerfolg. Anders war es bei unserem Gegner. Durch weite Schläge trieb die Berliner Hintermannschaft ihren eifrigen Sturm nach vorne. Bei einem krassen Deckungsfehler unseres sonst glänzenden Tormannes konnten die Berliner Spieler durch ein Tor in Führung gehen. Dadurch geriet unsere Hintermannschaft etwas aus dem Häuschen und noch bevor dieselbe sich wieder gefunden hatte, saß schon Nummer zwei in unserem Heiligtum. Wir Fürther Spieler waren uns des Ernstes der Situation voll bewußt. Wir kämpften wie die Löwen, aber sehr unglücklich. Dazu hatte der Gegner seine Hintermannschaft durch einige Stürmer verstärkt. Die Berliner spielten nun das System »Ball unbedingt weg«, wohin ist ganz egal. Sie befolgten die Regel, unter allen Umständen keinen Fürther zum Schuß kommen zu lassen. In beherzter Art und Weise, ohne ihren Körper zu schonen, fuhren sie stets energisch dazwischen.

Trotz unserer größten Anstrengungen mußten wir torlos in die Pause gehen. Nach dieser erwartete jedermann, auch wir, den großen Umschwung. Aber dieser sollte ausbleiben. Wir arbeiteten wohl wie die Berserker. Wir schnürten unseren Gegner ganz in seine Hälfte ein, aber ein Torerfolg wollte sich nicht einstellen. Stets kam ein Spieler des Gegners dazwischen oder der an diesem Tag wohl die beste Form seines Lebens aufweisende Torwart erwischte den Ball noch. Ungefähr 10 Minuten vor Schluß machte ein gegnerischer Verteidiger Hand im Strafraum. Den gegebenen Elfmeter verwandelte unser Resi in seiner bekannt sicheren Art. Wir hatten immer noch die Hoffnung, den Ausgleich, und damit die Spielverlängerung erzwingen zu können und drückten unheimlich auf Tempo. Die Zuschauer feuerten uns mächtig an. Wir gaben noch unser Bestes, aber alles hatte sich an diesem Tag gegen uns verschworen. Der dramatischste Moment war in der letzten Minute. Unsere Schußkanone »Resi« stand für einen kurzen Moment frei. Ich hatte dies erspäht, spielte ihm rasch den Ball zu und er ließ auch sofort eine seiner gefürchteten Bomben von Stapel. Das Publikum rief schon Tor. Jedoch der Berliner Torwart hatte im letzten Bruchteil einer Sekunde den Ball noch ganz leicht, fast unmerklich, berühren können und diese leiseste aller Berührungen hatte genügt, den Ball zur Ecke abzulenken. Die Berliner Mannschaft, welche schon lange alle Mannen in den Strafraum zurückgezogen hatte, konnte mit vereinten Kräften diesen Eckball noch abwehren und dann war das Spielende da. Stolz erhobenen Hauptes waren wir ausgezogen, um nach dem Lorbeer der Deutschen Meisterschaft zu langen; sehr deprimiert über unseren Mißerfolg mußten wir nach Hause fahren. Die größte Chance, die deutsche Meisterschaft zu erringen, hatten wir damit im Jahre 1923 aus der Hand gegeben. Unsere Mannschaft benötigte einige Wochen, bis sie diesen unerwarteten Schlag wieder überwinden konnte. Ausgerechnet die Mannschaft des Hamburger Sportvereins, welche wir doch zu Beginn dieses Jahres mit 10:0 Toren so vernichtend hoch geschlagen hatten, errang im Endspiel den Titel »Deutscher Meister«, mit 3:0 Toren schlugen sie unseren Bezwinger, die Union-Oberschöneweide.

– Fortsetzung folgt –

Tony Seiderer erzählt...

17. Fortsetzung

Da es uns nicht gelungen war, das Fest unseres lieben Clubs, betitelt »20 Jahre Spielvereinigung Fürth«, durch die Erringung der deutschen Fußballmeisterschaft zu verschönern, suchten wir einen schwachen Trost in dem damals sehr begehrten Süddeutschen Verbandspokal. Wir kämpften uns durch die letzten Spiele sehr gut hindurch. Das Endspiel dieses Pokals, welches in München zwischen dem FC. Bayern und uns ausgetragen wurde, konnten wir dann auch mit 4:3 Toren gewinnen. Dieses Spiel war ein gewaltiger Kampf beider Mannschaften. Die Bayern waren an diesem Tage auch in einer bestechend guten Form und nur durch Aufbietung aller Energie und durch die fabelhafte Torwartleistung unseres Lohrmann konnten wir den Sieg erringen. Von uns Spielern wurde lebhaft bedauert, daß unser guter Torwart »Tetsch« an diesem Tag zum letzten Mal für die Spielvereinigung das Tor hütete. Die Bande der Ehe hatten ihn so gefangen genommen, daß er dem Wunsch seiner Frau nachgab, in ihre Heimatstadt Wien zu übersiedeln. Mit unserem »Tetsch« verloren wir nicht nur einen hervorragenden Sportmann, sondern auch einen guten, sympathischen Freund, an den wir immer gerne zurückdenken werden. Wenn auch etwas bescheidener, als ursprünglich von uns Spielern angenommen, freute es uns doch, durch diesen Pokalsieg unserer Vereinsleitung noch eine kleine Jubiläumsfreude bereitet zu haben.

Am Tage der Jubiläumsfeier schlugen wir die starke Mannschaft der VfB. Leipzig mit 7:1 Toren.

Große Freude bereitete mir die Eröffnung, daß ich im Juli 1923 in Stockholm als Mittelstürmer der deutschen Nationalmannschaft spielen sollte. Das Land Schweden hatte es mir doch angetan. Von all unseren großen Reisen mit unserer Vereinsmannschaft erinnerte ich mich stets am liebsten der Schwedenreise. Die Bevölkerung war mir sehr sympathisch. Auch gefiel mir die seriöse Lebensweise der Schweden und ihre hohe, objektive, sportliche Auffassung sehr gut. Der Sammelpunkt der deutschen Mannschaft war das mir schon bekannte Bad-Saßnitz. Daselbst promenierten wir Spieler zwei köstliche Tage lang herum, dazwischen nahmen wir stärkende Seebäder. Hier hätten wir auch noch länger ausgehalten, wenn es uns die Zeit erlaubt hätte. Die Überfahrt mit dem Fährschiff »König Gustav 5« war eine etwas bewegte Angelegenheit. Ich, der ich stets sofort zur Seekrankheit neigte, getraute mich nicht einmal in den Speisesaal zu gehen und etwas zu essen. Die gute schwedische Küche, für die ich doch so schwärmte, konnte ich zu meinem großen Bedauern nicht versuchen. Ganz klar, daß dies mir heute noch leid tut. Von Trelleborg aus, dem Ziel unseres Schiffes, fuhren wir im Schlafwagen direkt nach Stockholm. Mit Worten kann ich nicht schildern, wie wohl uns zu jener Zeit in diesem Schlafwagen gewesen ist. Bei uns in Deutschland waren die Lebensmittel schon mehr wie knapp.

In diesem Zug wurden wir morgens geweckt. Ein hübsches Servierfräulein fragte uns in gebrochenem, sehr nett anzuhörendem Deutsch, was wir zum Frühstück haben wollten, Milch, Kaffee, Tee, Kakao, Eier usw. Wir Deutsche, zu damaliger Zeit an ein derartig frugales [Anm.: Hier meint Lony wohl eher »üppiges«.] Frühstück gar nicht mehr gewöhnt, waren darüber so erstaunt, daß es einige Zeit bedurfte, bis wir dies fassen konnten. Umso besser schmeckte es uns aber dann auch. In Stockholm angekommen wurden wir von dem Schwedischen Fußballbund überaus herzlich empfangen. Es folgten die üblichen Stadtrundfahrten mit Besichtigungen. An die herrliche Dampferfahrt auf den Schären denke ich gerne zurück. Die Fahrt nach Stockholm, der Empfang und der Aufenthalt daselbst waren sehr schön, nur mit unserer Mannschaftsaufstellung happerte es wieder einmal gewaltig. Obwohl ein Spieler abgesagt hatte, waren wir noch genügend mit Ersatzspielern versehen. Aber, was half dies alles, wenn unter sämtlichen Spielern nicht ein einziger, ständig Mittelläufer spielender Klassenspieler dabei war. Es war ein großes Rätselraten unter uns Spielern, wer wohl den Mittelläufer spielen müsse. Es ist doch zu verstehen, daß jeder aufgestellte Spieler am liebsten auf seinem ihm gewohnten vertrauten Posten spielt, wenn er schon einmal für die Nationalmannschaft aufgestellt wird. Warum? Jeder Spieler betrachtet doch den Tag eines derartigen Spieles als Ehrentag und sein sportlicher Ehrgeiz bringt es mit sich, daß er unbedingt eine gute spielerische Leistung aufbringen will. Nach meiner Ansicht kann ein Spieler meistens nur auf seinem Spezialposten das Beste von dem geben, was er kann. In Stockholm wurden von dem Spielausschuss des deutschen Fußballbundes unser Freund »Poitl«, alias Popp, vom 1. FC. Nürnberg bestimmt, den Mittelläufer zu spielen. Er war zwar nicht gerade entzückt von diesem Resultat, doch mit der ihm eigenen stoischen Ruhe meint[e] er »dös werd scho geh', ih tu halt, was ih koh und wenn mah richti z'ammlanga, nachatla werds scho klappen«. Uns Mitspieler freute sichtlich seine große Ruhe zu seinem wirklich großen Können und mit großem Vertrauen zu unserem frisch gebackenen neuen internationalen Mittelläufer stiegen wir im Stockholmer Stadion in den Fußball-Länderkampf Deutschland – Schweden.

Vorausschicken möchte ich, daß unser »Poitl«, der doch eigentlich kein Mittelläufer war, auf diesem Posten

Spielvereinigung Fürth
Hagen, Ascherl, Franz, Kießling, Seiderer, Krauß I, Auer I,
Leinberger, Kleinlein, Müller, Torwart Hörgreen.

sehr gut war. Die schwedische Mannschaft legte mit großem Tempo los und war durchschnittlich etwas schneller, als unsere deutsche Mannschaft. Dafür waren wir unserem Gastgeber wieder im Zusammenspiel und im Stellungsspiel über, so daß man ruhig sagen kann, die Spielstärke der beiden Mannschaften war gleich. Etwa nach einer halben Stunde interessantem Spielverlaufes glückte es mir, eine gut hereingegebene Ecke zum Führungstor für Deutschland zu verwandeln. Mit dem Stand von 1:0 für uns ging es in die Pause. Mit großer Begeisterung begannen wir die zweite Hälfte. Während wir meistens im Angriff lagen, gelang dem schnellen schwedischen Rechtsaußen ein Durchbruch und ein Torschuss welcher eigentlich zu halten gewesen wäre. Die Partie stand nun 1:1. In diesem Augenblick dachte ich an Heiner Stuhlfauth, welcher den Ball sicher gehalten hätte. Wir deutschen Spieler gaben aber deshalb die Hoffnung auf einen Sieg noch lange nicht auf und kämpften weiter darum. Es wollte uns aber trotz größter Anstrengungen nicht gelingen, ein Tor zu erzielen. Anders ging es den Schweden. Was wir nicht erkämpfen konnten, erleichterte dem schwedischen Halbrechten die Glücksgöttin Fortuna. Durch ein Mißverständnis prallten bei einem schwedischen Angriff unser Torwart Dr. Zörner mit unserem Verteidiger Risse zusammen und der Ball fiel dabei dem schwedischen Halbrechten so gut vor die Füße, daß er nur einzuschieben brauchte. Mit ungebrochener Energie setzten wir das Spiel fort und konnten es auch dauernd überlegen für uns gestalten, aber der schwedische Torwart befand sich in einer derart fantastischen Form, welche an Stuhlfauth, Lohrmann und Zamora erinnerte, daß es einfach ganz unmöglich war, ihn zu besiegen. Die letzten 10 Minuten, als uns Stürmern kein Tor mehr gelingen wollte, drückte sogar unsere Läuferreihe mit in den Sturm hinein und beteiligte sich reichlich am Schießen, aber es half alles nichts. Ein Schuß, den in diesem Spiel unser »Prinz« aus ca. 25 Meter auf das schwedische Tor abfeuerte, welcher dasselbe nur um Handbreite verfehlte und für jeden Torwart unhaltbar gewesen wäre, wird mir infolge seiner unheimlichen Stärke stets in Erinnerung bleiben. An diesem Tag hatten wir schon kein Glück mehr, es sollte eben nicht sein. Die massive schwedische Hintermannschaft brachte es fertig, unsere Belagerung ihres Tores gut zu überstehen und den sehr billig erworbenen Sieg festzuhalten. Ein kleines Erlebnis auf der Rückfahrt ist mir noch gut in Erinnerung. Da es bei uns in Deutschland doch schon lange keinen guten Kaffee, sondern nur noch gemahlene Baumrinde gab, deckte ich mich in Schweden mit einigen Pfunden dieses kostbaren, begehrten Gutes ein. Sowohl meiner Mutter, als auch meiner Frau wollte ich bei der Rückkehr damit eine Freude bereiten. Dabei hatte ich aber die Grenzkontrolle ganz vergessen. Als wir durch die schwedische Grenzkontrolle kamen, wurde ich von einem Beamten sofort gefragt: »Haben Sie Kaffee usw?« Ich überlegte kurz und antwortete mit »ja«, da ich doch bei einer eventuellen Untersuchung meines Koffers, den Kaffee doch nicht verschwinden hätte lassen können. Der Grenzbeamte, ein begeisterter Sportanhänger, merkte mir meine Verlegenheit an und sagte mir, daß Kaffee auszuführen verboten sei. Gleichzeitig fragte er mich noch einmal: »Haben Sie Kaffee?« und ich verstand ihn sofort. Ich beteuerte kräftig, daß ich keinen Kaffee habe. Mit einem freundlichen Lächeln und mit dem Wunsch, daß ich hoffentlich beim nächsten Länderwettspiel mehr Glück haben würde, ließ er mich dann passieren.

Im September 1923 rüstete die Spielvereinigung Fürth zu ihrer

zweiten Spanienreise.

Trotzdem wir Spieler bei unserer ersten Anwesenheit in Spanien, durch die harten Spiele in Bilbao, uns dort nicht übermäßig wohl gefühlt hatten, waren wir vom Reisefieber doch wieder so gepackt, daß wir sehr gerne losfuhren. Umso mehr, als wir diesesmal einen anderen Weg nahmen, welcher uns wieder einige für uns noch neue Fleckchen Erde zeigen sollte. Unsere erste Station dieser Reise war dieses Mal Zürich, wo wir gegen eine kombinierte Mannschaft des FC. Zürich und des FC. Blue Stars antraten. Dieses erste Spiel war gleich sehr schwer für uns. Die geschickt zusammengestellte kombinierte Mannschaft bereitete uns große Schwierigkeiten, bis wir sie mit 2:1 besiegen konnten. Unser nächstes Ziel war die Uhrenstadt Biel, wo wir den FC. Biel mit 1:0 schlagen konnten. Dann kam eine sehr schöne Fahrt von Biel über Mailand nach Genua, wo wir uns

auf einem italienischen Auswandererdampfer einschiffen wollten, um durch den Golf von Lyon nach Barcelona zu dampfen und den Genuss einer 24stündigen Seefahrt mitzuerleben. Da wir bis zur Abfahrt dieses Dampfers einige Tage in Genua verleben mußten, sahen wir uns alle Sehenswürdigkeiten dieser Stadt an. Dies fiel uns leicht, da wir in Genua einen guten Freund trafen, welcher uns auf Schritt und Tritt, mit seinem Wissen und seinem Rat zur Seite stand. Es war dies der frühere, bekannte Mittelläufer der Spielvereinigung Fürth, Adolf Riebe, welche in Genua den FC. Andree Doria, als Trainer betreute. Einem Gönner unserer Mannschaft waren wir besonders da sehr dankbar, daß er uns durch persönliche finanzielle Unterstützung an einem herrlichen Tage den Genuß bot, mit einem Auto die Levante entlang über Reco, Sori nach Rapallo zu fahren. Besonders interessierte uns damals Rapallo, da es doch bekanntlich der Treffpunkt der großen Konferenz mit Rußland war. Dieses Städtchen ist wirklich ein herrliches Stück Erde und ganz reizend am tiefblauen Meer gelegen. Wir konnten verstehen, daß sich die größten Weltpolitiker hier gerne ein Stelldichein gaben. Unser aller Wunsch wäre gewesen, hier einige Tage verweilen zu dürfen. Aber bei uns hieß es ja stets »immer weiter, immer weiter«. Unser früherer Spieler Riebe wollte, daß wir unbedingt einmal gegen seine Mannschaft spielen sollten. Da uns dies nicht möglich war, da wir dazu vom DFB. keine Erlaubnis hatten, und ihm den Gefallen doch erweisen wollten, arrangierten wir ganz einfach mit seiner Mannschaft ein kleines Trainingsspiel am frühen Morgen. Dieses Spiel wurde beiderseits in sehr fairer Art durchgeführt und von uns sehr hoch gewonnen. Unser Freund Adi Riebe war uns dafür sehr dankbar, denn er konnte seinem bedeutend kleineren Club einmal so richtig das Stellungsspiel sehen lassen, wie er es von seinen italienischen Spielen haben wollte. An diesem Tage noch schifften wir uns auf dem italienischen Auswandererdampfer »Prinzipessa Mafalda« ein.

Auf diesem die Südamerika Route befahrenden Schiff konnten wir viel Neues und Interessantes beobachten. Ganz besonderes Interesse erweckten bei uns die Zwischendeckpassagiere. Hier konnten wir wieder einmal Menschenstudien betreiben. Am meisten interessierte uns eine aus zahlreichen Mitgliedern bestehende Zigeunerfamilie. Auf dem Vorderdeck des Schiffes saß die braunhäutige, tiefschwarze, abgehärmte Mutter als Mittelpunkt eines Kreises und rauchte aus einer großen Wasserpfeife, die anderen Familienangehörigen saßen am Boden außen herum und lautes Geschrei zeigte uns an, daß der große Familienrat tagte.

– Fortsetzung folgt –

Tony Seiderer erzählt...

18. Fortsetzung

Nachdem wir genügende Zeit diese sehr armen Zwischendeckpassagiere studiert hatten, stiegen wir in unsere 1. und 2. Klasseabteilungen empor. Welch ein Kontrast! Hier bewegten sich nur gut gekleidete, wohlgenährte Menschen, denen man schon auf fünfzig Meter ansah, daß sie sich des Wertes ihrer Person bewusst waren. Reiche brasilianische Plantagenbesitzer, Schauspielerinnen usw. waren die Fahrgäste dieser 1. Klasse. Unvergeßlich bleibt mir unser Höger »Schlappen«, wie er guckte, als eine reiche Dame einem Matrosen, welcher ihr einen Liegestuhl gebracht hatte, als Dank dafür ein Pfund Sterling als Trinkgeld überreichte. Donnerwetter, meint[e] er, das wenn ich gewußt hätte, dieses Pfund Sterling hätte ich mir auch gerne verdient. Er schwor darauf, daß er unheimlich Stühle herbeigeschleppt hätte, wenn er für jeden ein Pfund hätte bekommen können, ja er verstieg sich sogar zu der Behauptung, niemand anders hätte dann auf diesem Dampfer einen Liegestuhl mehr haben können.

Die Verpflegung auf diesem Dampfer, im Fahrpreis mit eingeschlossen, war hervorragend. Es gab nicht nur Quantitäten, sondern vor allen Dingen auch Qualitäten. Der Rotwein kostete zum Essen auch nichts und von dieser guten Sorte wurden von unserer Mannschaft dann auch allerhand Literflaschen vertilgt. Nach dem Essen wurde musiziert und in dem ausgeräumten Speisesaal ein Tänzchen improvisiert. Unser Höger »Schlappen« trieb sich gerne in der Nähe der reichen Brasilianerin herum. In seinem Hirn spuckten immer noch die Pfundnoten und er meinte, man weiß nicht, ob sie mir vielleicht nicht einen größeren Pfundscheck geben will. Leider wurde er enttäuscht. Woher sollte diese reiche Frau auch wissen, daß unser »Schlappen« die Pfunde so gerne gehabt hätte.

Die Fahrt selbst verlief anfangs wunderbar. Von unserem Schiff aus konnten wir die Küste der Riviera mit Muße betrachten. Leider wurde gegen Abend das Meer stürmischer und der Meeresgott Neptun forderte von uns wieder einmal seine Opfer. Ganz klar, daß auch ich wieder unter denselben war, umso mehr, als ich mich bei dem opulenten Mittagessen kräftig eingedeckt gehabt hatte. Nun, das wäre aber nicht so schlimm gewesen, wenn wir nicht in dieser Nacht einen Sturm hätten erleben müssen, den wohl niemand, der auf dem Schiff anwesenden, einschließlich der Besatzung, in ihrem ganzen Leben je vergessen werden. Die See wurde nach und nach immer stürmischer und stürmischer und wir alle hatten daran anfangs eigentlich großen Gefallen. Auf dem oberen Mitteldeck des Schiffes, wo wir uns in großen Liegestühlen häuslich niedergelassen hatten, bereitete uns der schon fast orkanartige Wind Spaß und wir ließen uns, als einzige Passagiere des Schiffes, von dem heranziehenden Sturm tüchtig ausblasen. Wie groß die Wucht des Windes war, konnten wir daraus entnehmen, daß wenn jemand von seinem Liegestuhl aufstand, der Stuhl sofort von dem Wind einige Meter weit geschleudert wurde. Wir beobachteten uns untereinander genauestens, damit nicht wieder jemand unberechtigterweise nach der Fahrt sagen könnte, er sei nicht seekrank gewesen. Diese Beobachtungen waren auch sehr nett. Beim Essen gab unser »Schlappen« jedem den Rat, wer nicht seekrank werden wolle, müsse soviel essen, daß die Magenwände prall gefüllt sind und befolgte selbst äußerst ergiebig diesen Grundsatz. Kein Wunder, wenn der »Schlappen« deshalb besonders genau unter die Lupe genommen wurde. Jeder wollte doch wissen, ob dieses von »Schlappen« auf das wärmste empfohlene Rezept gegen die Seekrankheit seine Brauchbarkeit in der Praxis erweisen würde.

Was mußten wir da erleben? Der »Schlappen« ging trotz des bereits ansehnlichen Sturmes mit kräftigem Schritt die Reeling entlang und versuchte durch Pfeifen gute Laune vorzutäuschen. Ihm war aber gar nicht so gut, er wollte nur verdecken, daß auch er seekrank war, deshalb pfiff er ständig ein Liedchen. Sobald er sich unbeobachtet fühlte, hörte er einen kurzen Moment mit dem Pfeifen auf, opferte dem Meeresgott seinen Tribut und pfiff daraufhin rasch lustig weiter, damit wir dies nicht merken sollten. Wir ließen uns lange nicht anmerken, daß wir ihn genau beobachteten und ließen ihm seine Freude, da wir doch ganz genau wußten, welche Anstrengung ihn seine gute Miene kostete. Am Heck des Schiffes machten wir Spieler es uns recht bequem in den Liegestühlen und erfanden ein nettes Spiel. Jeder in den Stühlen sich Befindliche mußte ununterbrochen auf den am Heck des Schiffes befindlichen Fahnenstangenknopf sehen. Infolge des hohen Seeganges war das Schiff ständig in einer ziemlichen Schaukelbewegung und der Zweck dieses rasch neu erfundenen Spiel war, möglichst lange diese Schaukelbewegung mit nach einem bestimmten Punkt gerichteten Blick aushalten zu können, ohne seekrank zu werden. Es war wirklich ganz nett, wie einer nach dem anderen aufsprang und an die Reeling mußte. Den Rekord dabei, nicht seekrank zu werden, hielten Franz, Hagen und Wellhöfer. In Amerika würden sie dafür vielleicht eine Medaille erhalten haben, bei uns hatten sie nur die Freude, die anderen auslachen zu können.

Durch diese Art von Unterhaltung – reisende Sportmannschaften kommen ja bekanntlich oft auf großen Blödsinn – kam es uns eigentlich gar nicht recht zum Bewußtsein, welch

Ein Foto vom Untergang der »Principessa Mafalda« [Public Domain]

Die »Principessa Mafalda« war ein 1909 in Dienst gestelltes Schiff der Reederei Navigatione Generale Italiana, das für den Passagier- und Postverkehr nach Südamerika eingesetzt wurde. Sie war bis 1923 das größte zivile Schiff Italiens. Schlecht gewartet – schon in Barcelona waren Reparaturen notwendig geworden – befand sie sich am 25. Oktober 1927 etwa 80 Seemeilen vor Porto Seguro (Brasilien). Nachdem die Steuerbordwelle gebrochen war und den Rumpf beschädigt hatte, sank der Dampfer innerhalb kurzer Zeit. Gemessen an der Zahl der Todesopfer gehört der Untergang der Mafalda zu den größten maritimen Katastrophen der zivilen Schifffahrt. Man spricht nicht umsonst von der »italienischen Titanic«. Das Wrack der Mafalda wurde bis heute nicht geborgen. Seiderer irrt sich allerdings bei den Opferzahlen. Beim Untergang der »Principessa Mafalda« am 25. Oktober 1925 kamen 314 Personen ums Leben. Insgesamt waren bei dem Unglück 1252 Menschen an Bord.

kolossales Unwetter heraufzog. Ich unterhielt mich einige Zeit mit einem Matrosen und dieser Mann sagte mir, daß ein großer Sturm heraufziehe und daß es im Golf von Lyon stets sehr gefährlich sei, erst vor einigen Wochen sei in einem großen Sturm hier ein französischer Kreuzer untergegangen. Ich glaubte ihm dies innerlich nicht, aber bald darauf sollte ich von der Ehrlichkeit seiner Worte voll überzeugt werden. Ein Orkan brach über uns herein, wie wir ihn wohl nur von Beschreibungen und Erzählungen her kannten und bis zu dieser Stunde für unmöglich gehalten haben. Es ist nicht zu viel gesagt, wenn ich behaupte, es bereitete uns große Mühe von dem oberen Deck, auf welchem wir uns befanden, noch rechtzeitig in Sicherheit

zu kommen. Als schlauer Mann begab ich mich in die Mitte des Schiffes in die sogenannte Postagentur. Von hier aus betrachtete ich in Ruhe die von dem Orkan entfesselte Gewalt der Wogen. Es ist bestimmt nicht übertrieben, wenn ich hier sage, daß ich bis zu dieser Stunde es für vollständig unmöglich gehalten hätte, daß die Wogen des Meeres in einer derartigen Höhe sich gegen das Schiff heranwälzen hätten können. Es war wirklich schaurig schön. Ehrlich gesagt, hatte ich doch eine leichte Beklemmung, denn ich konnte die Worte des Matrosen von dem untergegangenen französischen Kreuzer nicht vergessen. Meine innerliche Unruhe wurde noch unterstützt von dem Ächzen und Stöhnen des ganzen Schiffes. Ich persönlich dachte, daß dieser Sturm auch unser Untergang sein könnte und hatte durch das Gekrach im Gebälk des Schiffes stets das Gefühl, als ob unsere »Prinzipessa Mafalda« in der Mitte entzwei brechen müßte. Daß es Ahnungen auf der Welt gibt, diese Fahrt bestätigte mir dies. Ganz kurze Zeit darauf brach dieses Schiff, der italienische Auswandererdampfer »Prinzipessa Mafalda«, auf einer Südamerikafahrt kurz vor dem Ziel in einem Sturm wirklich auseinander und die Weltschiffahrt hatte eine Katastrophe zu verzeichnen, welche nach dem Untergang der »Titanic« wohl das größte Unglück der Weltschiffahrt darstellte. Der Tod von mindestens 1.200 Personen spricht doch eine Sprache für sich. Wir bayerischen Sportler hatten auf dieser Fahrt richtig betrachtet eigentlich noch großes Glück gehabt, den[n] diesen schweren Sturm im Golf von Lyon konnte unser Schiff noch überwinden und am anderen Morgen war die See bereits wieder so ruhig, daß wir uns darin spiegeln konnten und meinten wir fahren auf dem Dutzendteich spazieren.

Nach 24stündiger Fahrt kamen wir in Barcelona an. Verschiedene Spieler von uns hatten den schweren Sturm noch nicht überwunden, aber durch ausgiebigen Schlaf im Hotel wollten wir uns schon wieder »fit« machen. Äußerst unterhaltend war die spanische Grenzkontrolle im Hafen von Barcelona. Fast jeder von uns hat doch irgendwelche Kleinigkeiten dabei, welche einem guten Freund zugedacht waren. Nun, die Kontrolle fiel im Gegensatz zur ersten Spanienreise dieses Mal kräftig über uns her und filzte uns, wie man sagt, gehörig. Das Endresultat war, daß diverse Spiegelchen, ein Erzeugnis unserer Heimatstadt, Füllfederhalter, Patentstifte usw. konfisziert wurden. Wir machten uns aber daraus nicht viel, denn wir wußten genau, daß irgend ein spanischer Freund am anderen Tag diese Angelegenheit wieder in Ordnung zu bringen wußte.

Eines fiel uns besonders auf. Nach der Kontrolle, als wir schon alle in Autos verstaut waren und bereits abfahren wollten, wurden wir noch einmal von einer Militärpatrouille gestellt. Diese

Patrouille untersuchte sowohl unsere Koffer als auch das Gefährt nach Waffen. Sie suchten wahrscheinlich hinter uns politisch eingestellte Leute, welche nach Spanien kommen, um irgendetwas anzustiften. Wir merkten sofort, daß seit unserer letzten Anwesenheit in Barcelona in Spanien ein anderer Wind wehte und daß unter Primo de Rivera eine ganz andere Luft herrschte als vorher. [Anm.: Primo de Rivera war ein spanischer General, der durch einen Putsch am 13. September 1923 an die Macht kam und eine sechsjährige Militärdiktatur errichtete.]

Den bis zum ersten Spiel noch freien Tag verwendeten wir, um uns gut auszuruhen und zu pflegen, denn wir wollten, wie auf der ersten Spanienreise, auch dieses Mal besonders in Barcelona gegen den spanischen Meisterklub FC. Barcelona wieder günstig abschneiden und die deutsche Fußballkultur noch einmal im besten Licht erstrahlen lassen. Im ersten Spiel konnte unsere Mannschaft das spanische Publikum wieder sehr begeistern, trotzdem wir mit 2:4 Toren der spanischen Mannschaft den Sieg überlassen mußten. Es war ein sehr anständig durchgeführter Wettkampf, in welchem große technische Feinheiten und Tricks geboten wurden. Den spanischen Zuschauern imponierte von uns am meisten, daß der Ball oft minutenlang, wie am Schnürchen gezogen, in unseren Reihen lief. Anders sollte es jedoch im zweiten Spiel am darauffolgenden Tag sein. Hier ging es uns so schlecht, wie es bis zu diesem Zeitpunkt noch kein Spieler von uns miterlebt hatte. Das Spiel wurde beiderseits mit einem ungeheuren Tempo begonnen und innerhalb der ersten 10 Minuten konnten die Spanier mit 2 Toren in Führung gehen. Als wir diesen 2 Toren eines entgegensetzen konnten, feuerten uns die spanischen Zuschauer so lange an, bis wir auch das Ausgleichstor noch erzielten. Nun nahm dieses Spiel direkt drastische Formen an. Hartnäckig wurde um das Führungstor gerungen und dabei kam schon eine ziemlich harte Note ins Spiel.

Es war jammerschade, daß der deutsche Schiedsrichter von dem Moment an, wo das »hart spielen« seinen Anfang nahm, dem Spiel nicht mehr gewachsen war. Beide Mannschaften hatten noch Torgelegenheiten, aber in der Aufregung und vielleicht mit etwas zu viel Angst vor dem rücksichtslosen gegnerischen Spiel wurden fast alle Torgelegenheiten vermasselt. Nur den Spaniern gelang es kurz vor Halbzeit, eine Ecke zum Führungstor zu verwandeln. Mit Energie geladen begannen wir die zweite Halbzeit und wollten unter allen Umständen wieder zum Ausgleich kommen. Doch sollte es nicht lange dauern, bis unsere Katastrophe begann. Bei einem Angriff der spanischen Stürmerreihe wurde unserem Verteidiger Wellhöfer eine schwere Verletzung zugefügt, so daß wir ihn vom Platz tragen mußten. Einige Minuten darauf hatten wir durch einen schönen Angriff eine gute Situation herausgearbeitet. Als ich

mich anschickte, diese gute Gelegenheit mit einem kräftigen Torschuss abzuschließen, erhielt ich von einem der beiden spanischen Verteidiger einen derartigen Tritt gegen mein rechtes Knie, daß auch ich zusammenbrach. Durch meine Vermessenheit, den Ausgleich zu erzielen, hatte ich eine Beinverletzung erhalten, welche ich bis heute nie mehr ganz überwinden konnte.

Durch diese beiden Unfälle war dem ganzen Kampf nun der Reiz genommen und unsere Mannschaft war wirklich deprimiert, was ja auch verständlich ist. Bei einem spanischen Vorstoß warf der Mittelstürmer Samitier zur Abwechslung einmal unseren jungen Torwart Wolf, welcher den Ball schon in den Händen hatte, mitsamt dem Ball ins Tor. Diesen jungen Spieler hat der ungestüm angreifende Samitier damit so in Angst versetzt, daß er noch zweimal lieber den Ball ins Netz ließ, als die Knochen zu riskieren. Die einzigen Spieler, welche den Spaniern stets die Zähne zeigten, waren Ascherl und Hagen. Bis zum letzten Moment kämpften sie verbissen, aber dem Verhängnis, eine hohe Niederlage noch abwenden zu können, konnten sie auch nicht mehr entgehen. Ein in der ersten Hälfte sehr interessantes Spiel mußten wir durch widrige Umstände mit 7:2 verlieren. Dies war für mich die größte Niederlage während meiner ganzen aktiven sportlichen Laufbahn. Den Abend nach dem Spiel verbrachte unsere Mannschaft in ziemlich gedrückter Stimmung. Man darf nicht meinen, wegen des verlorenen Spiels, nein, absolut nicht, denn ein richtiger Sportsmann muß auch eine Niederlage vertragen können. Unsere größte Sorge war, daß wir in Spanien noch drei Spiele auszutragen hatten und schon so viel verletzte Leute sich in unseren Reihen befanden. Außer uns beiden schwer verletzten Spielern hatten auch noch andere ziemliche Verletzungen aufzuweisen. In unserem Hotel ging es zu wie in einem Lazarett und in der schnellen Behandlung machten wir den Ärzten direkt Konkurrenz.

Zwei Tage später rüsteten wir zur Fahrt nach der schönen Stadt Valencia. Selbst auf dieser Fahrt setzten wir unsere ärztlichen Prozeduren fort und machten ständig neue Umschläge usw., um die geschwollenen Glieder wieder einigermaßen in Ordnung zu bringen. Begeisternd schön war es, mit dem Expresszug stundenlang durch die blühenden Orangenhaine zu fahren. Auf den verschiedenen Stationen fiel uns auf, daß stets eine große Anzahl von Personen anwesend war und einem Herrn, welcher sich in einem anderen Wagen befand, Ovationen darbrachte. Auf unsere Erkundigung erhielten wir den Bescheid, daß in diesem Wagen sich der Liebling der spanischen Sportanhänger, »Zamora«, befinde und daß dieser nach Valencia fahre und am nächsten Tag gegen »Furth«, wie der Spanier sagt, für Valencia im Tor spielen werde. Auf dieser Fahrt konnten wir so richtig studieren, was Zamora für den Spanier bedeutet. Durch seine große Torwartkunst hat er es verstanden, sich in die Herzen seiner spanischen Landsleute so hinein zu spielen, wie selten ein Spieler auf der Welt. In Spanien ist Zamora ein Nationalheld. Dies umso mehr, als er auch des öfteren in der Stierkampfarena mit großem Erfolg mit Jungstieren kämpft. Ein so bedeutender Tormann wie Zamora, welcher außerdem noch in der Arena auftreten kann, muß in Spanien Nationalliebling sein.

Unsere Spieler freuten sich alle darauf, gegen ihn einmal spielen zu können. Ich persönlich bedauerte meine in Barcelona erhaltene Verletzung, denn auch ich hätte gerne einmal gegen ihn gespielt. Aber es sollte halt nicht sein. Im übrigen möchte ich hier betonen, daß bei Wettspielen gegen ausländische Gegner es in Spanien erlaubt ist, sich durch Spieler anderer Vereine zu verstärken. Das Spiel in Valencia wurde von unserer Mannschaft mit großer Überlegenheit durchgeführt. Dadurch erhielten wir Zuschauer den Genuß, Zamora kräftig bei der Arbeit zu sehen und was er hier an Können zeigte, war phänomenal. Sein Ballfangen war bewundernswert sicher, sein Stellungsspiel war fabelhaft ausgeprägt und instinktiv stand er immer am richtigen Fleck. Unerhört war auch sein Ballwegboxen in gefährlichen Situationen. Im Gegensatz zu unseren deutschen Torwächtern hielt er den Ball nie lange, sondern gab ihn sofort wieder mit weitem Schlag seinen Stürmern vor. Während unsere Mannschaft überlegen spielte, gelang den Stürmern des FC. Valencia ein Durchbruch, den sie mit einem Torschuß abschließen konnten. Dem Bombardement unserer Stürmer hielt Zamora äußerst lange stand. Selbst die besten und gefürchteten Schüsse unserer Schußkanone Franz konnte er immer wieder meistern. Endlich sollte unserer Fürther Mannschaft doch noch der Ausgleich gelingen.

– Fortsetzung folgt –

25 Jahre SpVgg Fürth

Die Festschrift zum 25jährigen Vereinsjubiläum, das 1928, am Ende von Seiderers Spielerkarriere, gefeiert werden konnte, widmet sich natürlich umfangreich der 1. Mannschaft und sie enthält einige sehr schöne Fotografien, die hier nicht fehlen dürfen. Seltene Bilder von dynamischen Spielszenen, also »richtige« Sportfotografie, so wie wir sie heute verstehen, zeigen eindrücklich, dass der Fußball jener Zeit bei weitem nicht so statisch war, wie man das oft hören kann.

Die von der Spielvereinigung Fürth errungenen Ehrenpreise.

Der KICKER schrieb 1927

Die Kunst der Kleeblättler ist ja viel zu bekannt um viele Worte zu verlieren – es bleibt das Fürther Spiel immer ein Hymnus an die Schönheit – aus jeder Bewegung und aus jedem Gedankeneinfall klingt das Erfülltsein von der Herrlichkeit des Fußballspiels. Es ist der Verdienst Townleys! Nie hat eine andere deutsche Fußballmannschaft den klassischen Fußball in derselben Grazie beherrscht als die Fürther SpVgg, auch der HSV und der Club in ihren besten Zeiten nicht.

Spielvereinigung Fürth — Es war einmal!

Es gab einmal eine Zeit, in der das Fußballspiel als so fürchterlich roh und so schrecklich verrohend angesehen wurde, daß alle zuständigen und nicht zuständigen Stellen die Ausübung des Spiels mit den lächerlichsten Gründen und den einfältigsten Mitteln erschwerten oder gar verhinderten. Der Staat nahm von dieser Sportbewegung geflissentlich keine Notiz, die Städte gaben keine Plätze her, die Schulen verboten die Teilnahme und die lieben Eltern verweigerten für solche Rohheiten jeden Pfennig. Die Aechtung ging sogar so weit, daß jeder Fußballer bei den verschimmelten und verbildeten Bureaukraten jener Zeit als Rohling galt.

Damals war ein eigener Spielplatz mangels Geld geradezu eine Unmöglichkeit, und wo ein solcher Platz durch besonders günstige Umstände vorhanden war, fehlte bestimmt die Grasnarbe und eine Umzäunung. Umkleideräume fanden sich, wenn auch nur in Kneipen, deren Wirte aus der Not der Spieler schon damals das beste Geschäft machten. Torstangen und sonstige Requisiten wurden von Mitgliedern gestiftet. Ein Ball, eine Ersatzblase, die dringend nötige Luftpumpe und schließlich eine mißtönige Schiedsrichterpfeife waren auch da, manchmal sogar zwei Bälle, davon war der eine ganz bestimmt kaputt. Der Vereinsvorstand war das Mädchen für alles, er war meist noch Schriftführer und Kassierer, Platzwart und Zeugverwalter, oft auch noch Spielführer (damals hieß er stolz Kapitän), und zum Dank für alle diese Arbeit durfte er alle Portis und dergleichen aus der eigenen Tasche bezahlen. Die Sportkleidung war so verschieden wie ihre Inhaber. Zu den Wettspielen wurden mit Mühe und Not die nötigen Tricots und Hosen zusammengepumpt, damit der Schiedsrichter die Gegner wenigstens einigermaßen erkannte. Schlafwagen, Dampfbäder, Massagen, Gummistrümpfe oder so etwas gab es wohl schon, aber noch nicht für den armen Fußballsport. Für derartiges gab es nirgends Geld, denn Geld war arg rar und die Menschen sparsam. Die Mitglieder zahlten prompt ihre hohen Vereinsbeiträge (20, 30, 40, 50 Pfennig im Monat); den größten Teil der Spesen für die auch damals schon stattfindenden, naturgemäß selteneren Reisen (3. Klasse, ohne Verpflegungszuschuß, ohne Hotel, denn es wurde nachts gefahren) trugen die Spieler selbstverständlich auch, und was es eben an derartigen Ausgaben gab. Ehrensache war es jedem Anhänger, dem Verein nichts schuldig zu sein. Den Sport zu fördern aus reinster Liebe zu ihm, war Dogma. Schmarotzer wurden miesgemacht und abgelehnt. Ja, so war es einmal und darum konnte der Fußballsport wachsen und gedeihen, denn er hatte gesunden Boden. Uneigennützige, ehrgeizige Spieler, sparsame Führer, eifrige Mitglieder brauchte in jener kargen Zeit der Sport und Gott sei Dank, daß er sie hatte. Es klingt wie ein Märchen und doch ist es erst einige und zwanzig Jahre her, daß die vorgeschilderten Verhältnisse selbstverständlich waren.

Wenn auch heute der Sport aus allerseits bekannten Gründen im allgemeinen und im besonderen eine ungeahnte Ausdehnung erreicht hat, so ist doch nicht zu verkennen, daß er die selbstlose Liebe zur Sache, die spartanische Unterordnung der Sache wegen meist verloren hat, weil das Zeitalter des Materialismus nach dem Kriege in verheerendem Ausmaße überall in Blüte kam. Welch ein Segen wäre es, wenn auch diese üblen Folgeerscheinungen wie so viele andere überwunden würden, damit man von Ihnen bald sagen kann:

„Es war einmal!"

Spielvereinigung Fürth, 1B-Mannschaft (Gaumeister 1910/11 12)

Hintere Reihe: Bauamtmann Kraus, Scheiber, Karl, Sternecker, Börner, Townley (Trainer)
Mittlere Reihe: Wunderlich, Klampfer, Willnecker, Werner
Vordere Reihe: Christ, Dellert, Schmidt

22

[Eine Seite aus der Festschrift zum 25jährigen Vereinsjubiläum der SpVgg Fürth; die Fotos auf den nächsten Seiten stammen ebenfalls daraus.]

Unsere 1. Mannschaft im Juli 1924 gegen den 1. F.C.N. 1:1

Stehend von links nach rechts: Kießling, Müller, Gußner Paul, Kleinlein, Seiderer, Löblein, Franz, Hagen
Liegend: Ascherl, Auer, Wellhöfer

Einer der berühmten Strafstöße von Franz sitzt, unhaltbar für Stuhlfauth, im Netz.

Deutsche Meisterelf 1914

Von links nach rechts stehend Wellhöfer, Jakob, Burger, Schmidt, Weicz, Hirsch, Wunderlich, Riebe
Knieend Seidel, Polenski, Karl Franz

Deutsche Meisterelf 1926

Von links nach rechts stehend Hagen, Ascherl, Franz, Kießling, Seiderer, Krauß, Auer, Leinberger, Kleinlein, Müller
Sitzend Hörgreen

27

So sehr sich der Phönixverteidiger streckt um Seiderer aufzuhalten … es ist vergebens!

Das 1. Tor. Mit großer Wucht jagt Seiderer das Leder in die rechte Ecke

Abdrängen gibt's bei Seiderer nicht, er schießt unbedingt
[Szene aus dem Halbfinale 1926 gegen Holstein Kiel]

Tony Seiderer erzählt...

19. Fortsetzung

Unser nächstes Ziel war Madrid, wo wir gegen den Royal Club Madrid [Anm.: heute »Real Madrid«] als Abschluß unserer Spanienreise noch zwei Spiele auszutragen hatten. Die Fahrt nach Madrid war teilweise sehr eintönig, da wir oft stundenlang durch Gegenden fuhren, wo nicht die geringsten Anzeichen einer Vegetation vorhanden waren. Die Stadt Madrid dagegen gefiel uns sehr gut, nur die übergroße Hitze machte uns allen anfangs schwer zu schaffen. Fabelhaft in Madrid sind die verschiedenen Gemäldegalerien, in welchem ganz hervorragende Stücke enthalten sind. Interessant ist auch das Leben während den späten Nachmittagsstunden in den herrlichen Parkanlagen, wo sich die Elite der spanischen Hauptstadt tagtäglich ein Stelldichein in Gestalt von Korsofahrten gibt. In Madrid benützten wir auch die günstige Gelegenheit, einmal einen Stierkampf anzusehen.

Dabei hatten wir nach Ansicht der Spanier großes Glück, denn kein geringerer als der beste Stierkämpfer Spaniens »La Bilalda« trat an diesem Tage hier auf. Ich will hier nicht den Stierkampf beschreiben, da dies ja schon sehr oft in Sportzeitungen zu lesen war, aber ganz kurz möchte ich meine Eindrücke doch hier wiedergeben.

Für uns Deutsche erscheint vielleicht der Stierkampf, der doch in Spanien eines der beliebtesten Volksvergnügen ist, als eine Eigenart des spanischen Volkes, welche wir nie verstehen lernen werden. Wir werden stets den Stierkampf, nach meiner persönlichen Meinung, als Grausamkeit betrachten. Auf der anderen Seite halte ich aber eine Treibjagd oder ein Kesseltreiben in Deutschland für genauso grausam und unwürdig. Dabei ist noch zu bedenken, daß der Stierkampf auch ein »Sport« ist und zwar ein Sport, der einen Kampf auf Gegenseitigkeit darstellt. Die große Unberechenbarkeit eines derartigen Kampfes ist es vielleicht, was dieser Veranstaltung einen derartigen Reiz gibt. Das herrlichste davon war für mich, außer der Auffahrt zur Arena, folgendes: Die Arena war dicht gefüllt mit Menschen, auffallender Weise viele Damen, welche in großer Toilette erschienen waren; schön anzusehen, wie sie ihre Fächer handhabten; der helle gelbe Arenasand; die farbenfreudig gekleidete Menschenmenge und der tiefblaue, wolkenlose Himmel darüber ergab einen prächtigen Anblick. Wenn man sich dann noch vorstellt, das abwechselnd ein kraftstrotzender brauner oder schwarzer Stier die Arena eine Zeit lang beherrscht; die Arena Burschen mit ihren roten Blusen durch den gelben Sand dahineilten; die berittenen Lanzenstecher, genannt »Picadores«, in ihren schönen alten Trachten durch die Arena ritten und zuletzt die »Toreros« in Gold strotzenden altspanischen Trachten ihre Wendungen vor dem Stier, Auge in Auge, mit selten zu sehender Gewandtheit und großem Mut ausführten, dann ist das farbenprächtige Bild fertig. Dazu kommt noch die Begeisterung, welche die Spanier bei der Anlässen aufbringen und welche wir wohl nie verstehen können. Alles in allem, innerlich bäumte sich etwas in mir auf, ich versuchte den Stierkampf aus dem ganzen Land und der ganzen Bevölkerung heraus zu verstehen, aber insgesamt blieb ich dem blutrünstigen Geschehen gegenüber doch ablehnend und daran wird wohl mein bedeutend kühleres Blut schuld gewesen sein.

Nach dieser Abwechslung bereiteten wir uns für die Spiele gegen den Royal Club Madrid vor. Unsere Aufstellung bereitete uns durch die vielen erlittenen Verletzungen große Schwierigkeiten, doch unsere Kameradschaft war so groß, daß auch ziemlich erheblich Verletzte sich auf das Spielfeld begaben, denn mit elf Mann mußten wir doch unbedingt die Wettspiele bestreiten. Der gute Mannschaftsgeist ging so weit, daß eben die noch ganz gesunden Spieler einen Teil des Arbeitsspensums der invaliden Spieler übernahmen. Unsere Mannschaft wird wohl noch nie so einen hohen Verbrauch von Stärkebinden gehabt haben wie in diesen Spielen. Im Gegensatz zu den katalonischen Spielern befleißigten sich die Spieler des Royal-Clubs einer fairen Spielweise. Nur mit dem Amt des Schiedsrichters konnten wir wieder einmal nicht zufrieden sein. Das erste Wettspiel endete aber trotzdem 1:1. In dem zweiten Wettspiel, in welchem ich trotz meiner Knieverletzung mich auch wieder zu betätigen versuchte, gewannen wir dann 2:1.

Äußerst nett war in diesem Spiel folgende Begebenheit. Beim Stand von 2:1 wollte der Schiedsrichter sich doch unbedingt seinen spanischen Freunden erkenntlich zeigen. Was gab es da anders, als einen Elfmeterball zu geben? Das war ja für den Schiedsrichter sehr einfach. Bei einem spanischen Angriff ertönte ein Pfiff und der Schiedsrichter gab Elfmeter. In unseren Reihen herrschte naturgemäß darüber große Aufregung, besonders weil gar kein Grund zu einer derartigen Entscheidung vorgelegen hatte. Während einige unserer Spieler mit dem Schiedsrichter verhandelten, lief ich zur Tribüne und fragte unseren Ehrenvorsitzenden, Herrn Wolfsgruber: »Habt ihr das Geld schon vom Royal-Club bekommen?«, worauf er lächelte und nein sagte. Hätte ich die Antwort ja erhalten, so wäre ich glatt mit meiner Mannschaft abgetreten, aber so mußten wir weiterspielen, denn sonst hätten sich eventuell noch Schwierigkeiten ergeben. Infolge der Auseinandersetzungen wurde der Elfmeterschütze der Spanier nervös und verschoß dann den

Elfmeterball, so daß wieder jeder bei uns zufrieden war. Bald darauf kamen wir gut vor, ich erhielt den Ball in schöner Schußstellung und ließ einen Schuß vom Stapel, gleichzeitig aber mit der Ausführung dieses Schusses pfiff der Schiedsrichter auch das Spiel ab und das erzielte Tor ließ er nicht gelten. Da wir sowieso mit 2:1 gewonnen hatten, ärgerten wir uns darüber aber gar nicht, sondern pflaumten ihn in der Umkleidekabine nur leicht an. Auf unsere Äußerungen »Penalty specialist« (Elfmeterballspezialist) lächelte er nur.

Einen netten lustigen Abend konnten wir in Madrid noch verleben, dann hieß es die Gedanken wieder heimwärts zu lenken. Sehr nett war die Abfahrt. Am Bahnhof in Madrid angekommen, wollten wir uns die Fahrkarten lösen. Zu unserem Erstaunen gab uns der Schalterbeamte die Auskunft, daß es heute keine mehr gäbe, denn der Expresszug wäre ausverkauft. Nun, da wir die Spanier kannten, ließen wir uns nicht verblüffen, sondern legten dem »treuen« Beamten 20 Pesetas Trinkgeld hin, worauf wir anstandslos unsere Fahrkarten »ausnahmsweise« erhielten. Die kommende Fahrt von Madrid über Barcelona, Cette, Avignon bis Genf war eine Strapaze und keine »kleine«. Nur der Umstand, daß wir einige Stunden Aufenthalt in Barcelona dazu benützten, rasch noch einmal im Meer baden zu können, erleichterte uns diese Reise. Glücklich waren wir alle, als wir Genf erreichten, denn jeder einzelne von uns war todmüde. Nach einem erfrischenden Bad und einem guten Abendessen statteten wir dem festlich beleuchteten Genfer See noch einen Besuch ab, bevor wir uns zur Ruhe begaben. Die weite Reise in die Heimat war weniger beschwerlich, da es uns gestattet wurde, noch einmal in Lindau Station zu machen.

Sehr bald nach dieser zweiten Spanienreise bekam unser guter Mittelläufer Lang Veränderungsgelüste. Einem großen Anhänger des Hamburger Sportvereins war er in die Hände gefallen und dieser hatte es sehr gut verstanden, unseren Lang einzunehmen. Die ganze Angelegenheit spielte sich sehr im geheimen ab, so daß wir alle überrascht waren, als unser Mittelläufer eines Tages erklärte, er würde auswandern und zwar nach Rio de Janeiro. Auf unser Befragen erklärte uns Lang, er könne in Rio de Janeiro in eine große Konditorei kommen, welche einem Sportanhänger gehöre und dies wäre für ihn beruflich, da er Konditor ist, die große Chance seines Lebens. Einige Zeit darauf zeigte er uns seine Schiffskarte und alle benötigten Ausweise, so daß wir eigentlich gar keinen Zweifel in seine Worte setzen konnten. Im übrigen hätte wir ihm auch keine Schwierigkeiten gemacht, wenn wir Zweifel in seine Angaben gesetzt hätten, da wir stets den Standpunkt einnahmen, daß ein Spieler, dem es bei uns nicht mehr gefällt und der die Meinung hat, es sei besser für ihn, sich zu verändern, sich

auch ruhig verändern soll, da er sonst doch nicht mehr mit 100prozentiger Lust und Liebe an unserem Verein gehangen hätte.

Wir Spieler feierten noch Hans Langs Abschied, dabei wurden selbstverständlich auch große Reden geschwungen. Unser scheidender Mittelläufer betonte besonders, wie gut es ihm bei der Spielvereinigung Fürth, bei der er als Spieler groß geworden sei, gefallen habe und versprach auch im neuen Land stets seiner lieben Spielvereinigung Fürth zu gedenken. Wir Kameraden wünschten ihm selbstverständlich alles Gute für Rio de Janeiro und mit dem Wunsch, daß wir trotz der Auswanderung uns in diesem Leben noch einmal sehen mögen, schieden wir voneinander und zwar wie es sich für gute Sportsleute gehört, in bestem Einvernehmen.

Man kann sich vorstellen, wie erstaunt wir waren, als wir einige Tage darauf vernehmen mußten, daß Rio de Janeiro wahrscheinlich bei Hamburg liegt. Trotz Schiffskarte und allen anderen Ausweisen kam unser guter Hans nicht weiter als nach Hamburg in die Rotherbaumchaussee zum Hamburger Sportverein, für dessen Farben er dann in Zukunft auch seinen Sport ausübte. Ich habe diese Umzugsangelegenheit hier nur aufgeführt, da sie eine gewisse Originalität hat. Bei dieser Spielerwanderung wurde doch wirklich viel Arbeit geleistet. Schon die Besorgung der Ausweispapiere und der Schiffskarten war eine große Arbeit, aber das Beste daran war doch die Idee der Auswanderung. Unserem Hans Lang waren wir deshalb bestimmt nicht böse, sondern wenn wir ihn immer wieder trafen, fragten wir ihn stets, wie es denn in Rio gewesen sei und warum er das Klima dort nicht vertragen konnte.

Im April 1924 stellt der deutsche Fußballbund seine Länderelf für das Spiel Deutschland – Holland, welches in Amsterdam stattfand, zusammen. Bei seiner Auswahl wählte er einschließlich eines Ersatzmannes 12 Nürnberg-Fürther Spieler und zwar 6 vom 1. FCN. und 6 von der Spielvereinigung Fürth. Wir Nürnberg-Fürther Spieler sollten endlich einmal für Deutschland einen Sieg herausholen. Bis zu jenem Zeitpunkt hatte nämlich nie eine deutsche Länderelf gegen Holland gewinnen können. In einer westdeutschen Stadt traf die ganze Expedition mit den diversen Reisebegleitern zusammen und von da aus starteten wir nach Amsterdam. Auf der Fahrt fiel den verschiedenen Reisebegleitern des Deutschen Fußballbundes auf, daß in einem Abteil die 6 Nürnberger und in einem anderen Abteil die 6 Fürther Spieler miteinander zusammen saßen. Dies wäre weiter nicht so schlimm gewesen, wenn die Begleiter nicht auch noch bemerkt hätten, daß in beharrlicher Art und Weise weder ein Fürther Spieler mit einem Nürnberger Spieler oder umgekehrt auch nur ein Wort gesprochen hätten. Auf Erkundigungen gaben wir die Auskunft, daß wir augenblicklich äußerst feindliche

Brüder seien. Am vorhergegangenen Sonntag bei einem Spiel Club gegen Spielvereinigung hatte es großen Klamauk gegeben und aus diesem Grunde würden wir nicht mehr miteinander sprechen, da wir zur Zeit nichts voneinander wissen wollten. Dem größten Freund und Kameraden der Spieler jeder Nationalmannschaft, dem leider zu früh verstorbenen G. P. Blaschke, ging dies sehr nahe und er bemühte sich in seiner treuherzigen Art und Weise wieder einen Kontakt herzustellen. Dies war leider ein vergebliches Bemühen, denn die Wunde des großen Streites war noch zu frisch. Seine Bedenken, daß wir unbedingt gut zusammen sein müßten, da wir doch sonst unmöglich auf dem Spielfeld für Deutschland und unser bestes zeigen könnten, zerstreuten wir mit der Versicherung, daß es auf dem Spielfeld bei uns bestimmt keine Meinungsverschiedenheiten geben werde, denn da würde uns nur das einzige Ziel, der gemeinsame Sieg der deutschen Mannschaft, beherrschen. Ganz glaubte uns wohl »Papa Blaschke« nicht, aber er gab sich damit zufrieden.

In Amsterdam wurden wir fabelhaft empfangen und in einem besonders guten und sehr teueren Hotel untergebracht, im »Hotel American«. Sehr nett war, daß unser Gegner, die holländische Nationalmannschaft, von unserem früheren Trainer Will Townley betreut wurde, denn dadurch konnten wir nach langer Zeit unseren beliebten »Mister«, wie wir ihn stets nannten, wieder einmal sprechen. Sein großer Gegenspieler in Amsterdam war ein Fürther Kind und zwar Hans Ruff von der Spielvereinigung Fürth. Dieser trainierte damals eine holländische Mannschaft und erhielt vom Deutschen Fußballbund den ehrenvollen Auftrag, die deutsche Mannschaft in Amsterdam zu betreuen.

Der Tag des großen Kampfes sah im Amsterdamer Stadion eine große Menschenmenge, welche schon vor dem Kampf allerlei Radau mit Ratschen und Autohupen vollführte. Die Stimmung im Publikum war eine fabelhafte und gab dem Spiel einen herrlichen Rahmen. Nachdem die Klänge der Nationalhymnen der beiden kämpfenden Mannschaften verrauscht waren, stellten wir uns zum Spiel und ein großer Kampf begann. Wir, unter uns feindlichen, Nürnberg-Fürther Spieler stellten auf dem Spielfelde eine geschlossene Einheit dar und unterstützten uns in jeder Weise auf das beste. Die beiden Stürmerreihen griffen in wuchtigen Angriffen an, aber die beiden Hintermannschaften waren auf der Höhe ihres Könnens. Anfangs stellte uns die holländische Hintermannschaft sehr oft abseits, aber wir durchschauten diese Taktik sehr bald und änderten unser Angriffssystem. Nach ungefähr einer halben Stunde mußte die holländische Mannschaft ihre Abseitstaktik schwer büßen. Das bedingte weite Aufrücken der Verteidigung wurde ihnen zum Verhängnis und sollte ihnen den Sieg kosten.

Unser Linksaußen Ascherl erhielt hart an der Grenze des Abseits den Ball, lief gut durch und gab eine herrliche Flanke auf halbrechts herein. Unser wieselflinker Rechtsaußen Karl Auer war mit großer Berechnung auf halbrechts herein gelaufen und konnte einen seiner Spezialkopfbälle anbringen, gegen den der sehr gute holländische Torwart machtlos war. Deutschland führte damit 1:0 und unsere Freude darüber war groß. Von nun ab spielten wir nicht mehr soviel auf Angriff, sondern halfen in der Hauptsache unserer Läuferreihe aus, das Resultat zu halten. In der zweiten Halbzeit hatten wir einige bange Minuten zu überstehen, denn der Angriff der Holländer heizte unserer Hintermannschaft richtig ein. Unsere Hintermannschaft jedoch, allen voran der unverwüstliche Heiner im Tor, zeigten sich jeder Situation gewachsen und verhalfen insbesondere Deutschland

zum ersten Sieg über Holland.

Der Sieg war sicher etwas wert, da er auf holländischem Boden errungen werden konnte.

Am Abend waren beide Mannschaften auf einem Bankett zusammen und nach demselben interessierten wir uns noch etwas für das Nachtleben Amsterdams. Bei dieser Gelegenheit begannen schon die ersten Wiederannäherungsversuche zwischen Nürnberg und Fürth.

Das Nachtleben in Amsterdam spielt sich in der Hauptsache in sogenannten geschlossenen Clubs ab. Als Fremder ist es fast unmöglich, sich hier Zutritt zu verschaffen. Ein guter deutscher Bekannter nahm uns Fürther in einen derartigen Club mit und führte uns als Gäste ein. Auf dem Weg dahin schloss sich uns der Kalbs Hans an [Anm.: Kalb spielte beim 1. FCN.] und als Sportfreunde hatten wir natürlich nichts dagegen, trotzdem wir ja eigentlich noch in Fehde lagen. Auf dem Nachhauseweg gaben wir ihm jedoch den Rat, er solle vorausgehen, damit seine Kameraden nicht merkten, daß er an diesem Abend mit den verhaßten Fürthern aus war und er befolgte auch unseren Rat. Im übrigen war nach Verlauf einiger Wochen unser Streit wieder vergessen.

– Fortsetzung folgt –

Tony Seiderer erzählt...

20. Fortsetzung

Im Mai 1924 hatte unsere unternehmungslustige Vereinsleitung die englische Professionalmannschaft Woolwich-Arsenal zu einem Gastspiel verpflichtet. Zu jener Zeit hatte Woolwich gerade mit viel Geld einen neuen schottischen Innensturm erworben, welcher uns alle Feinheiten des Fußballspieles zeigte. Schade war nur, daß die englischen Profis nicht ihre ganze Kraft einsetzten (sie gewannen wohl 1:0) und ihr schönes Spiel nicht in Toren zum Ausdruck bringen konnten, denn dann wäre ihr Spiel für die Zuschauer sicher mehr wert gewesen, da seine Hoheit der Zuschauer doch Tore sehen will. Bei diesem Spiel zeigte es sich so richtig, daß der englische Profi auf einer Kontinentreise unter keinen Umständen seine Knochen riskiert, da es ihm zu gefährlich ist, denn auf derartigen Reisen ist er nicht versichert und bei einer eventuellen schweren Verletzung hätte er dann unter Umständen einen großen Verdienstausfall.

Da wir damals in unseren Reihen keinen Mittelläufer hatten, entschloß ich mich in diesem Spiel als Mittelläufer mitzuwirken. Nie werde ich vergessen, wie ich die ersten fünf Minuten bei dem ausgeprägten guten Dreiecksspiel des englischen Innensturmes dem Ball nachgelaufen bin, ohne denselben auch nur berühren zu können. Doch ich merkte sofort, wie die Uhr ging, lief nicht mehr soviel, sondern ließ die englischen Stürmer mehr zu mir herankommen und

Sp.-Vgg. Fürth – Woolwich Arsenal 0:1
Ein scharfer Schuß von Ascherl, den der englische Torhüter sicher meistert.

Strafstoß

Wenn Seiderer Strafstoß *schreibt, ist gemäß heutigem Sprachgebrauch ein* Freistoß *gemeint und kein Elfmeter.*

von diesem Augenblick an ging es auch ganz gut als Mittelläufer. Besonders nett für mich war die Ausführung eines Strafstoßes gegen die Engländer. Ich stellte mich so, als würde ich den Ball auf unseren rechten Flügel schlagen und prompt reagierten die Tommys auch darauf. Dies hatte aber in meiner Berechnung gelegen. Nach einem kurzen Anlauf gab ich den Ball durch eine kurze Körperwendung nach links statt nach rechts und hatte die gegnerische Hintermannschaft damit groß geblufft. Dieser kleine gut gelungene Trick freute mich sehr. Ich versuchte derer noch mehrere und kam dabei zu dem Ergebnis, daß man bei etwas Täuschungsvermögen auch die vollendet spielenden Profis täuschen kann, wenn man nur rasch denken kann (vorausgesetzt natürlich, daß man auch dementsprechende Balltechnik besitzt). Hand aufs Herz.

Im jetzigen Spielbetrieb

sieht man im Verhältnis viel zu wenig gut gelungene Täuschungsversuche, es wird von den verschiedenen Mannschaften doch in der Hauptsache zu viel Wert auf körperliches Spiel gelegt und darunter leidet die Schönheit unseres geliebten Fußballsportes und damit werden wir auch die fanatischsten Zuschauer auf die Dauer nicht voll befriedigen können.

Zu Beginn des Jahres 1925 sahen wir Spieler der Spielvereinigung Fürth zum ersten Male den später zum erfolgreichsten deutschen Stürmer in Ländermannschaften aufrückenden Richard Hofmann. Wir absolvierten in Meerane und in Zwickau zwei Privatspiele und davon wird jedem Teilnehmer an dieser Reise das Spiel in Meerane stets im Gedächtnis bleiben. Der Platz in Meerane war alles andere als ein ideales Fußballfeld. Ein steinharter Boden, teilweise mit Schlacke überschüttet, erwartete uns. Dazu kam noch die mit ihrem Gelände gut vertraute, äußerst eifrige, aber sehr hart spielende, spielstarke Mannschaft des FC. Meerane mit Richard Hofmann in ihren Reihen. Wir kannten damals doch noch keinen Richard Hofmann, aber bereits in diesem Spiel sollten wir ihn, mehr als uns lieb war, kennen lernen. Auf dem dazu noch in seinen Ausmaßen kleinen Gelände konnten wir uns lange nicht zurecht finden. Unsere Kombinationsmaschine wollte und wollte nicht laufen, da wir stets zu nahe beisammen standen. Anders dagegen ging es beim FC. Meerane. Mit seinem einfachen und ungekünstelten, eifrigen Spiel heizte er uns bös ein und in der ersten Hälfte gelang es seinem Stürmer Richard Hofmann uns drei bombige Tore in den Kasten zu setzen. Von diesen Toren kann man ruhig behaupten, daß eines schöner geschossen

war, als das andere, ohne dabei in den Fehler der Überschwänglichkeit zu verfallen. Trotzdem wir bei Halbzeit mit 0:3 Toren in Rückstand waren, hatten uns als fairen Sportlern diese kräftigen, direkt herzerfrischenden Schüsse sehr gut gefallen. In der zweiten Spielhälfte ließen wir unsere Maschine auf volle Touren laufen, aber mehr wie drei Tore konnten wir nicht mehr erzielen, da die gesamte Mannschaft des FC. Meerane mit allen Mitteln und unter rücksichtslosem Einsatz ihres Körpers zähe ihren Vorsprung verteidigte. Wie hart dieses Spiel in der zweiten Hälfte von beiden Seiten durchgeführt wurde, kann man sich erst vorstellen, wenn ich hier schreibe, daß es bei uns noch Jahre später hieß: »Wer Vater und Mutter nicht ehrt, der muß nach Meerane und gegen den FC Meerane spielen.«

Im Juni 1925 hatten wir in Fürth wieder einmal englische Gäste, und zwar zur Abwechslung einmal eine Amateurmannschaft aus Edinburgh. Diese waren wohl die nettesten und fairsten Sportleute, welche ich während meiner aktiven sportlichen Laufbahn kennengelernt habe. Sie spielten so fair, wie ich es bis dahin nicht für möglich gehalten hätte. Lieber ließen sie den Ball einem unserer Spieler, als denselben unfair anzugehen. Wirklich patente Burschen waren dies! Ihre 5:0 Niederlage, welche Sie von unserer damals gut in Form sich befindlichen Mannschaft bezogen, entsprach absolut nicht der wirklichen Spielstärke, sondern war größtenteils nur auf ihre mehr wie vornehme Spielauffassung zurückzuführen. Die englische Mannschaft des FC. Civil Service Edinburgh begleitete ich während ihrer Anwesenheit ständig. Ich zeigte ihnen Nürnberg, wie es nur einer zeigen kann, der seine Heimatstadt liebt und der schon als kleines Kind sich manchmal als Fremdenführer betätigt hat. Es ist überflüssig, groß zu erwähnen, daß sämtliche Spieler des Lobes voll über das Schatzkästlein Nürnberg waren. Auf diesen großen gemeinsamen Spaziergängen fragte mich der englische Spielführer Murray ganz genau über die Deutschen Sportverhältnisse aus. Er hatte großes Interesse dafür. Bei dieser Gelegenheit teilte ich ihm auch mit, daß ich mich vom aktiven Sport zurückziehen wolle, aber nur die Aussicht, doch auch einmal eine deutsche Meisterschaft mit erringen zu helfen, hätte mich stets noch bei der Stange gehalten. Gleichzeitig teilte ich ihm auch unser Mißgeschick mit, daß uns in den verschiedenen DFB.-Zwischenrunden verfolgte, und gab der Meinung Ausdruck: »Bei unserem Glück« werde ich wohl meinen Wunsch begraben müssen! Nun entwickelte aber mein Freund »Murray« eine große Redseligkeit und trieb mir meine düsteren Gedanken richtiggehend aus dem Kopf. Er sagte am Schluß zu mir, ich solle den aktiven Sport noch nicht aufgeben, denn mit dieser Mannschaft, welche 5:0 seine wirklich spielstarke Elf schlagen konnte, werde ich noch erreichen können, daß wir im Schlußspiel um die

Deutsche Meisterschaft stehen und siegen würden. Ich glaubte auch an seine Worte. Nach England zurückgekehrt, erinnerte sich Murray noch unserer Aussprache und sandte mir zur Erinnerung ein schönes goldenes Medaillon, das den britischen Löwen darstellte, mit den Worten: »Mit diesem Talisman wirst du mit deiner tapferen Mannschaft eine deutsche Meisterschaft erringen.« Und dieser Wunsch des Gentleman Murray traf dann auch ein Jahr darauf, also in der kommenden Saison bereits, selbstverständlich zu meiner größten Freude, ein.

Ein wesentlicher Schlußstein zu dieser Erringung der Deutschen Meisterschaft 1926 war das am 23. August 1925 auf dem Platz der Teutonia auf dem Oberwiesenfeld stattfindende Schlußspiel um den süddeutschen Pokal. Kein geringerer als die Stuttgarter Kickers, für uns alte Bekannte vom Degerloch, waren unser Gegner. Interessant dürfte sein, daß wir mit den Stuttgarter Kickers, wie bereits beschrieben, schon einmal im Endspiel gestanden hatten, und zwar im Jahre 1918, wo wir knapp aber sicher für unseren Verein mit 2:1 siegen konnten. Eine lange Zeit, sieben

1. Mannschaft Süddeutscher Pokalmeister 1925
Von links nach rechts stehend Riebe (Trainer), Kleinlein, Krauß 1, Gußner, Löblein, Krauß 2, Kießling
Sitzend: Hagen, Leinberger, Müller, Seiderer, Auer, Ascherl

für uns Deutsche so ereignisreiche Jahre, waren in der Zwischenzeit verflossen. Auch in den beiden Mannschaften hatte sich sehr vieles geändert. Bei den Stuttgarter Kickers war nur noch ein Mann dabei, welcher jenes Pokalschlußspiel 1918 in Stuttgart mit uns bestritt, und zwar Höschle, während es in unserer Mannschaft deren noch vier waren, und zwar: Franz, Hagen, Löblein und meine Wenigkeit. Bei meiner Person war es vom spielerischen Standpunkt aus allerdings eine Umwälzung, denn ich hatte das erste Pokalspiel 1918 als Tormann bestritten und im Jahr 1925 war ich als Mittelstürmer tätig. Dies war doch immerhin ein großer Unterschied, aber für einen vollendeten Fußballspieler war es ja nichts Unmögliches. Einen viel schwereren Standpunkt hatte da mein lieber Freund »Urbel Krauß«, der viel berüchtigte und leider oft viel (sehr oft aber auch unberechtigt) geschmähte, nach meiner Ansicht eines der größten Talente am deutschen Fußballhimmel. War er doch zwei Jahre lang in Stuttgart geschäftlich tätig und mußte nun gegen seinen früheren Verein, den er sehr lieben gelernt hat, in einem derartig schweren Streit kämpfen. Es ist leicht zu verstehen, daß verschiedene Anhänger unserer Spielvereinigung einen großen Schrecken bekamen, als wir nach dem Frühstück in München unseren »Urbel« vermißten und nach Einholung von Erkundigungen den Bescheid erhielten, unser »Urbel« wäre in das Hotel des gegnerischen Lagers gegangen um seine Freunde zu begrüßen. Ganz große Fanatiker gaben mir persönlich den Rat, den »Urbel« lieber am Nachmittag nicht spielen zu lassen, da dies ein Wagnis wäre, nachdem er mit unserem Gegner so gut befreundet sei. Ich und mit mir die gesamte Vorstandschaft der Spielvereinigung Fürth hatten aber von »Urbel« eine viel bessere Meinung, da wir ihn als Menschen viel besser kannten und mit vollstem Recht auf ihn Häuser bauen konnten. Nach seiner Rückkehr sagte ich ihm auch als Freund, was Fanatiker von ihm denken. Seine Antwort war, er wäre stets Sportsmann, und zwar ein ehrlicher, und wenn er heute Nachmittag auch gegen seinen Bruder spielen müsste, dann würde er auch für den Verein, für den er antritt, sein Bestes geben, denn wer was anderes machen würde oder wer nur mit dem Gedanken spiele, sich nicht für den Verein, dem er angehört, voll und ganz einzusetzen, der wäre in seinen Augen kein Fußballspieler, sondern ein Lump.

Nun, mein »lieber Urbel«, wie ich ihn gern nenne, spielte an diesem Tag gegen seine ihm auch ans Herz gewachsenen Freunde aus Stuttgart ein Spiel, wie wir uns es besser gar nicht wünschen konnten. Die große Zuschauermenge hatte an ihm, mit vollstem Recht, ihre größte Freude. Durch seine Leistung auf dem Spielfeld hatte er großen Anteil an dem schönen Sieg der Spielvereinigung Fürth. Diese Zeilen schreibe ich hier nur, um vielen Leuten, denen Urbel Krauß, solange er

spielt[e], stets ein Dorn im Auge war, zu beweisen, welch tadelloser Charakter er ist. Seine menschlichen guten Qualitäten konnten ihm in den Augen jener Personen, die ihn kannten, auch durch gehässige Berichterstatter nicht genommen werden.

Das Pokalendspiel gegen die Stuttgarter Kickers stand stets im Zeichen einer Feldüberlegenheit von uns Kleeblättlern. Wir hatten die bessere Ballbehandlung, das bessere Sich-Freistellen, und dies mußte für uns, die wir noch von einem ungeheuren Siegeswillen beseelt waren, langen und es langte auch. Besonders markant in diesem Spiel waren die von uns erzielten zwei Tore. Beide Tore erzielte unsere Schußkanone »Resi Franz«. Das erste resultierte aus einem schönen Angriff, welcher ein Schulbeispiel guter Kombination war. Unser Urbel gab mir als Abschluss der Kombination einen herrlichen genauen Paß, den ich direkt steil zu Resi Franz weitergab. Noch bevor die Hinterleute richtig zum Angriff an Franz übergehen konnten, hatte dieser schon einen so unheimlichen Schuß losgelassen, daß der Ball durch die Wucht des Stoßes aus dem Tor sofort wieder in das Feld zurücksprang. Das zweite Tor von Franz war ein unhaltbarer Flachschuß in das linke Toreck. Diesen Schuß gab Franz ab, trotzdem er von der Hintermannschaft schon mehr wie bedrängt wurde. Diese zweite fabelhafte Leistung stellte unseren Pokalsieg sicher. Daß wir nach gewonnenem Spiel den Sieg in München gleich an Ort und Stelle richtig feierten, ist ja selbstverständlich, umsomehr, als wir durch diesen Sieg bereits als Teilnehmer an den süddeutschen Meisterschaftskämpfen der kommenden Saison feststanden.

Ein großer Tag in meiner aktiven sportlichen Laufbahn war für mich der 23. August 1925. Der Süddeutsche Fußballverband hatte mich wieder einmal

»Durch öfteres Lesen Ihrer werten Zeitung bin zu der Ansicht gekommen, daß die »ASS« die reichhaltigste Sportzeitung in ganz Bayern ist. Ich möchte mich bei Ihnen aufnehmen lassen und ersuche Sie daher freundlichst, mir die Zeitung alle Montage ins Haus zu senden.
Hochachtungsvoll …«

Ein Leserbrief, wie er Ende 1932 in der ASS im Rahmen einer Abonnentenwerbe-Aktion immer wieder abgedruckt wurde. Mutmaßlich hatte man wirtschaftliche Probleme, denn bald darauf verschwand das Magazin völlig und ist heute mehr oder weniger komplett vergessen.

als Mittelstürmer für Süddeutschland ernannt und zwar zum 25. Male. Meine Freude darüber, daß ich der erste Spieler Süddeutschlands war, welcher die Farben des Süddeutschen Fußballverbandes zum 25. Male auf dem grünen Rasen vertreten konnte, war groß. Noch mehr erfreute mich, daß ich ausgerechnet in Fürth, vor dem mir heimischen Publikum dieses Jubiläum feiern konnte. Zu jener Zeit stand dem süddeutschen Verband stets eine glänzende Läuferreihe und eine glänzende Verteidigung zur Verfügung. Gesucht wurde nur stets ein derartig guter Sturm, der die Leistung dieser rückwärtigen Reihen auch entsprechend in Toren zum Ausdruck bringen konnte. Das Vertrauen des Verbandes erhielten wir vier Stürmer der Spielvereinigung Fürth, Ascherl, Leinberger, Seiderer und Franz, dazu kam noch der Cluberer Strobel am rechten Flügel. Unsere Stürmerreihe erwies sich auch dieses Vertrauens würdig und legte ein Spiel hin, das die 10.000 Zuschauer ständig zu spontanen Beifallsstürmen hinriß. Herrliche Dribblings jedes einzelnen, unerschöpfliches finessenreiches Spiel und was die Hauptsache war, »Prachtschüsse« aus jeden Lagen, waren es, mit denen wir das Publikum direkt toll machten an diesem Tag. Gleich zu Beginn meines Jubiläumsspieles erhielt ich wohl einen kleinen Dämpfer in Gestalt eines Tores der Westdeutschen. Aber es kam mir gar nicht in den Sinn, daß es möglich wäre, mit dieser Mannschaft verlieren zu können. Die sieben Tore, welche wir dann dem westdeutschen Gegner in den Kasten setzen konnten, sprechen für sich. An diesem Jubiläumstage gelang mir auch noch ein sogenanntes Kabinettstückchen. Durch eine geschickte Körpertäuschung gelang es mir, durch die westdeutsche Verteidigung zu kommen. Dann kam mir Grabowski, der westdeutsche Torwart, entgegengelaufen. Ohne auch nur den Ball zu berühren, täuschte ich auch ihn geschickt mit dem Oberkörper und konnte dann mein Jubiläumstor in aller Ruhe, zur Freude meiner zahlreichen Freunde und Sportanhänger, vollenden.

– Fortsetzung folgt –

Tony Seiderer erzählt...

21. Fortsetzung

Am 4. Oktober 1925 [Anm.: Offizielles Gründungsdatum des DFB ist der 28. Januar 1900.] konnte der Deutsche Fußballbund sein 25jähriges Bestehen feiern. Die festliche Begehung dieser Feier wurde nach der für die verschiedenen Landesverbände zentral liegenden Stadt Leipzig gelegt und daselbst sehr groß aufgezogen. Der Hauptschlager des DFB.-Jubiläums war die in diesem Jahre groß angelegte Pokalkonkurrenz der verschiedenen Landesverbände. Unsere Süddeutsche Auswahlmannschaft hatte bekanntlich die Vorrunde gegen Westdeutschland durch einen großen 7:2-Sieg sehr gut überstanden und fuhr als großer Favorit nach Leipzig. Selbstverständlich war zu dieser Zeit, daß die Süddeutsche Mannschaft ausnahmslos aus Nürnberg-Fürther Spielern bestand, welche damals eine beachtliche spielerische Form aufzuweisen hatten.

Wir Spieler befanden uns alle in guter Stimmung, trotzdem wir nicht, wie zuerst gehofft, als Gegner der Zwischenrunde Südostdeutschland erhalten hatten, sondern die als noch einmal so spielstark eingeschätzte Mannschaft des Verbandes Brandenburgischer Ballspielvereine, kurz genannt Berlin. Diese Einteilung wird wohl seinerzeit eine höfliche Geste gegen den die Jubiläumsfeier ausführenden Mitteldeutschen Verband gewesen sein und wir Spieler konnten dies sehr gut verstehen. Es war für uns ganz klar, daß, wenn in Leipzig die Mitteldeutsche Mannschaft am Endspiel beteiligt sei, doch eine ganz andere Zuschauermasse auf die Beine zu bringen war, als wenn das Schlußspiel von zwei fremden Landesverbänden bestritten wird. Unser Zwischenrunden-Gegner, die Berliner Mannschaft, stand damals hoch im Kurs. Die meist sehr günstigen Ergebnisse der Reichshauptstädter standen bei vielen noch in sehr guter Erinnerung. Wohl glaubte der Großteil der Öffentlichkeit an einen Sieg unserer süddeutschen Mannschaft, aber daß sich die kommende Begegnung Berlin – Süddeutschland zu einer Katastrophe der Berliner auswachsen würde, welche die kühnsten Erwartungen noch übertraf, das war die größte Überraschung. Im allgemeinen hatte man die Vertretung Berlins als gleichwertigen Gegner angesehen, umsomehr, als in vorletzter Stunde die Berliner Mannschaft noch durch einige (der Papierform nach) gute Kräfte verstärkt werden konnte.

Die Berliner Mannschaft wurde von uns Süddeutschen schon glatt überfahren, wie man sich unter Sportlern auszudrücken pflegt. Wir begannen das Spiel mit einem ungeheuren Tempo und die rasch sich einstellenden Torerfolge deprimierten die Reichshauptstädter so, daß sie den Geist und den Schwung, welcher nötig gewesen wäre, um gegen unsere gut zusammengestellte süddeutsche Mannschaft erfolgreich sein zu können, überhaupt nicht mehr aufbringen konnten. Durch schöne Torerfolge, je zwei von Franz und Leinberger und einen von Ascherl, lagen wir bei Halbzeit bereits mit 5:0 fabelhaft im Rennen und für Berlin war das Spiel bereits aussichtslos verloren, da es doch bestimmt eine Unmöglichkeit war, gegen eine Hintermannschaft Stuhlfauth, Müller, Popp, Hagen, Kalb und Schmidt eine derartige Torzahl aufholen zu können. In der zweiten Halbzeit spielten wir etwas verhaltener, da wir doch sofort am nächsten Tag das Schlußspiel bestreiten mußten. Wir konnten nun dem Publikum unser gut ausgeklügeltes Stellungsspiel in aller Ruhe vorführen. Bekanntlich kann man dies am besten zeigen, wenn man nicht mehr so darauf angewiesen ist, unbedingt noch eines oder mehrere Tore erzielen zu müssen. Die Ausbeute dieses, das Publikum sichtlich erfreuenden Stellungsspieles waren noch zwei Tore welche meine Wenigkeit durch einen eingelenkten Flankenball unseres Rechtsaußen Strobel und einen Bombenschuß erzielen konnte.

Berlin wurde an diesem Tag um eine Hoffnung ärmer; es war auch von uns nicht recht schön, am DFB.-Jubiläum dem ersten Gegner gleich sieben Tore in den Kasten zu jagen, aber darauf nahmen wir keine Rücksicht. Ins Hotel zurückgekommen, erkundigten wir uns selbstverständlich sofort, wer unser Endspielgegner des kommenden Tages sei, das heißt, ob die mitteldeutsche Mannschaft in Dresden gegen die südostdeutsche Vertretung gewonnen habe. Nun, da bekamen wir eine Nachricht, welche uns für das kommende Spiel sehr zu denken gab.

»Mitteldeutschland schlägt Südostdeutschland nach verhaltenem Spiel 9:0«

Das hatten wir denn doch nicht erwartet. Ausgerechnet bei dem 25jährigen DFB.-Jubiläum gab es in der Zwischenrunde der Pokalkonkurrenz Ergebnisse mit 7:0 und 9:0, wie man sie bis dahin noch nicht erlebt hatte und die in dieser Konkurrenz ihresgleichen suchen. Nachdem wir Süddeutschen mit einer, ich darf wohl sagen, klassischen Gesamtleistung Berlin direkt überspielt hatten und die Mitteldeutschen ihren Gegner Südostdeutschland mit einer Bravour aus der Pokalkonkurrenz ausgeschaltet hatten, welche jedem Sportanhänger in Mitteldeutschland ehrliche Bewunderung und herzliche Freude erbringen mußte, war es ganz klar, daß das Endspiel um den Pokal eine große Angelegenheit werden würde. Die mitteldeutsche Mannschaft wurde in den noch an demselben Abend erscheinenden Zeitungen groß gefeiert und ihnen die Mahnung eingeimpft, »jetzt kommt [es] darauf an; reißt euch zusammen ihr Mitteldeutschen«. Wir wußten also bereits am Tage zuvor, welch unheimlich großen Kampfgeist und Widerstand wir bei den mitteldeutschen Spielern finden würden.

Der Tag des Entscheidungskampfes hatte über 25.000 Zuschauer in das DFB.-Stadion angezogen. Das Spiel begann sofort mit ungeheurer Schnelligkeit und wurde beiderseits mit einer solchen zähen gegenseitigen Verbissenheit durchgeführt, daß naturgemäß auch diverse beiderseitige Fouls nicht zu vermeiden waren. Die mitteldeutsche Volksseele, bei welcher wir Nürnberg-Fürther Spieler ja an und für sich nicht in übermäßig hoher Gunst standen, kochte stets kräftig über, wenn der Übeltäter ein Süddeutscher war. Uns erfahrene Spieler brachte dies jedoch absolut nicht aus der Ruhe. Wir versuchten immer wieder, unserem Gegner unser gewohntes Spiel aufdrängen zu können, aber es ging beim besten Willen nicht so, wie wir wollten. Unser Gegner spielte mit einem unerhört großen Eifer und mit einer solchen Hingabe, daß wir unser genaues Paßspiel eben nicht an den Mann bringen konnten. Dies umso mehr, als bereits sofort nach Beginn der mitteldeutsche Mittelstürmer einen für Stuhlfauth unhaltbaren Schuß anbringen konnte und durch das damit erzielte Tor bereits seiner Mannschaft einen kräftigen moralischen Rückhalt gegeben hatte. Die Zuschauer rasten vor Begeisterung. Wir süddeutschen Stürmer drehten kolossal auf, um wenigstens den Ausgleich noch vor der Pause herausholen zu können, aber trotzdem wir das mitteldeutsche Tor ernstlich in Gefahr bringen konnten, glückte uns kein zählbarer Erfolg. Wir hatten mit unseren Schüssen kein Glück und selbst die heikelsten Situationen für die mitteldeutsche Elf konnten stets von ihrer wirklich famosen Hintermannschaft geklärt werden. In der Pause war es uns süddeutschen Spielern klar, daß nur noch eine Gewaltleistung einen Sieg bringen konnte. Wir beschlossen, vom ersten Moment der zweiten Hälfte an ein Tempo zu spielen, so schnell, als es nur irgendwie gehen konnte. Diese Taktik war auch richtig. Sofort nach dem Angriff [Anm.: Gemeint ist wohl »Anpfiff«.] legten wir mächtig los und die mitteldeutsche Elf war noch nicht richtig in Schwung gekommen, da hatten wir auch schon den Ausgleich hergestellt. Unser wieselflinker Rechtsaußen des Clubs hatte den Ball in das Netz gejagt und unsere Stimmung war sofort wieder 50 Prozent höher gestiegen. Wir belagerten direkt das mitteldeutsche Tor, aber es schien, daß uns an diesem Tag kein Tor mehr glücken wollte. Die Zuschauermasse dachte bereits an eine Verlängerung des Spieles, aber dieser Freude wurden sie noch beraubt. Einige Minuten vor Schluß des Spieles konnte Resi Franz einen seiner placierten Schüsse anbringen und damit den Sieg für Süddeutschland sicherstellen. In diesem Moment bemerkte man gar nicht, daß über 25.000 Zuschauer

den Platz umsäumten, die Resi-Franz-Bombe hatte ihnen die Stimmung verschlagen. Die restliche kurze Spielzeit spielten wir auf »kein Tor mehr bekommen«. Mit diesem unerhört harten, schwer erkämpften Sieg hatte die süddeutsche Repräsentativ-Mannschaft den Jubiläumspokal des Deutschen Fußball Bundes errungen. Als äußeres Zeichen erhielt jeder einzelne von uns Spielern bei dem abends stattfindenden Bankett eine vergoldete Medaille.

Bei den Gruppenspielen um die Bezirksligameisterschaft des Jahres 1925/26 konnte meine Mannschaft der Spielvereinigung Fürth lange nicht ihre eigentliche Spielstärke zum Ausdruck bringen. Durch interne Vorfälle im Verein waren wir etwas geschwächt. Diesem Übel zu steuern war damals höchste Zeit, denn nach Abschluß der ersten Runde standen wir in der Tabelle so weit hinten, daß wir Spieler schon manch höhnenden Spott über uns ergehen lassen mußten. Durch Zusammennahme aller Kräfte gelang jedoch wieder ein Aufstieg, wie wir ihn [uns] selbst in unseren kühnsten Erwartungen nicht vorgestellt hatten. Beseelt von treuer Vereinsanhänglichkeit bestritt unsere Spielvereinigungsmannschaft die zweite Runde der Bezirksligaspiele mit gutem Geist und noch besserem Schwung. Das Resultat davon war, daß wir uns bis zum Schluß dieser Spiele wieder an die Spitze vorgearbeitet hatten, an die wir unserem spielerischen Können entsprechend auch hingehörten. Dies mag wohl etwas anmaßend klingen, aber Tatsache war, daß unsere Mannschaft doch nur lauter Könner in ihren Reihen hatte und bei Privatspielen in allen Ländern das Publikum stets begeisterte und wir für viele Vereine zur Freude des Kassiers doch ein Kassenmagnet waren. Warum sollten wir also in den Punktspielen am Schwanz der Tabelle stehen, wo wir doch in unzähligen Freundschaftskämpfen stets unsere Klasse bewiesen haben?

Die nachfolgenden Kämpfe um die süddeutsche Meisterschaft 1925/26 absolvierten wir auch in gutem Stil und so konnten wir getrost den kommenden Kämpfen um die von uns doch so lange wieder einmal begehrte Trophäe, die »Germania« des deutschen Fußballbundes, entgegensehen. [Anm.: Heutzutage wird der Pokal immer Victoria genannt.] Zu diesem Zeitpunkt gingen mir stets die Worte meines englischen Freundes Murray, des Spielführers des Civil Service Edinburgh, durch den Kopf, welcher mir doch bei Übersendung eines goldenen Medaillons geschrieben hatte »mit diesem Talisman wirst Du und Deine tapfere Mannschaft eine deutsche Meisterschaft erringen«. Diese wirklich gut gemeinten Worte lagen mir ständig in den Ohren und rüttelten mich so auf, daß ich zu Beginn der deutschen Meisterschaftsspiele felsenfest überzeugt war, daß meine Mannschaft, die Elf der Spielvereinigung, in diesem Jahre unbedingt wieder einmal die deutsche Meisterschaft nach Fürth bringen werde.

So wie die Einwohner unserer doch verhältnismäßig kleinen Stadt Fürth (Fürth 75.000 Einwohner) damals unsere Mannschaft vergötterten, das wird es wohl in Deutschland, selbst in den vom Fußballsport begeisterten Städten, selten mehr geben können. Wir waren in Fürth das Idol der Masse und das Idol der Gesellschaft. Wir wurden von vielen Menschen doch direkt angefleht, wir müssen einmal wieder die deutsche Meisterschaft nach Fürth bringen, das wären wir unserem Ruf schuldig. Die Stadt war ja nicht nur als die Stadt der Spiegel und der Spielwaren in der ganzen Welt bekannt, sondern auch als die Stadt der Fußballtalente und Fußballkünstler und auch diesen Ruf der Stadt Fürth sollten wir noch halten. Nun, unsere Mannschaft, welche in den Punktspielen einen selten schlechten Start hatte und dann zu guter Form auflief, brachte das Kunststück fertig, sich im Jahre 1926 in die Form ihres Lebens zu spielen. Dazu gehörte natürlich auch die dementsprechende Vereinsleitung. Und die hatten wir. Unser allseits beliebter Herr Höfer verstand es fabelhaft, alles für die Mannschaft Unangenehme auf die Seite zu stellen und den Boden zu schaffen, auf dem etwas Gutes gedeihen kann. Damit will ich aber nicht sagen, daß er der Mannschaft stets nachgab oder zu Willen war. Nein, er setzte seinen Kopf stets durch, auch wenn er sich damit Feinde schaffte, das genierte ihn weiter nicht, und uns gab er damit einen starken Rückhalt. Das erste Spiel um die deutsche Meisterschaft erhielten wir auf Fürther Boden zugebilligt und zwar gegen den FC. Forst Mit einem überzeugenden 5:0-Sieg gelangten wir in die nächste Runde. Die Einteilung brachte uns dann mit dem FC. Breslau 08 auf Leipziger Boden zusammen. Auch dieses schon etwas schwerere Spiel konnten wir mit 4:0 für uns siegreich gestalten. Nun gab es wieder einige Tage das berühmte Rätselraten, wer wohl unser nächster Gegner sein werde. Keine geringere Mannschaft als der FC. Holstein Kiel wurde unser Gegner und zwar in Düsseldorf. Gegen die Elf des Holstein Kiel hatten wir vor einem Jahr schon einmal in Düsseldorf gespielt. Damals hatte der FC. TuRU-Düsseldorf ein großes Pokalturnier veranstaltet. Für das Schlußspiel dieses Turniers placierten sich Holstein-Kiel und Spielvereinigung Fürth. Dieses Schlußspiel verloren wir zur allgemeinen Überraschung mit einem Torverhältnis von 3:1. Die Teilnahme an diesem Turnier vor Jahresfrist und unsere gegen Holstein Kiel erlittene Niederlage hatten in diesem Fall das Gute für sich, daß wir dadurch nicht in den Fehler der Unterschätzung unseres Gegners fallen konnten. Diese Niederlage in Düsseldorf hatten wir noch nicht vergessen und wir Spieler brannten direkt darauf, vor der Düsseldorfer Fußballgemeinde uns zu rehabilitieren und sehen zu lassen, daß Fürth doch die bessere Mannschaft sei.

Im herrlichen Rheinstadion ging der Kampf vor sich. Es ist leicht verständlich, daß dieses Spiel sehr hart umkämpft

war. Besonders gleich zu Beginn des Spieles merkte ich sofort, daß mein gegnerischer Mittelläufer, der Ungar Opitz, einen kleinen Sonderauftrag hatte und [richtig: um] mich, wenn es irgendwie gehe, kampfunfähig zu machen. Da ich Opitz, welcher ein sehr schlauer Fuchs war, aber bereits zur Genüge kannte, sah ich mich vor und spielte dementsprechend meinen Fußball. Ich versuchte die erste halbe Stunde fast überhaupt nicht ihn zu überspielen, sondern ließ ihn stets angreifen, bis auf zwei Meter herankommen und gab dann stets an einen freistehenden Kameraden ab. Durch diese Taktik, welche auch meine Halbstürmer befolgten, mußte der Ungar sehr viel laufen und zwar fast stets umsonst. Da bei unserer genauen Ballabgabe doch kein Spieler dies auf die Dauer so aushalten konnte, als es nötig gewesen wäre, um erfolgreich sein zu können, wurde unser gegnerischer Mittelläufer nach einer halben Stunde mürbe, wie man in der Fußballsprache sagt. Wir hatten ihm durch unser genaues Paß- und Dreiecksspiel seinen Schwung genommen. Nun wurden unsere Angriffe viel gefährlicher, aber selbst die besten Schüsse konnten in diesem Zeitpunkt ihr Ziel nicht erreichen.

– Fortsetzung folgt –

Der Weg zur Meisterschaft 1926

Deutscher Meister 1926
Hagen, Ascherl, Franz, Kießling, Seiderer, Krauß, Auer, Leinberger, Kleinlein, Müller
vorne sitzend: Hörgreen

Am 23.08.1925 wurde die SpVgg durch einen 2:0 Sieg gegen die Stuttgarter Kickers Süddeutscher Pokalsieger. Wie »der Lony« schon schrieb, war dies tatsächlich der erste und hinsichtlich der Qualifikation für die Endrunde wichtigste Schritt zur Meisterschaft.

Bezirksliga Bayern

Die Saison 25/26 war für die Fürther zunächst eine »gebrauchte«. In der Bezirksliga Bayern, der höchsten Spielklasse, waren mit dem amtierenden Deutschen Meister 1. FC Nürnberg, dem Süddeutschen Pokalsieger SpVgg Fürth und dem aufstrebenden FC Bayern München drei Spitzenmannschaften vertreten. Die anderen fünf Teams sind nach heutigen Maßstäben bestenfalls als dritt-, wohl eher als viertklassig zu bezeichnen.

Die Bayern landeten einigermaßen souverän auf dem ersten Platz, gefolgt vom Club. Die Spielvereinigung folgte nur auf Platz drei. Der Sieg im Derby am 9. Mai reichte am Ende nicht aus, um den Club noch vom zweiten Platz zu verdrängen. Die Abschlusstabelle nach 14 Spieltagen (8 Mannschaften, 2-Punkte-Regel) sah so aus:

Abschlusstabelle 1926 – Bezirksliga Bayern

		Sp.	S	U	N	Tore	Punkte
1.	Bayern München	14	9	2	3	38:21	20:8
2.	1. FC Nürnberg (M)	14	8	2	4	34:18	18:10
3.	SpVgg Fürth (P)	14	8	1	5	34:24	17:11
4.	ASV Nürnberg	14	7	3	4	30:28	17:11
5.	SV 1860 München	14	5	4	5	31:26	14:14
6.	VFR Fürth (N)	14	4	3	7	21:33	11:17
7.	FC Wacker München	14	4	3	7	15:30	11:17
8.	SSV Schwaben Augsburg (N)	14	1	2	11	17:40	4:24

M = amtierender Deutscher Meister; P = Süddeutscher Pokalsieger; N = Aufsteiger

Als Dritter der Abschlusstabelle war die Spielvereinigung sportlich nicht für die Endrunde um die Süddeutsche Meisterschaft qualifiziert, jedoch als Süddeutscher Pokalsieger! So kam es, dass der Erste und der Dritte der Bezirksliga Bayern weiterkamen … aber nicht der Zweite. Pech für den Club, erst im folgenden Jahr gab es noch eine zusätzliche Zwischenrunde für die Zweitplatzierten der höchsten Spielklassen.

Süddeutsche Meisterschaft

Pech und für die Qualität der Mannschaft teilweise mäßige Spiele führten dazu, dass man auch diesmal im Ligabetrieb den Bayern, die einen echten »Lauf« hatten, den Vortritt lassen musste und am Ende, zwar mit einigem Abstand auf den drittplatzierten FSV Frankfurt, aber eben nur Zweiter wurde. Süddeutscher Meister wurde der FC Bayern, in die Endrunde zogen aber auch der Zweite und der Dritte ein.

Abschlusstabelle 1926 - Süddeutsche Meisterschaft

		Sp.	S	U	N	Tore	Punkte
1.	Bayern München	10	8	2	0	56:17	18:2
2.	SpVgg Fürth	10	7	1	2	29:15	15:5
3.	FSV Frankfurt	10	4	2	4	28:20	10:10
4.	VFR Mannheim	10	3	3	4	15:30	9:11
5.	FV Saarbrücken	10	1	2	7	14:35	4:16
6.	Karlsruher FV	10	1	2	7	11:36	4:16

Endrunde der Deutschen Meisterschaft 1926

Für die Endrunde war schon 1924/25 die Teilnehmerzahl von acht auf 16 Vereine aufgestockt worden. Daher waren auch alle Vizemeister der Landesverbände qualifiziert, aus dem süd-, sowie dem westdeutschen auch der Dritte. Und so ging es dann mit diesen Vereinen in das Turnier um die Deutsche Meisterschaft 1926:

VFB Königsberg	Nordostdeutscher Meister
Stettiner SC	Nordostdeutscher Vizemeister
Breslauer SC 08	Südostdeutscher Meister
FC Viktoria Forst	Südostdeutscher Vizemeister
Hertha BSC	Meister Berlin-Brandenburg
SV Norden-Nordwest 98	Vizemeister Berlin-Brandenburg
Dresdner SC	Mitteldeutscher Meister
SV Fortuna Leipzig 02	Sieger der mitteldeutschen Qualifikation um den 2. Teilnehmer
Holstein Kiel	Norddeutscher Meister
Hamburger SV	Norddeutscher Vizemeister
VFR Köln 04	Westdeutscher Meister
BV Altenessen 06	Westdeutscher Vizemeister
Duisburger SpVgg	Sieger der westdeutschen Qualifikation um den 3. Teilnehmer
FC Bayern München	Süddeutscher Meister
SpVgg Fürth	Süddeutscher Vizemeister
FSV Frankfurt	Dritter der süddeutschen Meisterschaft

Achtelfinale

16. Mai 1926

Duisburger SpVgg	:	**Hamburger SV**	1:3 (1:2)
Fortuna Leipzig	:	Bayern München	2:0 (0:0)
FSV Frankfurt	:	BV Altenessen	2:1 (2:1)
Hertha BSC	:	VFB Königsberg	4:0 (0:0)
Breslauer SC	:	Dresdner SC	1:0 (0:0)
Holstein Kiel	:	Stettiner SC	8:2 (4:0)
SpVgg Fürth	:	Viktoria Forst	5:0 (2:0)
VFR Köln 04	:	**SV Norden-Nordwest 98 Berlin**	1:2 (0:0)

Viertelfinale

30. Mai 1926

Hamburger SV	:	Fortuna Leipzig	6:2 (3:1)
Hertha BSC	:	FSV Frankfurt	8:2 (5:1)
SV Nord-Nordwest 98 Berlin	:	**Holstein Kiel**	0:4 (0:2)
SpVgg Fürth	:	Breslauer SC	4:0 (3:0)

Halbfinale

06. Juni 1926

Hertha BSC	:	Hamburger SV	4:2 (2:1)
SpVgg Fürth	:	Holstein Kiel	3:1 (1:0)

Sie kommen!

Bedächtig die Kieler — Freudig und kampfgestimmt die Fürther

[Aus der Jubiläumsschrift 1928]

Im Gegensatz zu den Vorrunden im Ligamodus zeigte die SpVgg in der Endrunde Fußball vom Feinsten und das Endspiel 1926 gilt als eines der besten, die je gespielt wurden.

Platzwahl im Finale 1926
Lony Seiderer (mit bandagiertem Bein), Schiedsrichter Fritz Spranger und der Kapitän der Hertha, Kirsei

Finale

13. Juni 1926

SpVgg Fürth	:	Hertha BSC	4:1 (3:1)

Aufstellungen

SpVgg Fürth

Hörgreen, Hagen, Ascherl, Kießling, Kleinlein, Krauß, Leinberger, Müller, Auer, Franz, Seiderer

Trainer: William Townley

Hertha BSC

Götze, Domscheidt, Fischer, Völker, Leuschner, Sobek, Tewes, Grenzel, Gülle, Kirsei, Ruch

Trainer: Alexander Popovich

Schiedsrichter

Fritz Spranger

Tore

0:1	Ruch	9. Minute
1:1	Seiderer	27. Minute
2:1	Auer	35. Minute
3:1	Leuschner (Eigentor)	38. Minute

[Anm.: Leuschner ist der »offizielle« Torschütze in den meisten Statistiken. Im Archiv der Spielvereinigung fanden wir allerdings an einer Stelle Domscheidt genannt. Und Lony selbst schreibt hier in seinen Erinnerungen, Kießling (der Fürther) habe ein Tor erzielt und erwähnt ein Eigentor überhaupt nicht. Hat ihn seine Erinnerung so getrogen? Oder war es vielleicht ein abgefälschter Schuss und das Tor wurde nicht dem Schützen gutgeschrieben?]

4:1	Ascherl	68. Minute

Spielort

Waldstadion (Frankfurt am Main); 40.000 Zuschauer

Die Victoria, der Meisterpokal des DFB
[Bild aus der Jubiläumsschrift von 1928]

Tony Seiderer erzählt...

22. Fortsetzung

Kurz vor der Halbzeit erst konnten wir in Führung gehen und zwar durch einen Elfmeterball. Ein schöner Schuß eines Stürmers von uns hätte sein Ziel endlich erreicht, da gelang es im letzten Moment noch einem Verteidiger den Ball wegzuboxen. Den gegebenen Elfer verwandelte unser »Resi« mit der ihm eigenen tödlichen Sicherheit. Nach der Pause konnten wir das Spiel noch überlegener gestalten. Das zweite Tor von uns nahm der Kieler Mannschaft viel von ihrem Selbstvertrauen, während bei uns das Spiel immer flüssiger lief. Das zweite Tor war ein fabelhafter Strafstoß von Franz aus mindestens 25 Meter Entfernung. [Anm.: Zur Erinnerung: *Strafstoß* ist die damals übliche Bezeichnung für einen *Freistoß*.] Die Ausführung dieses Strafstoßes war sehr interessant.

Vorausschicken möchte ich hier allerdings, daß durch einen kurzen, niedergegangenen Regen der satte Rasen des Stadions sehr glatt war. Als Franz sich den Ball zur Ausführung des Strafstoßes zurechtlegte, rief ich ihm zu, er solle flach und mit aller Wucht direkt auf mich schießen. Ich stellte mich ungefähr in der Hälfte der Entfernung zwischen Franz und dem Tormann, dabei dem Tormann etwas freie Sicht lassend. Das Schußphänomen Franz schoß nun ganz flach mit unheimlicher Wucht direkt [in] Richtung auf meine Füße. Ich machte eine rasche Bewegung mit dem Fuß, als wollte ich den Ball stoppen. Auf diese Bewegung fiel der Tormann prompt herein, er dachte wirklich ich würde den Ball stoppen, während ich gar nicht daran dachte, sondern den Ball plötzlich durch meine Füße ließ. Bis der Torwart diese Aktion begriff, war für ihn das Unheil schon geschehen, denn auf dem glatten Rasen war der Ball bereits in das Netz geflitzt. Für diese rasche Gedankenarbeit erhielten wir von den Zuschauern stürmischen Beifall. Als es uns dann gelang, noch einen dritten Treffer zu erzielen, war das Spiel entschieden und wir spielten die restliche Halbzeit nur noch auf Resultat halten. Die gegnerische Mannschaft konnte wohl ihren Ehrentreffer erzielen, aber gefährden konnten sie unseren Sieg nicht mehr. Leider erhielt ich durch einen Verteidiger in den letzten paar Minuten eine sehr schwere Verletzung. Ich erhielt einen Schlag auf den rechten Oberschenkel, der eine derartige Wucht hat, hatte, daß mir der Hauptmuskel glatt abriß. In die Freude unseres schönen Erfolgs hatte sich bei mir also ein Wermutstropfen eingeschlichen, denn ich kannte derartige Verletzungen und wußte genau, daß dieser Muskelriß nicht in 14 Tagen heilen könne. Wieder einmal hatte mich

»Vize-Hertha«?

Hertha BSC musste sich in der zweiten Hälfte der 1920er Jahre viermal hintereinander im Finale um die Deutsche Meisterschaft geschlagen geben! 1926 der SpVgg, 1927 dem Club aus Nürnberg, 1928 dem HSV und 1929 wieder der SpVgg. 1930 konnten die Berliner dann endlich das Finale (gegen Holstein Kiel) gewinnen und ein Jahr später gegen den TSV 1860 München ihre zweite Meisterschaft bejubeln.

das Unglück verfolgt. Unser Trainer Mister Townley tröstete mich und behauptete stets mit solcher Bestimmtheit, daß ich bei richtiger Behandlung im Endspiel, welches 14 Tage darauf stattfinden sollte, wieder mitwirken könne, daß ich mich zufrieden gab. In unserer Stadt wurde dieser Zwischenrundensieg freudig aufgenommen.

Als Endspielgegner stand Hertha, die Meistermannschaft von Berlin, fest, und die schöne Stadt Frankfurt wurde als Austragungsort bestimmt. Die Zwischenzeit bis zum Endspiel benützte ich, um Gewaltkuren an meinem verletzten Bein anzuwenden. Trotz dieser unermüdlichen Kuren konnte ich aber das Bein nicht gesund bringen und war ganz unglücklich darüber. Unser Mister Townley tröstete mich immer wieder mit der Versicherung, ich könnte ganz bestimmt spielen, da er mir am Oberschenkel einen Gipsverband anlegen werde. Mein Glaube an Mister Townley war so groß, daß ich dann auch felsenfest davon überzeugt war, daß ich wirklich spielen könne, wenn ich seine Ratschläge gut befolgen werde, und ich tat dies. Unsere kleine Stadt Fürth hatte in diesen Tagen fast keinen anderen Gesprächsstoff, als das kommende Endspiel um die Deutsche Meisterschaft in Frankfurt. Die überaus große Anzahl begeisterter Fußballanhänger befand sich in einem Taumel. Nicht nur mit Fahrrädern, sondern auch zu Fuß starteten unentwegt arme Anhänger einige Tage vorher nach Frankfurt. Die Anmeldungen zu den zwei Extrazügen von Nürnberg-Fürth waren sehr groß.

Unsere Mannschaft traf bereits am Samstag Nachmittag in Frankfurt ein und wir bezogen in bester Stimmung unser gewohntes Standquartier, das Hotel Hansa Royal, wo wir, wie stets, fabelhaft aufgenommen wurden. Die Berliner Mannschaft wohnte ganz in der Nähe im Hotel Monopol-Metropol und war bereits seit Freitag abend anwesend. Wir hielten an unseren gewohnten Lebensbedingungen fest, d.h. am Vortage dieses großen Kampfes gingen wir nicht, wie unsere Gegner, bereits mit den Hühnern zu Bett, sondern besuchten geschlossen bis 11 Uhr nachts

Sepp Müller, Krauß, Kießling und der hinzukommende Kleinlein befreien den von einem Flieger abgeworfenen Ball aus seiner Netzhülle.
[Foto aus der 25 Jahre SpVgg Festschrift]

ein Cabaret. Am frühen Morgen wurden wir von einem Kameramann aus dem Bett geholt, welcher für eine große Filmgesellschaft allerlei Aufnahmen machen wollte. Wir taten ihm natürlich diesen Gefallen gerne, und der Kameramann sagte uns, daß er sich wundere, uns vor diesem großen Kampf nicht aufgeregt, sondern sehr lustig zu sehen. Wir erwiderten ihm, daß Aufregung ja auch keinen Wert hätte, sondern nur die Ruhe ein ausschlaggebendes Moment sein könne. Von den am Morgen noch eingetroffenen Extrazügen wurden wir wie eine Stecknadel gesucht. Wir gingen aber, soweit es möglich war, diesen Leuten aus dem Wege, da wir vor dem Kampf nicht durch übermäßig viele Fragen gequält sein wollten. Nach dem Mittagessen legten wir uns noch einige Stunden schlafen, da der Spielbeginn erst auf 4.30 Uhr festgelegt worden war. Ungefähr eine Stunde vor Spielbeginn legte mir unser Mister Townley meinen Gipsverband am Oberschenkel an, und ich versuchte durch gymnastische Beinübungen, ob mein Fuß wohl halten würde, und kam zu dem Entschluß, daß es ginge. Die Fahrt im Auto zum Frankfurter Stadion war eine Fahrt mit Hindernissen.

Auf der Zufahrtstraße bewegte sich ein derartiger Verkehr, daß wir Angst hatten, wir könnten nicht mehr pünktlich eintreffen. Im Stadion selbst herrschte schon größtes Leben. Ungefähr 45.000 Menschen hatten sich bereits eingefunden, um Zeuge des kommenden Großkampfes sein zu können. Beim Betreten des Platzes empfing uns wohl ziemlicher Beifall, doch fühlten wir sofort, daß er nicht so herzlich war, als wir ihn gerne gehört hätten. Beim Erscheinen der Berliner Mannschaft war der Beifall bedeutend stärker und wir konnten daraus sofort entnehmen, daß wir also nicht nur gegen die Berliner Mannschaft, sondern auch noch gegen einen großen Teil des Frankfurter Publikums spielen mußten. Tief berührte uns dies nicht, da wir davon überzeugt waren, daß wir mit unserem für das Auge stets schön wirkenden, engmaschigen Kombinationsspiel schon das Publikum noch auf unsere Seite bringen würden. (Die Stimmung gegen uns war hervorgerufen worden durch eine kurz vorher gehabte Meinungsverschiedenheit des Frankfurter Sportvereins mit der Spielvereinigung Fürth.) Nach den üblichen Formalitäten gab der hervorragende Schiedsrichter Spranger aus Glachau den Ball frei.

Sofort ging es mit einem unheimlichen Tempo los und die Anfeuerungsrufe des Publikums hallten einmal stärker wie das andere Mal über das Spielfeld. Getreu den erhaltenen Anweisungen hielten wir uns vorher noch etwas zurück, um den Gegner [sich] erst einmal so richtig austoben zu lassen. Und dies war gut so, denn dadurch kam in unsere Handlungen mehr Ruhe, während der Gegner es anfangs nur mit schnellen Überrumpelungsversuchen probierte. Die Mannschaft der Hertha-Berlin griff ungemein stürmisch an, und ihre Bemühungen wurden auch durch ein sehr schönes Tor belohnt. Darob herrschte großer Jubel. Aber selbst diese doch sicher große moralische Belastung in einem derartigen Meisterschaftskampf konnte unsere unerschütterliche Ruhe und unser großes Vertrauen zu unserem Können nicht aus der Fassung bringen. Wir spielten wie bei einem scharfen Trainingsspiel ruhig weiter, nur änderten wir unsere Taktik und machten selbst die Angreifer. Schon in diesem Zeitpunkt brachten wir durch geschickte Kombinationszüge viele der gegen uns eingestellt gewesen Frankfurter Zuschauer zu unseren Freunden. Es konnte nur eine Frage von wenigen Minuten noch sein, bis uns der Ausgleich gelingen mußte, so blendendes Kombinationsspiel legten wir auf das herrliche Spielfeld hin. Bei einer schönen Flanke unseres Linksaußen Kießling gelang es unserem »Resi Franz« durch einen schönen Kopfball, den vielbejubelten Ausgleich zu erzwingen. Der Schiedsrichter gab Tor, während die Berliner Mannschaft den Schiedsrichter umringte und steif und fest behauptete, Franz hätte auch die Hand dazu benutzt. Die ganze Situation hatte sich so schnell abgespielt, daß nur die wenigsten gesehen hatten, daß Franz die Hand auch dazu benützt hatte. Auch der Schiedsrichter, welchem in diesem Augenblick die Sicht versperrt war, hatte dies nicht sehen können. Er fragte nun unseren Resi, ob er wirklich die Hand dazu benützt habe, worauf Franz als echter Sportsmann sofort erwiderte: »Jawohl ich habe die Hand benützt.« Man überlege sich einmal genau, bei einem Stand von 1:0 bei einem Endspiel um die deutsche Meisterschaft ein solches billiges Tor erzielen zu können, das bedeutet doch eine Versuchung. Dieser Versuchung widerstand unser Resi, für ihn gab es überhaupt nichts anderes, als daß er so gehandelt hat, das freute auch mich, trotzdem ich den Ausgleich doch sehr gerne gehabt hätte. Unser Druck auf die Berliner Hintermannschaft wurde immer stärker, und bei einem der vielen Angriffe gab mir Ascherl eine schöne Vorlage, welche ich rasch entschlossen zum Ausgleich einschießen konnte. Ausgerechnet mit meinem kranken Fuß gelang es mir, die Hintermannschaft der Berliner zu schlagen. Ich hörte wohl in diesem Augenblick alle Englein singen, wie man so sagt, da ich den Ball etwas zu weit auf die Fußspitze bekommen hatte, doch für Schmerzgefühle hatte ich keine Zeit, da meine Mannschaft ja siegen wollte und ich moralisch verpflichtet war, meine ganze Person und meinen ganzen Körper dafür einzusetzen. Von diesem Zeitpunkt an lief unsere berühmte Kombinationsmaschine wie noch nie. Mit Beifallsstürmen wurden wir von den Zuschauern fortwährend überschüttet. Selbst unsere größten Gegner konnten wir durch unser hervorragendes Spiel als Freunde gewinnen. Wir taten nach dem Ausgleich das einzig richtige, wir spielten mit gesteigertem Tempo weiter auf Torerfolge und behielten mit unserer Ansicht recht. Bis zur Pause lagen wir durch zwei weitere Tore von Kießling und Auer mit 3:1 in Führung, und dies war nach menschlichem Ermessen für uns die deutsche Meisterschaft, da es ja ausgeschlossen war, daß die Hertha-Mannschaft die zum Sieg mindestens benötigte Anzahl von drei Toren gegen unsere gut disponierte Hintermannschaft erzielen konnte. Wir wurden deshalb aber nicht leichtsinnig, vermauerten auch unsere Hälfte nicht, sondern spielten unser Angriffsspiel bis zur letzten Viertelstunde wie einstudiert herunter. Die letzte Viertelstunde wechselte ich mit Kießling und spielte, gezwungen durch meine wieder sehr stark aufgetretene alte Verletzung, selbst als halber Statist noch ganz gut. Ich blieb ganz an der Linie außen stehen, und wenn ich den Ball erhielt, so ließ ich meinen gegnerischen Läufer bis auf zwei Meter herankommen, dann spielte ich meinen in der Zwischenzeit sich freistellenden Mitspieler zu. Ein einfaches Mittel, wenn man nicht mehr gut laufen kann, aber es bedingt gutes, rasches Denkvermögen und genaues Paßspiel. So konnte ich selbst als schwerverletzter Mann meinen Kameraden noch nützen. Unser Kießling fühlte sich auch in der Mitte sehr wohl und stellte die Berliner Läuferreihe oft vor große Rätsel. In der zweiten Hälfte konnte unser Resi noch ein schönes Tor erzielen und damit die Niederlage der Berliner Mannschaft endgültig besiegeln. Daran konnte auch eine darauf folgende Drangperiode der Berliner nichts ändern. Den momentan noch einmal aufflackernden Kampfgeist der Berliner Hertha-Mannschaft fingen wir mit unseren in der Läuferreihe unterstützenden Halbstürmen leicht ab.

– Fortsetzung folgt –

Die »Victoria«

wurde von 1903 bis 1944 dem Gewinner der Deutschen Meisterschaft als Pokal verliehen. Der erste Verein, der sie in Empfang nehmen konnte, war der VFB Leipzig. Seit 1949 wird die Meisterschale, die »Salatschüssel«, an den Deutschen Fußballmeister verliehen. Das »Verschwinden« der Victoria hat eine ganz eigene, besondere Geschichte: Der letzte Deutsche Meister der mit der Victoria geehrt wurde, war 1944 der Dresdner SC. Erich Hässler, der Vizepräsident des Vereins, fürchtete aber, dass sie durch die immer schlimmeren Bombardierungen zerstört oder nach der absehbaren Niederlage als Kriegsbeute geraubt werden könnte. Er nahm sie an sich, brachte sie zunächst in seinem Haus in einem Abwasserrohr unter und versteckte sie schließlich in einem Kohlenkeller. Offiziell war die Victoria in den Kriegswirren verlorengegangen. So lautet zumindest die Legende, bzw. die Geschichte, wie sie 1990 von BILD und KICKER kolportiert wurde. Nach einer Recherche von Maximilan Haupt, die im Juli 2012 von der Deutschen Presseagentur verbreitet wurde, stimmt das nur teilweise. Auch Helmut Schön, der spätere Bundestrainer, vermerkt in seiner Autobiografie, dass man 1949 – er war da Ostzonen-Verbandstrainer – versucht habe, die Victoria von Dresden aus in den Westen zu bringen. Die Aktion misslang, noch am Dresdner Hauptbahnhof musste der Kurier die Statue zurücklassen. Die Gründe dafür bleiben im Dunkeln, doch irgendwann landete der Pokal im Archiv des DDR-Staatssekretariats für Sport, wo er zunächst in Vergessenheit geriet; auch weil man in der DDR kein Interesse daran hatte, diesen Pokal wieder auszuspielen. 1984 wurde sie dann vom Staatssekretär Erpach aus der »Mottenkiste« befreit und restauriert. Im Westen galt sie bis zur Wiedervereinigung als in den Kriegswirren verschollen. Nachdem ihr Verbleib der Öffentlichkeit bekannt geworden war, forderte der DFB die Victoria vom Land Berlin zurück, was 1992 geschah. Das Original kam in die Verbandszentrale des DFB nach Frankfurt. Zwischen 1992 und 2014 wurde die Victoria dann wieder, zusätzlich zur Meisterschale, einigen Gewinnern der Deutschen Meisterschaft überreicht.

Heute befindet sich die Originalstatue im Deutschen Fußballmuseum in Dortmund.

Tony Seiderer erzählt...

23. Fortsetzung

Den Schlußpfiff dieses Meisterschaftsendkampfes hörten wir Fürther sehr gerne. War es uns doch endlich nach langer Zeit wieder einmal geglückt, die deutsche Meisterschaft für unsere liebe Spielvereinigung Fürth zu erringen. Der Jubel unserer in Frankfurt anwesenden Anhänger war grenzenlos. Auf den Schultern trugen sie uns vom Platze und sie verhätschelten uns vor lauter Freude, wie man eben kleine Kinder, welche man liebt, verzieht. Nach meiner Ansicht hatten unsere Anhänger auch vollständig recht, freudig gestimmt zu sein, denn wir hatten keinen Glücksieg errungen, sondern unserem Gegner durch eine technisch auf großer Höhe stehende Leistung eine Niederlage beigebracht. Verschiedene anerkannt große Fachleute der Fußballbewegung bezeichnen heute noch dieses Endspiel 1926 im Frankfurter Stadion zwischen Hertha Berlin und Spielvereinigung Fürth als das technisch reifste Endspiel, welches Sie je gesehen haben.

Spielvereinigung Fürth Deutscher Meister.

V. l. n. r. stehend: Ascherl, Müller, Auer, Kleinlein, Kießling,
Weiß, Mister Townley, Franz, Kraus;
sitzend: Hörgreen, Leinberger, Seiderer, Hagen.

Der Siegeszug
Auf den Schultern der Fans: Seiderer und Franz

Unsere halbstündige Autofahrt vom Stadion in das Hotel zurück war eine Triumphfahrt, so hatten wir es verstanden, die Massen zu begeistern. Besonders fiel uns ein guter Bekannter aus Fürth mit seinem Wagen auf. Er hatte ein derartiges Vertrauen zu unserem Fußballkönnen gehabt, daß er sich schon in Fürth eine große Fahne mit der Inschrift »Spielvereinigung Fürth Deutscher Meister 1926« angefertigt hatte und diese sofort nach Schluß des Spiels auf der Rückseite seines Wagens angebracht hatte und stolz im Winde flattern ließ. Über eine solche Anmaßung staunten selbst die Berliner. Wenn ja, was alles möglich hätte sein können, der Sieg nicht unser gewesen wäre, so würde wahrscheinlich die Arbeit unseres Freundes umsonst gewesen sein.

Das Festbankett des Deutschen Fußball-Bundes und die Fortsetzung des angebrochenen Abends waren ziemlich feuchtfröhlich. Während wir in Frankfurt noch ganz groß die Erringung der deutschen Meisterschaft feierten, rüstete unsere Heimatstadt Fürth schon zu unserem Empfang. Die am nächsten Tag stattfindende Heimfahrt war herrlich. Überall wurde uns begeistert zugejubelt. Ganz besonders rührend war es, als uns der Zugführer darauf aufmerksam machte, daß uns ein kleines Städtchen namens »Heigenbrück« Ehre antun wollte und mit ihrer Vereinsfahne am Bahndamm stehen werde, um uns zu zeigen, daß auch sie sich über den Sieg ihrer Lieblinge, der Meistermannschaft der Spielvereinigung Fürth, sehr gefreut habe.

Wir besetzten daraufhin sofort alle Fenster auf dieser Zugseite und harrten gespannt des kommenden Ereignisses. Es war für uns ergreifend, als wir uns Heigenbrück näherten und schon von weitem eine ansehnliche Menschenmenge bemerken konnten. Der Schnellzug fuhr, wahrscheinlich uns zuliebe, an dieser Stelle sehr langsam. Der dortige Verein hatte sich mit seinen in weiß gekleideten Ehrenjungfrauen, seiner Fahne und einer Musikkapelle am Bahndamm aufgestellt und brachte uns ein donnerndes Hipp-hipp-hurrah, welches wir rasch entschlossen begeistert erwiderten. Große Freude herrschte in unseren Reihen über diese unerwartete Ehrung. In Würzburg wurden wir von den beiden dortigen Fußballklubs auch herzlich empfangen, und zwar gleich mit einem Sekttrunk auf dem Bahnsteig, einem großen schön geschmückten Korb mit Wein und Bocksbeutel und vielen Blumenbuketts. Bei einem kurzen Aufenthalt in Kitzingen war schon wieder eine Abordnung mit einem großen Wäschekorb voll Bocksbeutel zur Stelle. Wir wussten schon fast gar nicht mehr, wo wir all die Zeichen der Anhänglichkeit unterbringen sollten. Im Mitropa-Speisewagen wurde uns zu Ehren ein Extra-Abendessen eingelegt, und nach Einnahme desselben hatten wir so ziemlich schon Fürth erreicht. Bei unserer Ankunft in Fürth erwartete uns ein Empfang, wie wir uns denselben in unseren kühnsten Erwartungen nicht vorgestellt hatten. Zwölf Jahre waren vergangen, bis die Meisterschaftsstatue des Deutschen Fußball-Bundes, die Germania, wieder ihren Einzug in Fürth hielt. [Anm.: Es ist unklar, warum Seiderer den Pokal immer als »Germania« bezeichnet. In aller Regel und offiziell ist es die »Victoria« – augenscheinlich war es damals üblicher Sprachgebrauch.] Aus diesem Grunde war die Freude über den Sieg und der Empfang besonders stürmisch. Berittene Polizei und Feuerwehr hatten den Hauptbahnhof in Fürth und die Zufahrtsstraßen abgesperrt. Lebensgefährliches Gedränge war überall. Von einer Musikkapelle wurde bereits der einfahrende Zug empfangen. Hierauf folgte eine kurze Begrüßungsansprache; dann wurden wir in verschiedene festlich geschmückte Autos verstaut und die Triumphfahrt durch die Hauptstraßen von Fürth zum geschmückten Geismannsaal nahm ihren Anfang. Kein König hat in Fürth in Friedenszeiten begeisterter empfangen werden können, als wir empfangen wurden. Es war ergreifend, wie liebevoll die Menge uns behandelte. Die uns von der Menge während dieser Triumphfahrt zugeworfenen Blumen füllten unsere Autos so, daß wir bis an den Knien in Rosen und Nelken standen.

Und wie groß war erst der Jubel, als wir den Festsaal betraten! Kaum zu beschreiben. Diese Stunden waren für uns Spieler, welche sich doch jahrelang durch stets eifriges, intensives Training auf die Erringung einer deutschen Meisterschaft vorbereitet hatten, eine wundervolle Anerkennung unserer geleisteten Arbeit. Als weitere Anerkennung für

unseren erzielten Erfolg gestattete uns die Vereinsleitung eine herrliche Norddeutschlandreise, auf welcher wir unser Können im vollsten Licht erstrahlen ließen und sehr gefeiert wurden. Den SC. Charlottenburg schlugen wir mit 8:1, den FC. Altona 4:1, den Hamburger FC. St. Georg 3:0 und die Arminia Hannover 5:2 nach den ersten beiden Spielen hatten wir 8 Tage Ruhepause und diese verlebten wir in beschaulichem Dasein auf der Insel Helgoland. Nach den Strapazen der letzten Monate, waren diese Tage in Helgoland für uns Spieler eine wirkliche Erholung. Sehr nett wurden wir übrigens in Helgoland aufgenommen. Vom Bürgermeister bis zum kleinsten Kind wurden wir herzlichst begrüßt. Und als wir gar noch dem Bürgermeister versprachen, selbstverständlich auch einmal gegen seinen FC. Helgoland zu spielen, da kannte die Freude der Bewohner dieser schönen Insel gar keine Grenzen mehr. Dieses Spiel war für Helgoland eine große Sache. Einige Hundert Kurgäste waren als Zuschauer erschienen und ergötzten sich an den Tricks, welche unsere Mannschaft zum Besten gab. Das Resultat war naturgemäß sehr hoch, trotzdem wird dem FC. Helgoland in der zweiten Hälfte unseren guten Torwart überließen, für den dieses Spiel ein gutes Training war. Rührend war, als an diesem Tag nach dem Abendessen in unserem Hotel der Vorstand des FC. Helgoland erschien und uns die ganze erzielte Einnahme von 260 Mk. abliefern wollte.

Er konnte lange nicht begreifen, daß wir das doch nicht wollten, sondern daß auch für uns dieses Spielchen eine sehr nette Abwechslung gewesen sei. Er freute sich wie ein Schneekönig, als wir ihm eröffneten, diese Summe Geld solle er der Kasse seines Fußballklubs einverleiben.

Einige Wochen darauf konnten wir dann ebenfalls im Frankfurter Stadion nach hartnäckigem Kampf, mit Verlängerung, gegen den VfB. Stuttgart mit 3:2 die fünfte Pokalmeisterschaft auch noch erringen. Dieser Kampf war für mich besonders schön, da ich ihn durch einen großgelungenen Drehschuß entscheiden konnte. In der kommenden Saison 1926/27 konnten wir uns wieder durch Erringung der Süddeutschen Meisterschaft für die Spiele um die deutsche Meisterschaft placieren. Trotzdem wir ganz gut in Form waren und unseren Vorrundengegner, die Sportfreunde Breslau, mit 3:1 und unseren Zwischenrundengegner, die Schöneberger Kickers, mit 9:0 aus dem Rennen werfen konnten, gelang es uns in diesem Jahr nicht, die Schlußrunde um die deutsche Meisterschaft zu erreichen. Wir strandeten an keinem Geringeren, als an unserem Gegner der Schlußrunde des Vorjahres, der Hertha Berlin. In einem unglücklichen Spiel, welches auf Leipziger Boden stattfand, verloren wir mit 1:2 und damit die Berechtigung um die deutsche Meisterschaft weiter zu kämpfen. Selten hatte unsere Spielvereinigungsmannschaft einen derartig

Autogrammkarte vom Lony

schwarzen Tag zu verzeichnen. Alles hatte sich damals gegen uns verschworen. In Leipzig entstand der berühmte Spruch: « Hah, Hoh, Heh, Hertha BSC.! Bi, Ba, Bo Fürth k.o.!«, den erfunden zu haben die Berliner Anhänger sich sehr rühmten. Allerdings waren dieselben Anhänger zwei Jahre darauf im Endspiel, welches beide Gegner im Nürnberger Stadion wieder zusammen sah, sehr entrüstet, als das nach Berliner Ansicht sehr schlechte Nürnberg-Fürther Publikum durch den Fürther Sieg erfreut, den Spieß umdrehte und dann rief: »Hi, Ha, Hoh, Hertha ist k.o.!« Wenn zwei dasselbe tun, so ist es doch noch lange nicht das Gleiche. Die Wahrheit dieses Spruches wurde hier unter Beweis gestellt.

Die Verbandsspiele des Jahres 1927/28 bestritt ich noch in alte Frische für meine Spielvereinigung Fürth. Im Frühjahr 1928 hatte ich dann mit einem maßgebenden Herrn Differenzen bekommen, welche mich veranlaßten den aktiven Fußballsport aufzugeben. Meiner Mannschaft stellte ich meine spielerische Kraft in einer Notlage noch einmal zur Verfügung und zwar mit sehr gutem Erfolg. Während der Osterfeiertage hatte die Mannschaft in Berlin gegen Hertha BSC. und in Hamburg gegen den HSV. anzutreten. Im ersten Spiel gegen Hertha BSC. hatten sie das Pech, den sehr guten Stürmer Frank durch Verletzung zu verlieren. Hauptsächlich aus diesem Grund ging dieses Spiel dann auch mit 4:1 verloren. Aus Prestigegründen mußte nun doch wenigstens das zweite Spiel in Hamburg gewonnen werden. Um die Lücke Franks im Sturm auszufüllen, erklärte ich mich sofort bereit, nach Hamburg zu reisen und dort meinen Mann zu stellen. Es freute mich, gegen meine Freunde Risse, Beier und Halvorsen noch einmal spielen zu können. Noch mehr erfreute mich aber, daß ich meinen lieben Freunden vom HSV. zeigen konnte, daß wir spielerisch immer noch auf der Höhe sind. Nach einem fesselnden Kampf konnte unsere Mannschaft mit 5:1 siegen. Mit diesem Auswärtsspiel und Sieg beendete ich für die Spielvereinigung Fürth meine aktive Tätigkeit.

Einige Wochen später fand in Nürnberg die offizielle Einweihung des herrlichen Nürnberger Stadions statt. Der Hauptschlager dieser Einweihungsfeier war ein Städtespiel Nürnberg gegen Fürth. Zu diesem Spiel wurde ich von der Kreisbehörde als Mittelstürmer nominiert, was mir sehr gut gefiel, denn so konnte ich mich doch von dem Nürnberg-Fürther Publikum, welches ich zusammen mit meinen Kameraden ja so oft begeistert hatte, verabschieden. Nach einem sehr netten Spiel konnte unsere Stadtmannschaft mit 1:0 als Sieger hervorgehen. Hocherfreut war ich darüber, daß ich das einzige Tor des Tages erzielen konnte. Ich befand mich noch in sehr guter spielerischer Form, aber ich beschloß mit diesem Tor meine aktive sportliche Laufbahn. Wirklich schweren Herzens sagte ich damit meinem lieben Lederball, dem grünen Rasen und dem geliebten Publikum »Lebewohl!«

– Ende –

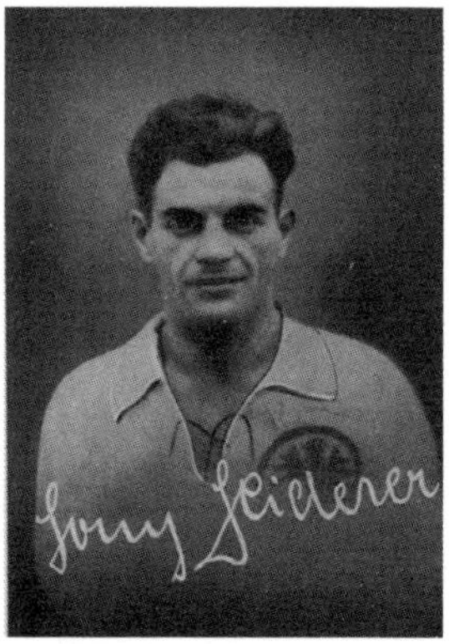

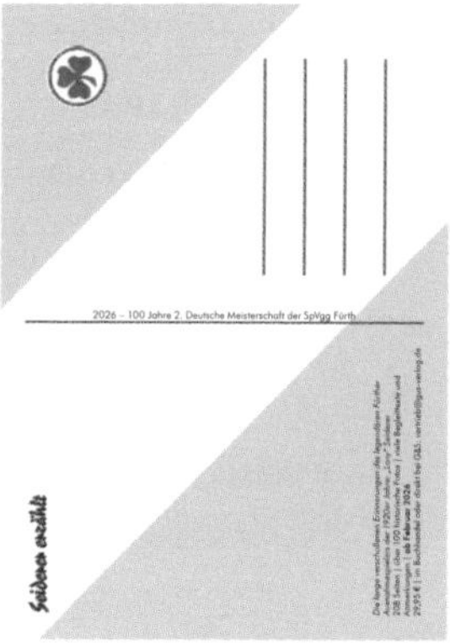

Autogramm-Postkarte
»Lony Seiderer«

Kann man auch kaufen:
• 10 Stck. für 10,– €
inklusive Versand

Einfach eine eMail an
• vertrieb@gus-verlag.de
oder auf unserer Homepage
• www.gus-verlag.de